高等学校计算机专业实用教材系列

U0116938

Photoshop CS3 平面
设计实用教程

刘宝成　孙建延　主　编

王繁强　王　勇　副主编

中国人民大学出版社
·北京·

北京科海电子出版社
www.khp.com.cn

图书在版编目(CIP)数据

Photoshop CS3 平面设计实用教程/刘宝成，孙建延主编.
北京：中国人民大学出版社，2009
（高等学校计算机专业实用教材系列）
ISBN 978-7-300-10670-0

Ⅰ. P…
Ⅱ. ①刘… ②孙…
Ⅲ. 图形软件，Photoshop CS3—高等学校—教材
Ⅳ. TP391.41

中国版本图书馆 CIP 数据核字（2009）第 071909 号

高等学校计算机专业实用教材系列
Photoshop CS3 平面设计实用教程
刘宝成　孙建延　主编

出版发行	中国人民大学出版社　北京科海电子出版社			
社　　址	北京中关村大街 31 号		**邮政编码**	100080
	北京市海淀区上地七街国际创业园 2 号楼 14 层		**邮政编码**	100085
电　　话	（010）82896442　62630320			
网　　址	http://www.crup.com.cn			
	http://www.khp.com.cn（科海图书服务网站）			
经　　销	新华书店			
印　　刷	北京市鑫山源印刷有限公司			
规　　格	185 mm×260 mm　16 开本		**版　　次**	2009 年 10 月第 1 版
印　　张	20.25		**印　　次**	2009 年 10 月第 1 次印刷
字　　数	493 000		**定　　价**	32.00 元

内容提要

　　Photoshop 是平面设计中应用最为广泛的软件，本书以 Photoshop CS3 为平台，详细讲解了 Photoshop 的功能和使用方法，并提供了大量的实例、操作练习和软件使用技巧。

　　全书共分为 11 章，分别讲解了图形图像处理基础知识，选区的创建及编辑，绘图工具的应用，修图工具的应用，编辑图像与色彩调整，图层的使用，路径与形状的应用，文字的处理，通道和蒙版的应用，滤镜的应用，以及 9 个实训项目（实验）。

　　本书定位准确、编排合理，具有实用性强，针对性、逻辑性强的特点，尤其适合作为高等院校计算机及相关专业的教材，也可作为平面设计爱好者的自学用书。

内容提要

Photoshop 是当前使用最为广泛的图像处理软件，本书以 Photoshop CS3 为平台进行编排……

前　言

Photoshop 具有强大的图形图像处理功能，它在平面设计领域具有不可替代的地位，是大部分平面设计人员和计算机爱好者学习图像处理的首选软件。本书基于 Photoshop CS3 平台，详细讲解了 Photoshop 的功能和使用方法。

本书导读

1．在学习本书之前，首先要在大脑中对图形图像处理有一个大概的了解。为了使学习更加轻松，在本书的第 1 章首先讲解了一些图像处理的基础知识，如像素、分辨率、矢量图、位图等。此外，还介绍了在 Photoshop 中创建文件、打开图像、保存图像等基本操作。

2．在本书的第 2 章到第 10 章，以递进的方式逐步揭示了 Photoshop 的神秘面纱，包括选区的创建与编辑、绘图工具的应用、修图工具的应用、编辑图像与色彩调整、图层的应用、路径与形状的应用、文字的处理、蒙版和通道的应用，以及滤镜的应用。这些章节在安排顺序时遵循了由简单到复杂的原则，即使是以前对 Photoshop 一无所知的读者也可以逐步入门，并升级成为图形图像处理的高手。

3．每一章中在讲解知识点的同时还配以"边学边练"，随时供读者练习。在每章的最后都有课后练习，通过选择题和填空题使读者对基础知识加深记忆，上机操作题则是考验读者能否将所学的知识应用到实际岗位中去。

4．本书后半部分为实验部分，此部分内容针对前面章节中的知识点给出了相应的实验，强化读者的应用能力，使读者真正做到学以致用。另外，这些实例都来源于日常的工作生活中，具有很强的实用性。

本书特点

1．易学性。本书结构清晰，通俗易懂，示例丰富，并且在讲解的过程中添加了专家指导，解答读者在学习过程中产生的疑问。

2．广泛性。读者群的广泛性是本书的一大特色，不管是对 Photoshop 一窍不通的初学者，还是对 Photoshop 略知一二的自学者，都可以通过学习本书得到提升。

3．针对性。本书编排合理，在内容结构和表述方式等方面与一般的教材有所不同，在总体结构上力求做到"由浅入深、循序渐进"；**在内容安排上以项目为导向，以实训操作为中心，突出实践操作技能的培养**；每个项目都包括实训目的与要求、实训预备知识、实训步骤三方面内容。实训预备知识主要讲解完成本项目实际操作所必须了解和掌握的相关知识，实训步骤是完成本项目的具体操作步骤，读者在学完一个项目后基本上都可以完成一个作品；每章最后都配有一定的习题。本书尽量以简明的语言和清晰的图示以及精选的实训项目来描述 Photoshop 的操作方法、过程和要点，并将图像处理与制作的基本思想和具体实践技巧贯穿在每个具体、完整的项目中，为读者从课堂学习走向动手实战提供一条便捷的通道。

4．实用性。本书所精选的实例都贴近工作，可操作性强，便于读者掌握并应用到实际工作中去，尤其适合作为高等院校计算机及相关专业的教材，也可作为平面设计爱好者的自学用书。

由于时间仓促，加之编者水平有限，欠妥之处在所难免，恳请广大读者指正。

编者

2009 年 8 月

目　录

第1章

图形图像处理基础知识

Photoshop 是当今流行的图形图像处理软件，应用十分广泛。Photoshop CS3 是 Photoshop 系列的最新版本，此版本不但保持了原来版本中图像编辑处理的超强功能，还在照片处理、文字处理、图层管理、操作界面等方面进行了创新，有利于更好地提高工作效率，设计并打印出高品质的图像。

本章主要讲解图形图像处理方面的一些基础知识，所含知识点包括图像类型、像素、分辨率、保存的图像文件格式，在 Photoshop 中图像文件的创建、保存、打开，Photoshop 操作界面的个性化自定义等。

重点知识点

> 图像类型
> 像素
> 分辨率
> 图像类型计

1.1　图形图像处理基础知识

本节主要讲解图形图像处理的基础知识，包括像素、分辨率、图像类型、常用图像文件格式等。

1.1.1　像素

在图像处理中经常会遇到"像素"这个词，在指定图像的大小时也通常以像素为单位，下面讲解什么是像素。

像素（pixel）实际上是投影光学上的名词，在计算机显示器和电视机的屏幕上都使用像素作为它们的基本量度单位，同样它也是组成图像的基本单位。换言之，可以将每个像素都看作是一个极小的颜色方块。一幅位图图像通常由许许多多的像素组成，它们全部以行与列的方式分布。当图像放大到足够大的倍数时，就可以很明显地看到图像是由一个个不同颜色的方块排列而成的（也就是通常所说的马赛克效果），每个颜色方块分别代表一个像素，其效果如图 1.1 所示。文件包含的像素越多，所存储的信息就越多，文件就越大，图像也就越清晰。

图 1.1　像素的概念

1.1.2　分辨率

分辨率是用于量度位图图像内数据量多少的一个参数，通常以 ppi（每英寸像素）表示。包含的数据越多，图像文件的长度就越大，也就能表现更丰富的细节，但越大的文件需要耗用越多的计算机资源。另一方面，假如图像包含的数据不够充分（图像分辨率较低），就会显得相当粗糙，特别是把图像放大为一个较大尺寸观看的时候。

专家指导　在图片创建期间，必须根据图像最终的用途决定正确的分辨率。这里的技巧是首先要保证图像包含足够多的数据，能满足最终输出的需要。同时也要适量，尽量少占用一些计算机的资源。

在使用 Photoshop 进行图形图像设计时，通常将分辨率的概念分为图像分辨率和输出分辨率两种。

1．图像分辨率

图像分辨率是指图像在一个单位长度内所包含的像素个数，一般以每英寸（1inch=2.54cm）包含的像素数量来计算（pixel/inch）。例如，图像的分辨率是 72ppi，也就是在 1 平方英寸的图像中有 5184 个像素（72×72）。分辨率越高，输出的结果越清晰，相反则越模糊。另外，分辨率的高低还决定了图像容量的大小，分辨率越高，信息容量就越大，文件也就越大，可以通过下面的公式来了解。

图像尺寸=像素数目/分辨率

如果像素固定，那么提高分辨率虽然可以使图像比较清晰，但尺寸却会变小；反之，降低分辨率图像会变大，但画质比较粗糙。

2．输出分辨率

输出分辨率是指图形或图像输出设备的分辨率，一般以每英寸含多少点来计算（dot/inch），简称为 dpi（dots per inch）。在实际的设计工作中一定要注意保证图形或图像在输出之前的分辨率，而不要依赖输出设备的高分辨率输出来提高图形或图像的质量。因为分辨率还与图像打印的大小有关，如图 1.2 所示。

分辨率 200　　　　　　　　　　　　分辨率 400

图 1.2　不同分辨率打印的效果

专家指导

ppi 与 dpi 都可以用来表示分辨率，它们的区别在于，dpi 指的是在每一英寸中表达出的打印点数，而 ppi 指的是在每一英寸中包含的像素。大多数用户都以打印出来的单位来量度图像的分辨率，因此通常以 dpi 作为分辨率的量度单位。

在打印输入图像时，一定要认真调整适当的分辨率，因为分辨率的高低直接影响图像的效果。分辨率太低，导致图像粗糙，在打印输出时图像模糊；而使用较高的分辨率会增大图像文件的大小，并且降低图像的打印速度。在日常工作中，经常需要设置图像的分辨率，应用的分辨率参考标准如下所示。

- 在 Photoshop 软件中，系统默认的显示分辨率为 72ppi。
- 发布于网络上的图像分辨率通常为 72ppi 或 96ppi。
- 报纸杂志图像分辨率通常为 120ppi 或 150ppi。
- 彩版印刷图像分辨率通常为 300ppi。
- 大型灯箱图像一般分辨率不低于 30ppi。
- 一些特大的墙面广告等有时可设定在 30ppi 以下。

专家指导

ppi 和 dpi（每英寸点数）经常都会出现混用现象。从技术角度来讲，"像素"（p）只存在于计算机显示领域，而"点"（d）只出现于打印或印刷领域。请读者注意分辨。

1.1.3　图像类型

在使用 Photoshop 对图像进行处理之前，需要分析图像的类型。图像类型可以分为两种：矢量图和位图。这两种格式的图像各有特点，在进行处理时，通常将这两种图像交叉运用。

1. 矢量图

矢量图也称为向量图，也就是使用直线和曲线来描述的图像。组成矢量图中的图形元素称为对象，每个对象都是一个自成一体的实体，这个实体具有颜色、形状、轮廓、大小和屏幕位置等属性。

既然每个组成对象都是一个自成一体的实体，那么就可以在维持原有清晰度和弯曲度的同时，多次移动和改变属性，而不会影响图例中的其他对象。这些特征使基于矢量的程序特别适用于图例和三维建模，因为通常要求能创建和操作单个对象。基于矢量的绘图同分辨率无关，这意味着矢量图可以按最高分辨率显示到输出设备上。

矢量图的基本组成单元是锚点和路径，适用于制作企业徽标、招贴广告、书籍插图、工程制图等。矢量图一般是直接在计算机上绘制而成的，可以制作或编辑矢量图的软件有Illustrator、FreeHand、AutoCAD、CorelDRAW、Visio 等。

2．位图

位图也称为点阵图，就是使用带颜色的小点（即"像素"）来描述的图像。位图创建的方式类似于马赛克拼图，当用户编辑点阵图像时，修改的是像素而不是直线和曲线。位图图像和分辨率有关。位图的优点是图像很精细（精细程度取决于图像的分辨率），且处理也较简单和方便。位图最大的缺点是不能任意放大显示或印刷，否则会出现锯齿边缘和类似马赛克的效果，如图 1.3 所示。

图 1.3　位图的马赛克效果

前面提到了绘制矢量图的程序，而 Photoshop 这样的编辑图像程序则用于处理位图图像。当处理位图图像时，可以优化微小细节，进行显著改动来增强效果。

一般情况下，位图都是通过扫描仪或数码相机得到的图片。由于位图是由一连串排列的像素组合而成，而并不是独立的图形对象，所以不能个别地编辑图像里的对象。如果要编辑其中部分区域的图像时，就要精确地选取需要编辑的像素，然后再进行编辑。能够处理这类图像的软件有 Photoshop、PhotoImpact、Windows 的"画图"程序、Painter 和 CorelDRAW 软件包内的 Corel PhotoPaint 等。

（1）由于位图是利用许多颜色以及色彩间的差异来表现图像的，所以，可以很细致地表现出色彩的差异性。

（2）位图所编辑的对象是像素，而矢量图编辑的对象是记载颜色、形状、位置等属性的物体。

专家指导　（3）由于计算机显示器只能在网格中显示图像，因此矢量图形和位图图像在屏幕上均显示为像素。

1.1.4　图像的常用格式

图像的文件格式是指计算机中存储图像文件的方法，它们代表不同的图像信息（图像类型、色彩数和压缩程度等），对于图像最终的应用领域起着决定性的作用。文件格式是通过文件的后缀名来区分的，主要用于标识文件的类型。如基于 Web 应用的图像文件格式一般是

.jpg 格式和.gif 格式等，而基于桌面出版应用的文件格式一般是*.tif 格式和*.eps 格式等。在 Photoshop 中能支持 20 多种格式的图像文件，即 Photoshop 可以直接打开多种格式的图像文件并对其进行编辑、存储等操作。

在 Photoshop 中，通过执行"文件"→"存储"命令（或按 Ctrl+S 组合键），或执行"文件"→"存储为"命令（或按 Shift+Ctrl+S 组合键），打开"存储为"对话框，在"格式"选项中，可以选择文件格式，如图 1.4 所示。

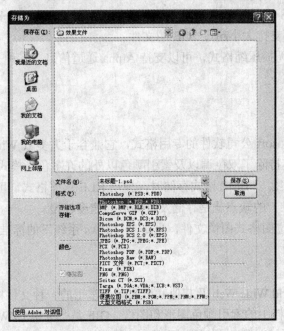

图 1.4　选择文件格式

1．Photoshop 文件格式（即 PSD/PDD 格式）

对于新建的图像文件，PSD 格式是 Photoshop 默认的文件格式，而且是除大型文档格式（PSB）之外支持大多数 Photoshop 功能的惟一格式，可以支持 Alpha 通道、专色通道、多种图层、剪贴路径、任何一种色彩深度和任何一种色彩模式，可以存储图像文件中的所有信息，可随时进行编辑和修改，是一种无损失的存储格式。

以*.psd 或*.pdd 文件格式保存的图像没有经过压缩，特别是当图层较多时，会占用很大的硬盘空间。

2．Photoshop EPS 文件格式

EPS 文件格式是一种压缩的 PostScript（EPS）语言文件格式，可以同时包含矢量图形和位图图形。几乎所有的图形、图表和页面排版程序都支持 EPS 格式。EPS 格式用于在应用程序之间传递 PostScript 语言图片，当要将图像置入 CorelDRAW、Illustrator、PageMaker 等软件中时，可以先把图像存储成 EPS 格式。当打开包含矢量图形的 EPS 文件时，Photoshop 栅格化图像，并将矢量图形转换为像素。

EPS 格式是一种通用的行业标准格式，可同时包含像素信息和矢量信息。它支持剪贴路径（在排版软件中可产生镂空或蒙版效果）但不支持 Alpha 通道。

3．TIFF 文件格式

TIFF 文件格式是一种灵活的位图图像格式，几乎所有的绘画、图像编辑和页面排版应用程序都支持它，而且几乎所有桌面扫描仪都可以生成 TIFF 图像。TIFF 文件最大可以达到 4GB 或更多。Photoshop CS 支持以 TIFF 格式存储的大型文件。但是，大多数其他应用程序和旧版本的 Photoshop 都不支持大小超过 2GB 的文件。

TIFF 格式是一种无损压缩格式，可以支持 Alpha 通道信息、多种 Photoshop 的图像颜色模式、图层和剪贴路径。

4．BMP 文件格式

BMP 格式是 Microsoft 公司软件的专用格式，它兼容于大多数 Windows 和 OS/2 平台的应用程序。此格式可支持除了双色调以及索引颜色以外的许多色彩模式，在 Windows 操作系统中可以制作桌面图案。以 BMP 格式存储时，使用 RLE 压缩格式，可以节省空间而不会破坏图像的任何细节，惟一的缺点就是存储及打开时的速度较慢。

BMP 是最普遍的位图格式图像文件，也是 Windows 系统下的标准格式。

5．GIF 文件格式

GIF 格式是在 World Wide Web 及其他联机服务上常用的一种文件格式，用于显示超文本标记语言（HTML）文档中的索引颜色图形和图像。GIF 是一种用 LZW 压缩的格式，目的在于最小化文件大小和传输时间。GIF 格式保留索引颜色图像中的透明度，但不支持 Alpha 通道。GIF 文件格式对于颜色少的图像是不错的选择，它最多只能容纳 256 种颜色，常用于网络传输，并且可以制作 GIF 动画。现今的 GIF 格式仍只能达到 256 色，但它的 GIF89a 格式，能储存成背景透明化的形式，并且可以将数张图存储成一个档案，形成动画效果。

6．JPEG（JPG）文件格式

JPEG 格式是一种有损压缩格式，是在 World Wide Web 及其他联机服务上常用的一种格式，用于显示超文本标记语言（HTML）文档中的照片和其他连续色调图像。JPEG 格式支持 CMYK、RGB 和灰度颜色模式，但不支持 Alpha 通道。与 GIF 格式不同，JPEG 保留 RGB 图像中的所有颜色信息，但通过有选择地扔掉数据来压缩文件大小。

JPEG 图像在打开时自动解压缩。压缩级别越高，得到的图像品质越低；压缩级别越低，得到的图像品质越高。在大多数情况下，选择“最佳”品质选项产生的结果与原图像几乎无分别。

7．PNG 文件格式

PNG 格式是由 Adobe 公司针对网络图像新开发的文件格式，企图取代现今被广泛使用的 GIF 格式及 JPEG 格式。PNG 格式结合了 GIF 与 JPEG 的特性，可以用破坏较少的压缩方式，并可利用 Alpha 通道做去背景的动作，是功能非常强大的用于网络的文件格式，但是，某些 Web 浏览器不支持 PNG 图像。

目前最常使用 PNG 的情况就是将去背景的图像格式存储成 PNG 格式，然后置入 Flash 中来制作 Flash 文件。

8．PSB 文件格式

大型文件格式 PSB 支持宽度或高度最大为 300 000 像素的文件。PSB 格式支持所有 Photoshop 功能（如图层、效果和滤镜等）。目前，如果以 PSB 格式存储文件，则只有在 Photoshop CS 中才能打开该文件，其他应用程序和旧版本的 Photoshop 都无法打开以 PSB 格式存储的文件。

专家指导

（1）其他大多数应用程序和旧版本的 Photoshop 都无法支持大小超过 2GB 的文件。

（2）必须先执行"编辑"→"预设"→"文件处理"命令，在"文件处理"中选中"启用大型文档格式（.psb）"选项，然后才能以 PSB 格式存储文档。

1.2　Photoshop 的基本应用

前面了解了有关图像的一些基本知识，接下来就可以使用 Photoshop 对图像进行处理，这里首先讲解 Photoshop 的基本操作。

1.2.1　启动 Photoshop CS3

（1）执行 Windows 桌面上的"开始"→"程序"→Adobe Photoshop CS3→Adobe Photoshop CS3 命令。

（2）显示 Adobe Photoshop CS3 的启动画面，如图 1.5 所示。

图 1.5　启动 Photoshop CS3

（3）启动画面结束后，就打开 Photoshop CS3 的操作界面，如图 1.6 所示，所有对图像文件的操作将在这里完成。

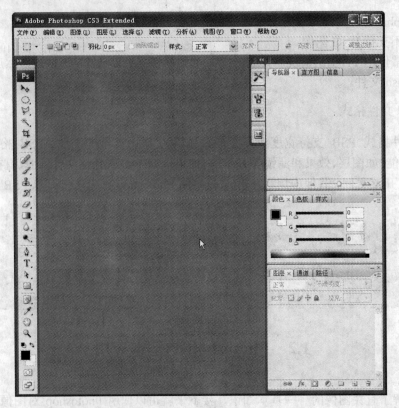

图 1.6　Photoshop CS3 界面

1.2.2　退出 Photoshop CS3

当不需要使用 Photoshop 时，使用以下任何一种方法，可退出 Photoshop CS3。

（1）执行"文件"→"退出"菜单命令，或单击 Photoshop CS3 窗口右上角的关闭按钮，就会关闭所有打开的图像窗口并退出 Photoshop CS3 程序。

（2）双击标题栏左端的程序图标。

（3）按 Alt+F4 组合键或 Ctrl+Q 组合键（若文件没有存储将会提示询问用户是否存储文件）退出程序。

1.2.3　图形图像文件的基本操作

前面讲解了如何启动 Photoshop CS3，启动 Photoshop CS3 之后对图形图像文件的操作一般都需要在该程序中进行，包括新建图像文件、打开和关闭图像文件、存储图像文件、恢复图像文件、置入图像文件等操作。

1. 新建图像文件

启动程序后，若要编辑一个图像文件，首先需要创建一个符合目标应用领域的新图像文件，其操作步骤如下。

（1）执行"文件"→"新建"命令或按 Ctrl+N 组合键。

专家指导   按住 Ctrl 键同时双击 Photoshop 工作区也可以打开"新建"对话框。

（2）打开如图 1.7 所示的"新建"对话框，设置以下各项参数。

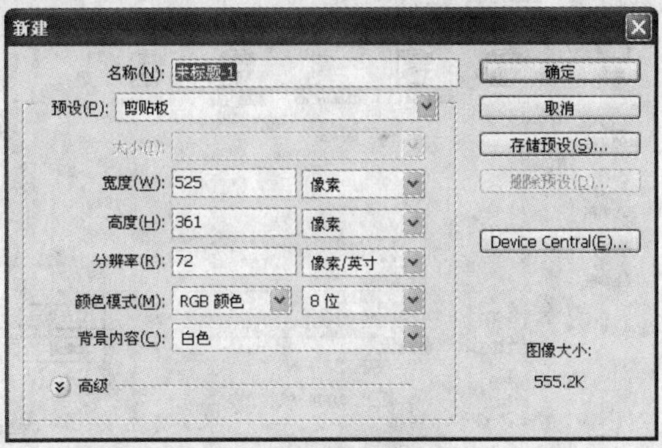

图 1.7   "新建"对话框

- "名称"：输入新文件的名称。若不输入，系统则默认名为"未标题-1"。
- "预设"：选择一个图像预设尺寸大小。如选择 F4，则在"宽度"和"高度"列表框中将显示预设的尺寸值。
- "宽度"：设置新文件的宽度。
- "高度"：设置新文件的高度。
- "分辨率"：设置新文件的分辨率。

专家指导   输入前要确定文件尺寸的单位。表示图像大小的单位有"像素"、"英寸"、"厘米"、"点"、"派卡"和"列"。表示分辨率的单位有"像素/英寸"和"厘米/英寸"。

- "颜色模式"：设置新文件的色彩模式，指定位深度，确定可使用颜色的最大数量。通常采用 RGB 色彩模式，8 位/通道。
- "背景内容"：设置新文件的背景层颜色，可以选择"白色"、"背景色"和"透明"三种方式。当选择"背景色"选项时，新文件的背景颜色与工具箱中背景颜色框中的颜色相同。
- "高级"选项区：该选项区是用来设置颜色概况和像素比率的，是 Photoshop CS3 的新增功能。

2．打开和关闭图像文件

在使用 Photoshop 编辑已有文件时需要打开文件，方法主要包括以下两种。
（1）执行"文件"→"打开"命令或按 Ctrl+O 组合键。
（2）在 Photoshop 工作区的空白区域双击。

弹出"打开"对话框，选择一个图像文件，再单击"打开"按钮（或双击所要打开的文件），即可打开图像文件，如图 1.8 所示。

图 1.8　"打开"对话框

若要同时查看或打开多个文件，可执行"文件"→"浏览"命令或按 Ctrl+Shift+O 组合键，打开"文件浏览器"对话框，选择一个或多个目标文件。

当对图像编辑完成后，可将当前文件关闭，或关闭所有文件。

（1）执行"文件"→"关闭"命令或按 Ctrl+W 组合键或 Ctrl+F4 组合键，关闭当前文件。

（2）执行"文件"→"关闭全部"命令或按 Ctrl+Alt+W 组合键，关闭当前打开的所有文件。

3．存储图像文件

存储文件的操作包括存储、存储为、保存一个版本、存储为 Web 和设备所用格式等命令，每个命令都可以保存成不同的文件。

（1）"存储"命令。

执行"文件"→"存储"命令或按 Ctrl+S 组合键。如果当前文件从未保存过，将打开如图 1.9 所示的"存储为"对话框；如果至少保存过一次的文件，则直接保存当前文件修改后的信息而不会出现如图 1.9 所示的对话框。

（2）"存储为"命令。

执行"文件"→"存储为"命令或按 Ctrl+Shift+S 组合键，也会弹出"存储为"对话框，在此对话框中以不同的位置、不同文件名或不同格式存储原来的图像文件，可用选项根据所选取的具体格式而有所改变。

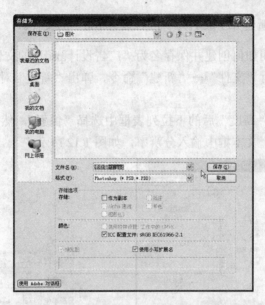

图 1.9　"存储为"对话框

专家指导

（1）在 Photoshop 中，如果选取的格式不支持文件的所有功能，对话框底部将
出现一个警告。如果看到了此警告，建议以 Photoshop 格式或以支持所有
图像数据的另一种格式存储文件的副本。

（2）在 Photoshop 的各种对话框中，按 Alt 键，"取消"按钮将变为"复位"按
钮，单击"复位"按钮可以将各种设置还原为系统默认值。

（3）"存储为 Web 和设备所用格式"命令。

执行"文件"→"存储为 Web 和设备所用格式"命令或按 Ctrl+Alt+Shift+S 组合键，将
打开如图 1.10 所示的"存储为 Web 和设备所用格式"对话框，可以直接将当前文件保存为
HTML 格式的网页文件。

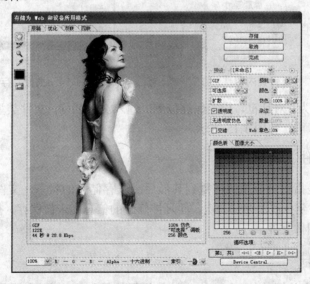

图 1.10　"存储为 Web 和设备所用格式"对话框

【边学边练 1.1】 新建并生成名为"广告设计.psd"的文件。

下面举例来具体说明如何创建并保存名为"广告设计.psd"的文件。

（1）启动程序，执行"文件"→"新建"命令，弹出"新建"对话框，输入名称"广告设计"，如图 1.11 所示。

（2）在"宽度"和"高度"后的下拉列表框中选择"像素"，然后在文本框中输入宽度及高度值，在"分辨率"文本框中输入分辨率，如图 1.12 所示。

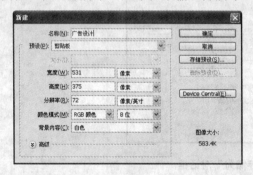

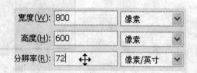

图 1.11 "新建"对话框　　　　　　　　　　图 1.12 设置文件大小

（3）在"背景内容"下拉列表框中选择"透明"选项，单击"确定"按钮，如图 1.13 所示。

（4）完成创建一个名为"广告设计"的文件后，再执行"文件"→"存储为"命令，如图 1.14 所示。

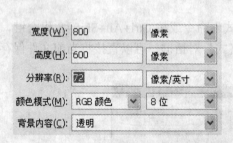

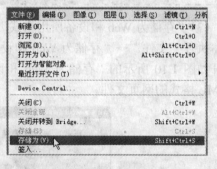

图 1.13 设置背景内容　　　　　　　　　　图 1.14 执行"存储为"命令

（5）弹出"存储为"对话框，指定保存位置、输入文件名称，文件类型默认为 PSD 格式，单击"保存"按钮即可，如图 1.15 所示。

4．恢复图像文件

恢复图像文件是指将当前图像恢复到其最后一次存储时的状态。文件恢复有一个前提条件就是要恢复的文件至少被保存过一次，而且被修改的信息尚未被保存。执行"文件"→"恢复"命令即可恢复图像文件。

5．置入图像文件

Photoshop 是一个位图软件，但它也支持矢量图的导入，可以将矢量图软件制作的图形文件（如 Illustrator 软件制作的*.ai 图形文件、*.pdf 和*.eps 等格式文件）导入 Photoshop 中，其操作步骤如下。

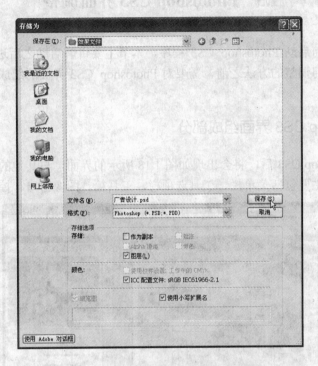

图 1.15　保存文件

（1）首先需要打开或创建一个要导入图形的图像文件。

（2）执行"文件"→"置入"命令，打开如图 1.16 所示的"置入"对话框，设定各项参数后单击"置入"按钮，矢量图形就被插入到图像文件中，同时在"图层"面板中将增加一个新图层，效果如图 1.17 所示。

图 1.16　"置入"对话框

图 1.17　置入的图像

1.3 Photoshop CS3 界面调整

前面讲述了如何启动 Photoshop CS3 程序，本节主要讲解启动之后进入 Photoshop CS3 的界面调整，在学习调整的方法之前，需要对 Photoshop CS3 界面的组成部分有一个大概的了解。

1.3.1 Photoshop CS3 界面组成部分

在进入 Photoshop CS3 后，将会出现如图 1.18 所示的界面，与其他的图形处理软件的操作界面基本相同，主要包括菜单栏、工具选项栏、工具箱、图像窗口、控制面板等。

图 1.18 Photoshop CS3 工作界面

1. 菜单栏

菜单栏中包含有各类操作命令，同一类操作命令包含在同一下拉菜单中。下拉菜单中的命令如果显示为黑色，表示此命令目前可用；如果显示为灰色，则表示此命令目前不可用。Photoshop CS3 根据图像处理的各种要求，将所有的功能分类后，分别放在 10 个菜单中，如图 1.19 所示。它们分别为文件、编辑、图像、图层、选择、滤镜、分析、视图、窗口及帮助菜单。

图 1.19 菜单栏

在每个菜单名称下方，都包括相关的命令，因此菜单中包含了 Photoshop CS3 的大部分命令操作，大部分的功能可以在菜单的使用中得以实现。一般情况下，一个菜单中的命令是固定不变的，但是，有些菜单可以根据当前环境的变化适当添加或减少某些命令。

2．工具选项栏

工具选项栏位于菜单的下方，如图 1.20 所示，主要用于设置各工具的参数。工具选项栏的选项会根据操作工具的不同而有所不同。图 1.20 所示为选择"椭圆工具"时的工具栏。

图 1.20　工具选项栏

3．工具箱

工具箱是 Photoshop 的一大特色，也是 Adobe 开发软件的独特之处，在工具箱中除了包含有各种操作工具外，还可以对文件窗口进行控制、设置在线帮助以及切换到 Imageready 等，工具箱位于操作界面的左侧，如图 1.21 所示。

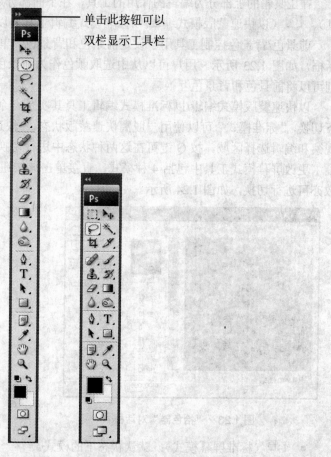

单击此按钮可以
双栏显示工具栏

图 1.21　工具箱

对于工具箱中的工具，直接单击该工具按钮即可使用。如果工具按钮右下方有一个黑色小三角，则表示该工具按钮中还有隐藏的工具，用鼠标右击工具按钮，就可以和弹出工具组中的其他工具进行切换。将鼠标移动到工具按钮上并稍停片刻，就会显示工具的名称，右侧的字母即为该工具的快捷键，如图 1.22 所示。

套索工具　　　　　　　　　　　　画笔工具

图 1.22　工具箱中的工具

专家指导　　按住 Alt 键的同时单击工具按钮，也可以直接实现工具的切换。或者在工具按钮上按住鼠标不放，也可弹出其他工具。

在工具箱的上部分为编辑图像用的工具，在下面部分还包括了▦（前景色/背景色控制工具）、▣（以快速蒙版模式编辑/以标准模式编辑工具）以及▣.（更改屏幕模式工具）。

前景色/背景色控制工具用于设定前景色和背景色，单击色彩控制框将出现"拾色器"对话框，如图 1.23 所示。用户可以从中选取颜色作为前景色和背景色。单击↘按钮或按 X 键则可以将前景色和背景色互换。

以快速蒙版模式编辑/以标准模式编辑工具其实是一个按钮，单击该按钮即可在两种状态下切换，"标准模式"可以使用户脱离快速蒙版状态，"快速蒙版模式"允许用户轻松地创建、观察和编辑选择区域。按 Q 键可在这两种状态中进行切换。

更改屏幕模式工具中包括 4 种模式，直接单击该按钮即可切换，或在按钮上按住鼠标不放亦可进行切换，如图 1.24 所示。

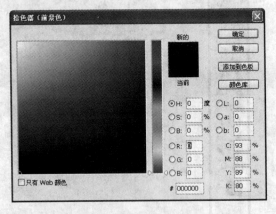

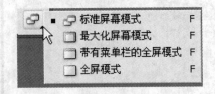

图 1.23　"拾色器"对话框　　　　　　图 1.24　更改屏幕模式

- ▣（标准屏幕模式）：默认状态下的模式。
- ▢（最大化屏幕模式）：将文件编辑区域以最大化显示。
- ▣（带有菜单栏的全屏模式）：能够将可用的屏幕全部扩充为使用区域。
- ▣（全屏模式）：同样能将可用的屏幕全部扩充为使用区域，但不包括开始功能表。

4. 图像窗口

图像窗口是指显示图像的区域，也是编辑和处理图像的区域，如对图像区域的选择、改变图像的大小等，如图 1.25 所示。

图像窗口包括标题栏、最大化和最小化按钮、滚动条以及图像显示区等几个部分。通过这些按钮可以调整窗口。

图 1.25　图像窗口

5. 控制面板

控制面板是 Photoshop 中最灵活、最好用的工具，它们能够控制各种参数的设置，而且设置起来非常直观，并且颜色的选择以及显示图像处理的过程和信息也在控制面板中体现，如图 1.26 所示。控制面板左侧的按钮是一些隐藏的控制面板，单击后即可显示出来，如图 1.27 所示。

图 1.26　显示的控制面板　　　　图 1.27　隐藏的"段落"面板

第一组控制面板包含图像的信息栏，有导航器、直方图和信息 3 个控制面板；第二组控制面板中主要是工具信息，有颜色、色板和样式 3 个控制面板；第三组控制面板中有图层、通道、路径 3 个控制面板；其他的面板则隐藏在左侧的按钮中。

控制面板并不是一成不变的，可以单个显示，也可以若干个组成一组，只要使用鼠标拖动即可更改。

【边学边练 1.2】 将"动作"面板与其他面板放在一组中。

下面举例来具体说明如何更改控制面板。

（1）Photoshop 默认的面板显示方式是按相近的功能成组排放的。

（2）用鼠标拖动"动作"控制面板的标签，将其拖到"历史记录"面板标签的后面，释放鼠标，如图 1.28 所示。

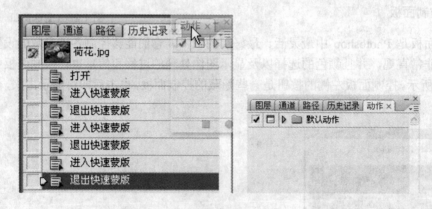

图 1.28　拖动面板

（3）单击控制面板上的最小化按钮，可以使控制面板最小化，如图 1.29 所示。

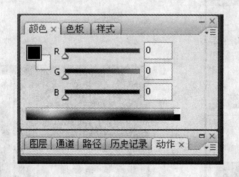

图 1.29　控制面板最小化

1.3.2　调整界面

使用熟悉的工作界面，对于提高图像处理的效率无疑有很大的帮助，而有时进行不同的操作，又需要不同的工作界面，因此 Photoshop CS3 新增了自定义工作区的功能。

打开"窗口"中的"工作区"菜单，如图 1.30 所示，可以看到自定义工作区的命令，分别是存储工作区、删除工作区和复位调板位置等命令。

也可直接使用鼠标拖动面板、工具箱等，释放鼠标后即可将其移到指定的位置。

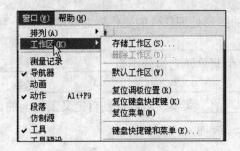

图 1.30 "工作区"命令

本 章 习 题

一、选择题

1. 下面的（　　）功能不属于 Photoshop 的基本功能。

   A．处理图像尺寸和分辨率 　　　　B．绘画功能

   C．色调和色彩功能 　　　　　　　D．文字处理和排版

2. 要在工具箱中选取工具按钮，下面操作说法错误的是（　　）。

   A．按住 Alt 键，单击工具箱中的工具按钮，可在多个工具之间切换

   B．双击，在打开的菜单中选择工具即可

   C．单击鼠标后按住不放，打开一个菜单，选择工具即可

   D．右击含有多个工具的按钮，打开一个菜单，选择工具即可

3. Photoshop 默认的图像文件格式的后缀为（　　）。

   A．PSD 　　　　B．BMP 　　　　C．PDF 　　　　D．TIF

4. 在 Photoshop 中，按（　　）组合键即可保存图像文件。

   A．Ctrl+S 　　　B．Alt+S 　　　C．Shift+S 　　　D．Ctrl+D

5. 下面哪个不是菜单栏中的名称？（　　）

   A．文件 　　　B．表格 　　　C．图像 　　　D．图层

6. 下面关闭图像文件的操作，（　　）是错误的。

   A．按 Ctrl+W 组合键

   B．按 Ctrl+F4 组合键

   C．执行"文件"→"关闭"命令

   D．单击窗口标题栏左侧的图标

二、填空题

1. 像素实际上是＿＿＿＿＿＿上的名词，在计算机显示器和电视机的屏幕上都使用到＿＿＿＿＿＿作为它们的基本量度单位。

2. 分辨率用于＿＿＿＿＿＿＿＿＿＿＿＿＿＿＿＿＿＿＿＿＿＿，通常表示成＿＿＿＿＿。

3. 矢量图也称为＿＿＿＿＿＿，也就是使用直线和曲线来描述的图像，组成矢量图中的图形元素称为对象。

4. Photoshop 与其他的图形处理软件的操作界面基本相同，主要包括_____、_____、_____、_____、_____等。

5. Photoshop 分为 10 个菜单，它们分别为_____、_____、_____、_____、_____、_____、_____、_____、_____及_____菜单。

6. 打开_____中的_____菜单，可以看到自定义工作区的命令，分别是_____、_____和_____等命令。

三、上机操作题

1. 在计算机中安装 Photoshop CS3，打开程序，并新建一个图像文件，设置图像的文件名为"招贴设计.psd"，高度和宽度均为 800 像素，背景为白色，如图 1.31 所示。

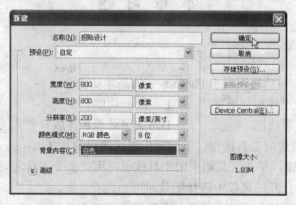

图 1.31　新建图像文件

2. 更改工具箱的位置，调整控制面板在界面中的位置，如图 1.32 所示。

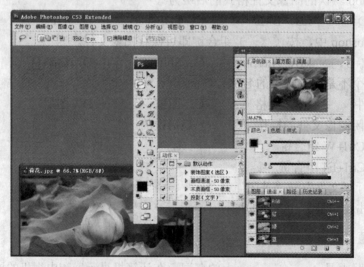

图 1.32　更改工具箱和控制面板的位置

3. 调整界面，并将现在的工作区进行存储。

第 2 章

选区的创建及编辑

　　选区是指在对图像处理之前在图像上用选择工具选取的一定范围，在 Photoshop 中，可以通过选区的创建，对所选区域内的图像进行操作，而不影响其他区域的内容。Photoshop 中选区的创建可以通过选取工具来完成，也可以通过菜单命令来完成，在后面的章节里还会看到利用路径和蒙版创建更加复杂的选区。

　　本章将详细介绍创建和应用选区的重要意义及其实现方法，以及编辑选区、用选区灵活处理产生各种图像效果等内容。所含知识点包括矩形选框工具、椭圆选框工具、单行选框工具、单列选框工具，套索工具、多边形套索工具、磁性套索工具、魔棒工具、快速选择工具和进行选区的相加、相减和相交等操作，以及特殊的选区修改操作等。

重点知识点

> 矩形选框工具
> 椭圆选框工具
> 套索工具、多边形套索工具、磁性套索工具
> 魔棒工具
> 选区的移动、增减
> 选区的变换
> 选区的羽化

2.1　选区的基本概念

　　当用户需要对图像进行局部操作时，都要先为此局部创建一个选区，指定操作所作用的范围，选区外的图像不会受到影响。与选区有关的命令都可在"选择"菜单中找到，如图 2.1 所示，其中，几个常用的选择命令的功能和操作如下。

- "全部"：此命令的功能是将图像全部选中，快捷键为 Ctrl+A。
- "取消选择"：此命令的功能是取消已选取的范围，快捷键为 Ctrl+D。
- "重新选择"：此命令用于重复上一次操作中的范围选取，快捷键为 Ctrl+Shift+D。
- "反向"：此命令用于将当前范围反转，快捷键为 Ctrl+Shift+I。

　　另外，还可以使用鼠标右键快捷菜单对选区进行操作，如图 2.2 所示。

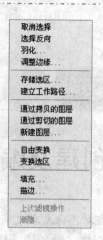

图 2.1　"选择"菜单　　　　　　　　　图 2.2　鼠标右键菜单

2.2　选框工具

选框工具是 Photoshop 中最基本、最简单的选择工具，主要用于创建简单的选区以及图形的拼接、剪裁等。使用该工具可以选择四种形状的范围：矩形、椭圆、单行和单列。默认情况下，选框工具组中的"矩形选框工具"为当前的工具。要进行选取不同的选框工具，首先在 ⊡ 工具按钮上按住鼠标不放，并稍停一小段时间，弹出选框工具菜单，如图2.3 所示。

2.2.1　矩形选框工具

图 2.3　选框工具菜单

矩形选框工具用于创建矩形的选区，选区以虚线的形式显示，在默认状态下只要拖动鼠标即可创建矩形选区，除此之外还可以创建固定比例和固定大小的选区，具体操作如下所示。

单击工具箱中的 ⊡（矩形选框工具）按钮后，在图像中按住鼠标并拖动创建矩形选区，如图 2.4 所示。

图 2.4　矩形选区

专家指导

若要选取正方形的选区，可按住 Shift 键再拖动鼠标；若要选取一个以起点为中心的矩形范围，可按住 Alt 键拖动鼠标；若要取消选择范围，可以执行"选择"→"取消选择"命令或者按 Ctrl+D 组合键。

除了可以设置样式外，还可以在工具选项栏中设置其他的参数属性，如图 2.5 所示。其中各项参数的含义如下所示。

图 2.5 矩形选框工具选项栏

- （新选区）：选中此按钮即可选取新的范围，通常此项为默认状态。
- （添加到选区）：此命令的功能是取消已选取的范围，快捷键为 Ctrl+D。
- （从选区减去）：若新选区和旧选区无重叠部分，则选区无变化。
若两者有重叠部分，则新生成的选区将减去两区域中重叠区域。
- （与选区交叉）：产生一个包含新选区和旧选区的重叠区域的选区。
- "羽化"：设置了该项功能后，会在选取范围的边缘产生渐变的柔和效果，其取值范围为 0~250 像素，如羽化值为 0 和 10 的对比效果如图 2.6 所示。

图 2.6 羽化效果

- "消除锯齿"：选中该项后，对选区范围内的图像作处理时，可使边缘较为平顺。此项在矩形选框工具是不可选的，在椭圆选框工具时变为可选。
- "调整边缘"：单击该按钮，即可弹出"调整边缘"对话框，从中可以对选区的边缘进行修改，如图 2.7 所示。

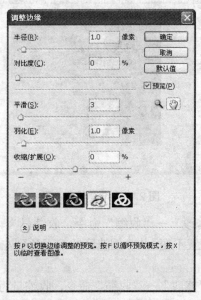

图 2.7 "调整边缘"对话框

【边学边练 2.1】 制作立体相框效果。

下面举例来具体说明如何通过选区来创建具有立体感的相框效果。

（1）按 Ctrl+N 组合键新建一幅高度和宽度分别为 300 像素和 400 像素、背景内容为白色的画布，将模式选为"RGB 颜色"，单击"确定"按钮，如图 2.8 所示。

（2）单击"图层"面板，单击面板下方的"创建新的图层"按钮，在背景图层基础上创建一个新的图层"图层 1"，如图 2.9 所示。

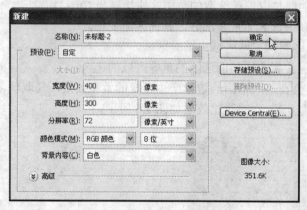

图 2.8 新建图像文件   图 2.9 新建图层

（3）在工具箱上选择矩形选框工具，在画布上拖出适当大小的矩形。在工具箱上选择渐变工具，颜色设置为从黑色到白色，渐变方式选为线性渐变，从选区的左上角到右下角进行填充，如图 2.10 所示。

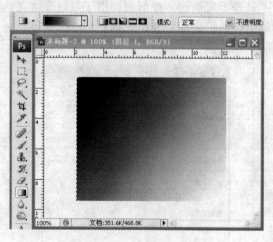

图 2.10 设置渐变效果

（4）执行"选择"→"修改"→"收缩"命令，收缩量为 10 个像素，将选区收缩，然后继续选择渐变工具，填充设置不变，从收缩选区的右下角到左上角进行填充，效果如图 2.11 所示。

（5）再执行"选择"→"修改"→"收缩"命令，收缩量为 10 个像素。按下 Delete 键删除选区内的颜色部分，如图 2.12 所示。

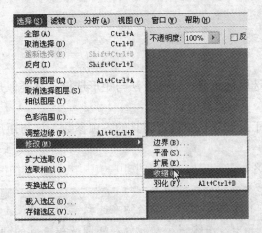

图 2.11　收缩选区并反向填充

（6）打开一幅风景图像，使用 Ctrl+A 组合键全选图像，再按住 Ctrl 键同时拖动鼠标，将风景图像复制到前面制作好的相框窗口中。为了匹配两幅图像的大小，对风景图像执行"编辑"→"自由变换"命令，改变图像大小，如图 2.13 所示。

图 2.12　删除选区内的颜色部分

图 2.13　添加风景图像

（7）为了增强相框的金属质感及立体效果，在"图层"面板中选择"图层 1"，单击左下方的 fx.（添加图层样式）按钮，对其添加"投影"和"斜面和浮雕"的"混合选项"效果，选项都采用默认设置即可，效果如图 2.14 所示。

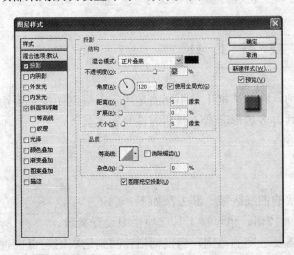

图 2.14　添加图层样式

2.2.2 椭圆选框工具

椭圆选框工具是用于选取圆形或椭圆形选区的工具，操作方法与矩形选框工具类似，具体步骤如下所示。

（1）在工具箱中单击椭圆选框工具，在工具选项栏中设置工具的各项参数，这与矩形选框工具的参数基本相同。

（2）在图像中拖动鼠标绘制椭圆形的选区。

专家指导

不管是设定羽化功能，还是设定消除锯齿功能，都必须在选取范围之前设定它们，否则这两项功能不能实现。其中，消除锯齿功能仅在椭圆选框工具的"选项栏"中可以使用，而在另外三种选框工具中则不可以使用。

2.2.3 单行、单列选框工具

单行选框工具和单列选框工具经常用于对齐图像或描边，只需在工具箱中选取单行选框工具或单列选框工具，然后在图像窗口单击即可，主要参数有新选区、添加到选区、从选区中减去、与选区交叉、羽化等，效果如图 2.15 和图 2.16 所示。

图 2.15　单行选框工具

图 2.16　单列选框工具

2.3　套　索　工　具

套索工具也是常用选择工具中的一种，它与选框工具不同的是用于不规则图像及手绘线段的选择，其中包括 3 种工具：套索工具、多边形套索工具和磁性套索工具。

2.3.1 套索工具

使用套索工具，可以选取不规则形状的曲线区域，其方法如下。

（1）在工具箱中单击 （套索工具）按钮，也可在工具选项栏中设置参数。

（2）在图像窗口中，拖动鼠标选取需要选定的范围，当鼠标指针回到选取的起点位置时释放鼠标，如图 2.17 所示。

图 2.17　使用套索工具

2.3.2　多边形套索工具

使用多边形套索工具，可以选择不规则形状的多边形区域。该工具的操作方法与工具有所不同，其方法如下。

（1）在工具箱中单击 （多边形套索工具）按钮，将鼠标指针移到图像窗口中单击以定开始点。

（2）移动鼠标指针至下一转折点单击，当确定好全部的选取范围并回到开始点时光标右下角出现一个小圆圈，然后单击即可完成选取操作，如图 2.18 所示。

图 2.18　使用多边形套索工具

用多边形套索工具也可设定消除锯齿和羽化边缘功能，其工具选项栏的设置与套索工具的相同。

2.3.3　磁性套索工具

磁性套索工具是最精确的套索工具，进行选择时方便快捷，还可以沿图像的不同颜色之间将图像相似的部分选取出来，它是根据选取边缘在特定宽度内不同像素值的反差来确定的。下面介绍其使用方法。

（1）在工具箱中单击 （磁性套索工具）按钮。

（2）移动鼠标指针至图像窗口中，单击定出选取的起点，然后沿着要选取的物体边缘移动鼠标指针。当选取终点回到起点时，光标右下角会出现一个小圆圈。此时单击即可完成选取操作，如图 2.19 所示。

可以在选项栏中设置以下相关参数，如图 2.20 所示。

图 2.19　使用磁性套索工具

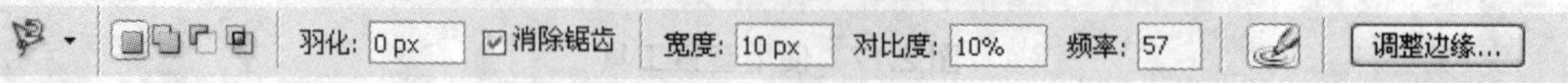

| 📐 ▾ | ⬜⬜⬛⬜ | 羽化: 0 px | ☑消除锯齿 | 宽度: 10 px | 对比度: 10% | 频率: 57 | ✏ | 调整边缘... |

图 2.20　磁性套索工具选项栏

- "羽化"和"消除锯齿"：此两项功能与选框工具选项栏中的功能一样。
- "宽度"：用于设置磁性套索工具选取时的探查距离，数值越大探查范围越大。
- "对比度"：用来设置套索的敏感度，其数值在 1%～100% 之间，数值大可用来探查对比锐利的边缘，数值小可用来探查对比较低的边缘。
- "频率"：用来指定套索边节点的连接速度，其数值在 1～100 之间，数值越大选取外框速度越快。
- "光笔压力"：用来设置绘图板的画笔压力。该项只有安装了绘图板和驱动程序才变为可选。

【边学边练 2.2】　制作放着鲜花的花瓶。

下面举例来具体说明如何通过磁性套索工具来创建放着鲜花的花瓶。

（1）执行"文件"→"打开"命令，打开一幅花的图像，在工具箱中选择"磁性套索工具"，宽度设为 5 像素，边对比度为 30%，在图像中选取花朵的图案，如图 2.21 所示。

（2）执行"文件"→"打开"命令，打开花瓶图形，使用魔棒工具选择背景部分，执行"选择"→"反向"命令，如图 2.22 所示。

图 2.21　选择花朵图形

图 2.22　选择花瓶图形

（3）选择工具箱中的"移动工具"，将花瓶和花朵分别拖动到步骤（2）中创建的图像窗口，这时"图层"面板中会产生"图层 1"和"图层 2"，效果如图 2.23 所示。

（4）再使用套索工具选取花枝多余的部分，按 Delete 键将其删除，再在"图层"面板中将"图层 2"拖到面板下方的 ▣ （创建新图层）按钮上，释放鼠标即可复制图层，如图 2.24 所示。

图 2.23 将图像移至文件中

图 2.24 复制花朵图层

（5）按 Ctrl+T 组合键分别对每个花朵图层进行旋转、移动，调整完成后按 Enter 键确定，如图 2.25 所示。

（6）隐藏其他图层，只显示一个花朵图层，使用套索工具选择多余的花枝部分，将其删除，如图 2.26 所示。

图 2.25 调整花朵的角度及位置

图 2.26 删除多余的部分

2.4 智能选择工具

前面所讲的选框工具、套索工具均需要使用鼠标拖动才可以创建选区，在图像处理过程中，除此之外，经常还会使用到一些工具来对相同或相近颜色的区域进行选取，也就是本节要介绍的"魔棒工具"、"快速选择工具"以及"通过色彩范围创建选区"的方法。

2.4.1 魔棒工具

魔棒工具的主要功能是用来选取范围。在进行选取时，工具能够选择出颜色相同或相近的区域。例如，在图像中单击绿叶部分即可选中与当前单击处相同或相似的颜色范围，如图2.27 所示。

图 2.27 使用魔棒工具

魔棒工具使用工具选项栏上输入的容差值来制作选区。当"连续"选项处于选择状态时，单击图像内任一位置，程序会检查受单击处周围的像素值。若其颜色值在容差范围内则这一范围可以被包括在选区内；若超出容差范围值，则不被选中，通常容差值大小和选取范围大小是成正比的。用魔棒工具选择选区操作方法如下。

（1）在工具箱中单击 ✎（魔棒工具）按钮，用户还可以通过工具选项栏设定颜色的近似范围。

（2）在工具选项栏中设置相关的参数，有些与矩形选框工具选项栏的参数是相同的，如图 2.28 所示。

| ✎ ▾ | ▢▢▢▢ | 容差: 30 | ☑消除锯齿 | ☑连续 | □对所有图层取样 | 调整边缘... |

图 2.28 魔棒工具选项栏

- "容差"：用来确定选取时颜色比较的容差值，单位为像素，值范围在 0～255 之间，值越小，选取范围的颜色越接近，相应的选取范围也越小。
- "消除锯齿"：选中该项后，可使边缘较为平滑。
- "连续"：选中此项，在容差值范围内的像素检测会遍及整幅图像；如果不选中此项，则只检测单击处邻近区域。
- "对所有图层取样"：选中此项，对所有图层均起作用，即可以选取所有层中相近的颜色区域。
- （3）单击图像中要选择的颜色值所在区域即可。

2.4.2　快速选择工具

可以使用快速选择工具利用可调整的圆形画笔笔尖快速"绘制"选区。拖动时，选区会向外扩展并自动查找和跟随图像中定义的边缘，具体操作如下所示。

（1）在工具箱中单击 ✎ （快速选择工具）按钮，此时鼠标指针变为 ⊕ 形状。

（2）在工具选项栏中设置工具的属性参数，如图 2.29 所示。

图 2.29　快速选择工具选项栏

- ✎ （新选区）：是在未选择任何选区的情况下的默认选项，创建初始选区后，此选项将自动更改为"添加到选区"按钮。

- ✎ （添加到选区）：选择此项，在图像中单击即可将当前选区添加到原选区中。

- ✎ （从选区减去）：选择此项，在图像中单击区域即可从当前选区中减去。

- 画笔 ●：更改快速选择工具的画笔笔尖大小，单击选项栏中的"画笔"菜单并输入像素大小或移动"直径"滑块。使用"大小"弹出菜单选项，使画笔笔尖大小随钢笔压力或光笔轮而变化。

- "自动增强"：减少选区边界的粗糙度和块效应。"自动增强"自动将选区向图像边缘进一步流动并应用一些边缘调整，也可以通过在"调整边缘"对话框中使用"平滑"、"对比度"和"半径"选项手动应用这些边缘调整。

（3）在要选择的图像部分中绘画，选区将随着绘画而增大。如果更新速度较慢，应继续拖动以留出时间来完成选区上的工作。在形状边缘的附近绘画时，选区会扩展以跟随形状边缘的等高线，如图 2.30 所示。

图 2.30　使用快速选择工具创建选区

如果停止鼠标拖动的操作，而是改用在附近区域位置单击或拖动，选区将增大，也就是包含单击的新区域。

> 要更改工具光标，可执行"编辑"→"首选项"→"光标"命令，在"绘画光标"区域中设置光标，默认情况下，快速选择光标为"正常画笔笔尖"，其他选项如图 2.31 所示。

专家指导

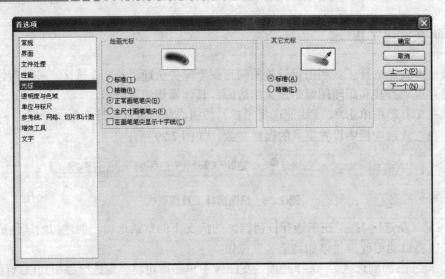

图 2.31　设置光标

2.4.3　通过色彩范围创建选区

魔棒工具和快速选择工具都是非常有用的工具，但是通过目测来划分颜色选区是不准确的，因此，Photoshop 提供了更好的替代工具，那就是"色彩范围"命令，可以在"选择"菜单中找到，操作方法如下。

（1）打开一幅图像，执行"选择"→"色彩范围"命令，即可打开"色彩范围"对话框，如图 2.32 所示。

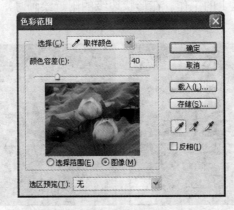

图 2.32　"色彩范围"对话框

（2）可以通过设置对话框的各个选项来对选取范围实现精确的调整，在"选择"下拉列表框中可以选择一种颜色范围的方式。如默认的"取样颜色"，选中此项就可以采用"吸管工具"来确定选取的颜色范围，方法是把鼠标移动到图像窗口单击，即可选取一定的颜色范围，其他还有红、绿、蓝、高光等选项。

（3）和魔棒工具类似，可以设置相关的颜色容差，只需拖动滑块即可，图像选取范围的变化会在其下的预览框中显示出来。

（4）预览框下方有两个单选按钮，分别是"选择范围"和"图像"。若选择"选择范围"，在预览框中则只会显示被选取的范围；若选择"图像"则会显示整幅图像，如图 2.33 所示。

（5）若要对选取的范围作进一步处理，如进行加选或减选操作时，可使用对话框中的"添加到取样"按钮或"从取样中减去"按钮。

（6）对话框中的"反相"复选框可实现对选取范围的反选功能，与"选择"菜单中的"反向"命令功能相同。

（7）在"选区预览"下拉列表框中可以选择一种选区在图像窗口中的显示方式，包括"无"、"灰度"、"黑色杂边"、"白色杂边"、"快速蒙版"。

（8）设置完成后，单击"确定"按钮完成范围的选取，如图 2.34 所示。

图 2.33　"色彩范围"对话框　　　　　　　　图 2.34　选中的部分

【边学边练 2.3】　制作信纸。

下面举例来具体说明如何通过魔棒工具制作信纸效果。

（1）按 Ctrl+N 组合键新建文件，设置高度和宽度分别为 600 像素和 600 像素，背景内容为白色，将模式选为 RGB 颜色，单击"确定"按钮，如图 2.35 所示。

（2）新建一个图层，在新的图层上用矩形选框工具绘制一个矩形选区，并使用粉红色来填充选区，然后合并所有图层，如图 2.36 所示。

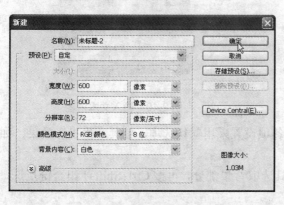

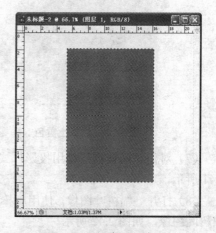

图 2.35　创建新文件　　　　　　　　　　图 2.36　创建矩形选区

（3）按 Ctrl+D 组合键取消选择，执行"滤镜"→"画笔描边"→"喷溅"命令，弹出"喷溅"对话框，采用默认设置，单击"确定"按钮，使淡黄色区域边缘出现不平整效果。若效果不明显，可以按 Ctrl+F 组合键多次使用喷溅滤镜，如图 2.37 所示。

（4）使用魔棒工具选取图像中粉红色的矩形区域，然后对选区做反选操作，删除多余的部分，如图 2.38 所示。

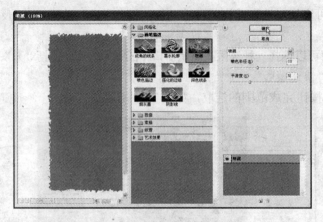

图 2.37　使用喷溅滤镜　　　　　　　　　　　　　　　图 2.38　删除多余的部分

（5）选择画笔工具，设置颜色为土黄色，主直径设为 20 像素，在选区四周及中间随意用画笔涂抹，用来创建旧纸张效果，效果如图 2.39 所示。

（6）选择横排文字工具，将前景色设为黑色，设置好字形、字号等，在纸张上用鼠标从左上角拖动到右下角用来形成一个文本框，在该框内输入段落文字，如图 2.40 所示。

图 2.39　涂抹土黄色　　　　　　　　　　　　　　　图 2.40　输入文本内容

（7）对信纸所在图层使用投影样式，各项设置采用默认选项，使其产生投影效果，如图 2.41 所示。

（8）打开一幅树叶图像，使用魔棒工具选取背景部分，再按 Ctrl+Shift+I 组合键反选，选中树叶图像，如图 2.42 所示。

（9）按住鼠标将树叶拖动到信纸所在的图像窗口中，执行"编辑"→"自由变换"命令，缩小树叶图像，放在信纸右下角作为装饰，再对树叶所在图层使用投影和外发光样式，如图 2.43 所示。

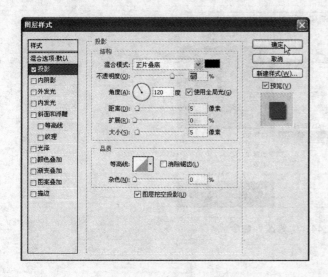

图 2.41 添加投影样式

图 2.42 选中树叶

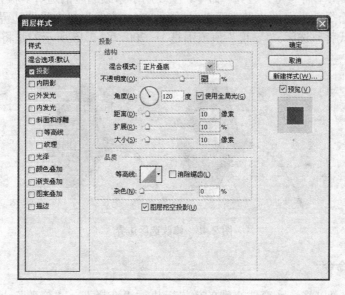

图 2.43 添加图层样式

2.5 选区的修改编辑

2.5.1 修改选区

通过增减选区可以实现对选区大小的修改，将选区放大或缩小，往往能够实现许多图像特殊效果，同时也能够修改还未曾完全准确选取的范围。修改选区的命令位于"选择"→"修改"菜单命令下，如图 2.44 所示。

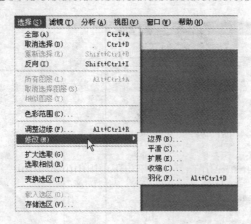

图 2.44 "修改"命令

1. "边界"命令

在"修改"菜单中有一个"边界"命令,主要用于修改选区的边界。执行"选择"→"修改"→"边界"命令,弹出"边界选区"对话框,在"宽度"栏中设置边界的宽度值,可以用这个新的选区代替原选区。"宽度"值范围是 1~200,图 2.45 所示的是将选区边界设为 10 像素的效果。

图 2.45 修改选区边界

2. "平滑"命令

"平滑"命令可以将选区变成平滑的效果。执行"选择"→"修改"→"平滑"命令,弹出"平滑选区"对话框,在"取样半径"输入框中输入半径值,范围是 1~100,如图 2.46 所示。

图 2.46 平滑后的选区

3. "扩展"和"收缩"命令

在"修改"菜单中的"扩展"和"收缩"命令是相反效果的，"扩展"命令能将选区边界向外扩大 1～100 个像素，"收缩"命令能将选区边界向内收缩 1～100 个像素。图 2.47 所示的是将原选区进行扩展和收缩 20 像素后的效果。

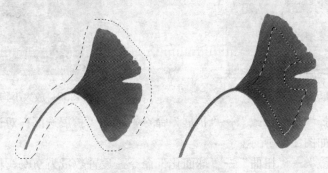

图 2.47　扩展和收缩选区

4. "羽化"命令

前面在讲解创建选区时讲到了工具选项栏中的"羽化"，执行"修改"菜单中的"羽化"命令，也可以羽化选区边缘，使图像具有柔软渐变的边缘，形成晕映效果。下面介绍如何使用 Photoshop 制作图像的晕映效果。

（1）打开一幅图像文件，在图像中创建一个选区，如图 2.48 所示。

（2）执行"选择"→"修改"→"羽化"命令，在弹出的"羽化选区"对话框中输入羽化半径为 10，如图 2.49 所示。

（3）执行"编辑"→"拷贝"命令，复制选区内的图像。

（4）执行"文件"→"新建"命令，按默认设置新建图像文件。

（5）执行"编辑"→"粘贴"命令，粘贴图片，就可以得到如图 2.50 所示的羽化效果。

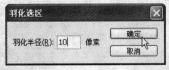

图 2.48　创建椭圆选区　　　　图 2.49　输入羽化半径　　　　图 2.50　羽化效果

【边学边练 2.4】　制作放大镜效果。

下面举例来具体说明如何通过"扩展"命令制作出放大镜放大物体的效果。

（1）执行"文件"→"打开"命令，打开一幅小狗的图像，如图 2.51 所示。

（2）使用椭圆选框工具选取动物的头部，执行"编辑"→"自由变换"命令，按住 Alt+Shift

组合键再拖动鼠标将选区保持圆心不变等比例放大，效果如图2.52所示。

图2.51　打开图像

图2.52　放大小狗头部

（3）执行"选择"→"修改"→"扩展"命令，弹出"扩展选区"对话框，设置扩展量为5个像素，效果如图2.53所示。

（4）执行"滤镜"→"扭曲"→"球面化"命令，设置数量为90%，模式正常，对选区作类似放大镜的凸起效果，效果如图2.54所示。

图2.53　扩展选区

图2.54　球面化

（5）执行"选择"→"修改"→"边界"命令，设置宽度为10个像素，形成扩边效果后，选择渐变工具，设置颜色为从淡蓝色渐变到黄色，对选区从左上角到右下角以线性渐变方式填充选区，效果如图2.55所示。

（6）新建图层，将前景色设为黄色，用矩形选框工具绘制一个矩形，羽化设为2像素，在放大镜周围绘制一个窄边的矩形做手柄，并用前景色填充，如图2.56所示。

图2.55　渐变填充选区

图2.56　绘制矩形

（7）执行"编辑"→"变换"→"旋转"命令，将鼠标移至选区外面，调整手柄的位置，最后效果如图 2.57 所示。

图 2.57 旋转效果

2.5.2 扩大选取与选取相似

扩大选取与选取相似可以对选区进行扩大，尤其是对于使用魔棒工具创建的选区，同样，颜色的近似程度也由魔棒工具的选项栏中的容差值来决定。

1. 扩大选取

"扩大选取"命令用于将原有的选取范围扩大，所扩大的范围是原有的选取范围相邻和颜色相近的区域，颜色相近似的程度由魔棒工具的选项栏中的容差值来决定。

使用魔棒工具创建选区后，再执行"选择"→"扩大选取"命令，即可扩大选区，如图 2.58 所示。

图 2.58 扩大选取

2. 选取相似

"选取相似"命令也可将原有的选取范围扩大，类似于"扩大选取"命令。但是它所扩大的选择范围不限于相邻的区域，只要是图像中有近似颜色的区域都会被涵盖，在图 2.58 左侧选区的基础上使用"选取相似"命令，效果如图 2.59 所示。

图 2.59 选取相似

2.5.3 变换选区

Photoshop 不仅能够对整个图像、某个图层或者是某个选取范围内的图像进行旋转、翻转和自由变换处理，而且还能够对选取范围进行任意的旋转、翻转和自由变换。

1. 选区的自由变换

对选区的自由变换包括对范围的大小、倾斜角度、扭曲状况等的调整，执行"编辑"→"自由变换"命令，便可进入自由变换状态，鼠标指针指向图像便可移动图像或改变大小，具体操作如下所示。

（1）打开图像，选取一个选取范围，然后执行"选择"→"自由变换"命令，进入自由变换状态，显示编辑框，如图 2.60 所示。此时在选项栏处显示自由变换选项栏，用于设定变换的方式，如图 2.61 所示。

图 2.60 自由变换

图 2.61 自由变换选项栏

此时进入选取范围的自由变换状态，在图像窗口中右击，出现"变换"子菜单，如图 2.62 所示。从中选择变换的方式，如选择"扭曲"，拖动边角即可对图像进行扭曲，如图 2.63 所示。

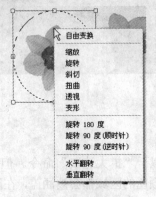

图 2.62 右键菜单

图 2.63 扭曲图像

2．选区的变换

除了对选区的自由变换外，在"变换"子菜单中还提供了变换的命令，执行"编辑"→"变换"命令，从中选择变换的方式，如图 2.64 所示。

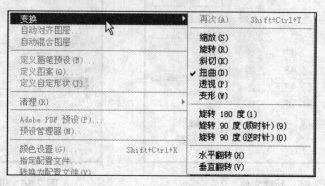

图 2.64　选择变换方式

- "缩放"：调整选取范围的长宽比和尺寸比例。
- "旋转"：选取此命令时，将鼠标指针指向选区外面，等鼠标变成弯曲的双向箭头后按顺时针或逆时针方向旋转。
- "斜切"：用于对选区的倾斜变换，将鼠标指向边框的中点拖动即可。
- "扭曲"：该命令可用于对选区的自由调整，只需将鼠标指向选区的边角拖动即可。
- "透视"：拖动边角可产生一定形状的梯形。
- "变形"：选择此项后，将以网格的形式对图像进行分解，拖动分解的每个网格点即可变形图像的局部。

专家指导　在"编辑"中的"变换"子菜单中的命令与前面所讲的右键菜单命令相同。需要注意的是，只有在自由变换或变换状态下，右击鼠标才能出现如图 2.64 所示的菜单命令。

【边学边练 2.5】　制作圆锥形。

下面举例来具体说明如何通过魔棒工具制作圆锥形效果。

（1）按 Ctrl+N 组合键，弹出"新建"对话框，新建高度和宽度均为 600 像素的文件，设置背景内容为白色，将模式选为 RGB 颜色，单击"确定"按钮，如图 2.65 所示。

（2）在工具箱中选择矩形选框工具，在画布上绘制矩形，再选择渐变工具，在其选项工具栏中设置渐变的颜色为从蓝色到白色再到浅蓝色，如图 2.66 所示。

（3）在矩形中拖动鼠标，产生渐变效果，如图 2.67 所示。

（4）执行"编辑"→"变换"→"扭曲"命令，调整矩形上方的两个控点，使其变成三角形状，如图 2.68 所示。

（5）选择椭圆选框工具在三角形底端绘制一个椭圆，再选择矩形选框工具，按住 Shift 键绘制一个矩形，注意正方形的底边要刚好与椭圆的长直径重合，得到如图 2.69 所示选区。

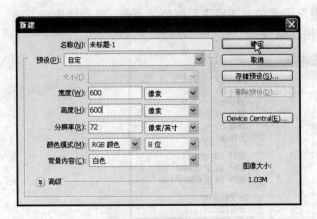

图 2.65　新建文件

图 2.66　设置渐变颜色

图 2.67　产生渐变效果

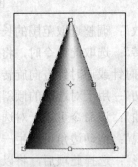

图 2.68　调整控制点

　　（6）执行"选择"→"反向"命令，按下 Delete 键删除底部多余部分，再次执行"选择"→"反向"命令，如图 2.70 所示。

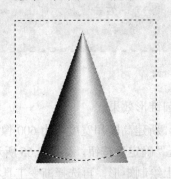

图 2.69　通过相加得到选区

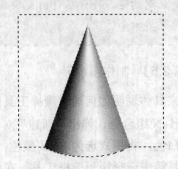

图 2.70　删除多余的部分

　　（7）在工具箱中选择矩形选框工具，单击选项栏中的"与选区交叉"按钮，在圆锥底部绘制一个矩形，宽度与底部椭圆直径重合，得到如图 2.71 所示的选区。

　　（8）按 Ctrl+C 组合键复制选区，再按 Ctrl+V 组合键粘贴，这时该选区的复制图像会形成新的图层，执行"编辑"→"变换"→"垂直翻转"命令，在工具箱中选择移动工具，然后移动至合适的位置，使它和锥体的弧形底部共同组成圆锥体的底座，效果如图 2.72 所示。

图 2.71 与选区交叉

图 2.72 复制并移动选区

2.5.4 调整边缘

在前面讲解工具选项栏时，讲到工具选项栏中包括"调整边缘"按钮，执行"选择"→"调整边缘"命令，弹出"调整边缘"对话框，如图 2.73 所示。

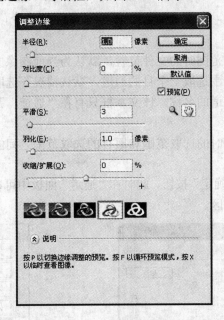

图 2.73 "调整边缘"对话框

其中的所有命令均用于调整选区的边缘效果，具体含义如下所示。

● "半径"：通过"半径"参数可以改善包含柔化过渡或细节的区域中的边缘。

● "对比度"：使用"对比度"可以使柔化边缘变得犀利，并去除选区边缘模糊的不自然感。

● "平滑"："平滑"可以去除选区边缘的锯齿状边缘。使用"半径"可以恢复一些细节。

● "羽化"：可以使用平均模糊柔化选区的边缘。

● "收缩/扩展"：减小以收缩选区边缘；增大以扩展选区边缘。

在上述命令的下方，显示了 5 种预览视图的按钮，从左到右具体含义分别如下所示。

- 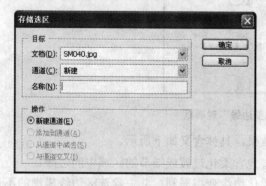（标准）：具有标准选区边界的选区。在柔化边缘选区上，边界将会围绕被选中50%以上的像素。
- （快速蒙版）：将选区作为快速蒙版预览。双击可编辑快速蒙版预览设置。
- （黑底）：在黑色背景下预览选区。
- （白底）：在白色背景下预览选区。
- （蒙版）：预览用于定义选区的蒙版。

2.6　选区的存储与载入

在使用完一个选区后，可以将它保存起来，以备重复使用。保存后的选区范围将成为一个蒙版显示在"通道"面板中，当需要时可以从"通道"面板中载入进来。

1. 存储选区

（1）首先创建一个选区，执行"选择"→"存储选区"命令，弹出"存储选区"对话框，如图 2.74 所示。

- "文档"：保存选取范围时的文件位置，默认为当前图像文件。
- "通道"：为选取范围选取一个目的通道，默认情况下选取范围被存储在新通道中。
- "名称"：设定新通道的名称。该文本框只有在"通道"下拉列表中选择了"新建"选项时才有效。
- "操作"：设定保存时的选取范围和原有的选取范围之间的组合关系，默认为"新建通道"选项。

（2）设置完成后单击"确定"按钮，此时在"通道"面板中可以看到存储的选区。图 2.75 所示为以"花朵"命名的选区。

图 2.74　"存储选区"对话框   图 2.75　存储在"通道"面板中的选区

2. 载入选区

在前面存储选区之后，会进行一些别的操作，此时原来创建的选区已经取消，当再次需要之前的选区时，可再载入选区。

（1）执行"选择"→"载入选区"命令，弹出"载入选区"对话框，从中选择存储的选区名称，如图 2.76 所示。

- "文档"：选择图像文件名，即从哪一个图像中安装进来。
- "通道"：选择通道名称，即选择安装哪一个通道中的选取范围。
- "反相"：选中该复选框，则将选取范围反选。
- "操作"：选择载入方式，默认为"新建选区"，其他的只有在图像上已有选区时才可以使用。

（2）设置载入的选区后，单击"确定"按钮，此时在图像窗口中将再出现原来存储的选区，如图 2.77 所示。

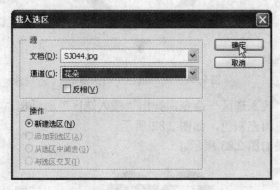

图 2.76　"载入选区"对话框

图 2.77　载入选区

【边学边练 2.6】　制作心心相印。

下面举例来具体说明如何通过选区的载入与编辑制作出心心相印的效果。

（1）执行"文件"→"新建"命令，弹出"新建"对话框，新建一个高度和宽度均设为 800 像素的文件，设置背景内容为白色，模式为 RGB，单击"确定"按钮，如图 2.78 所示。

（2）新建一个图层，将前景色设为红色，单击 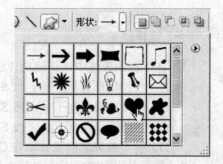（自定形状工具）按钮，在选项工具栏中单击"形状"下拉按钮，选择红桃心形，绘制一个心形，如图 2.79 所示。

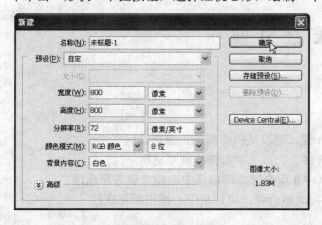

图 2.78　新建文件

图 2.79　选择红桃心形

（3）选择心形图层，执行"选择"→"载入选区"命令，在弹出的对话框中直接单击"确定"按钮，形成心形选区。执行"选择"→"修改"→"收缩"命令，弹出"收缩选区"对话框，设置收缩量为 25 像素，单击"确定"按钮。按下 Delete 键删除选区中的图像，如图

2.80 所示。

（4）执行"视图"→"标尺"命令，显示标尺，然后创建参考线。单击工具箱中的多边形套索工具，设置工具选项栏中的"羽化"选项值为 0 像素。在图像中创建一个三角形选区，按 Delete 键删除选区中的图像，如图 2.81 所示。

图 2.80　形成心形

图 2.81　删除选区中的图像

（5）选择心形图层，执行"选择"→"载入选区"命令，弹出"载入选区"对话框，单击"确定"按钮。新建图层，并在新图层中填充灰色，如图 2.82 所示。

（6）使用移动工具移动选区图形，效果如图 2.83 所示。

图 2.82　载入选区

图 2.83　填充并调整选区

本 章 习 题

一、选择题

1. 在下面的表述中，正确的说法是（　　）。

　A. 使用矩形选框工具，按 Shift 键，可以从中心拖出正方形选区

　B. 使用椭圆选框工具，按 Shift 键，可以从中心拖出圆形选区

　C. 使用矩形选框工具，按 Shift+Alt 组合键，可以从中心拖出正方形选区

　D. 使用椭圆选框工具，按 Ctrl+Alt 组合键，可以从中心拖出圆形选区

2. 关于羽化的解释正确的有（　　）。

　A. 羽化就是使选区的边界变成柔和

　B. 羽化就是使选区的边界变得更平滑

　C. 如果向羽化后的选区内填充一种颜色，其边界是清晰的

　D. 羽化后选区中的内容，如果粘贴到别的图像中，其边缘会变得模糊

3．对于磁性套索工具，可以设置的选项有（　　）。

    A．羽化　　　　B．消除锯齿　　　　C．容差　　　　　　D．频率

4．下面哪些命令或工具依赖于容差值设置？（　　）

    A．扩展　　　　B．反差　　　　　C．颜色范围　　　　D．魔棒工具

5．下列说法正确的是（　　）。

    A．可对做完的选区进行编辑

    B．只能在做选区之前，在选项面板中设置羽化值

    C．只有在做选区之后，才能对选区进行羽化

    D．以上 B 和 C 的说法都不正确

6．下列关于选择工具说法正确的是（　　）。

    A．单击选择工具会出现相应的选项面板

    B．双击选择工具会出现相应的选项面板

    C．在选择工具上右击会弹出菜单供选择

    D．以上说法都正确

7．在做选区时如果按 Shift 键，可以（　　）。

    A．画出一正圆选区

    B．画出一正方形选区

    C．画出一椭圆选区

    D．画出一正多边形选区

8．选取相似颜色的连续区域的操作是（　　）。

    A．增长　　　　B．相似　　　　　C．魔棒　　　　D．自由套索

二、填空题

1．选框工具是 Photoshop 中最基本、最简单的选择工具，主要用于创建简单的选区以及图形的拼接、剪裁等。使用该工具可以选择四种形状的范围：_____、_____、_____和_____。

2．_____用于选取圆形或椭圆形选区的工具。

3．_____与选框工具不同的是用于不规则图像及手绘线段的选择，其中包括 3 种工具：_____工具、_____工具和_____工具。

4．_____工具主要功能用来选取范围。在进行选取时，工具能够选择出颜色相同或相近的区域。

5．魔棒工具和快速选择工具都是非常有用的工具，但是通过目测来划分颜色选区是不准确的，因此，Photoshop 提供了更好的替代工具，那就是"_____"命令。

6．除了对选区的自由变换外，在"变换"子菜单中还提供了变换的命令，其中包括_____、_____、_____、_____、_____和_____ 6 种。

三、上机操作题

1．制作艺术效果的照片。打开素材文件，利用矩形选框工具，设置羽化为 25 像素来选取人物图像。对图像编辑，制作合成图像，效果如图 2.84 所示。

图 2.84　艺术效果的照片

2．制作邮票。打开素材文件，利用椭圆选框工具、选区移动、输入文字等操作制作邮票，效果如图 2.85 所示。

提示：齿形的制作方法是在矩形选区填充后，在左上方作一个圆形，删除圆形内的图像，然后依次移动选区并删除。

3．制作圆柱体。利用选区、渐变等操作制作圆筒的图像效果，效果如图 2.86 所示。

提示：利用选区的加集、编辑渐变和图层等操作制作圆柱面。

图 2.85　制作的邮票

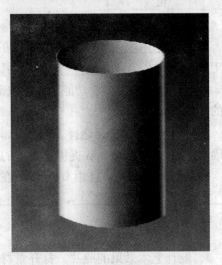

图 2.86　制作圆柱体

第3章

绘图工具的应用

利用工具进行绘图是 Photoshop 的重要功能之一，Photoshop 提供了画笔工具和铅笔工具，在平面设计中会经常用到这些绘图工具。绘画即用绘画工具更改像素的颜色。默认情况下，画笔工具创建颜色的柔描边，而铅笔工具则创建硬边手绘线。

本章主要介绍 Photoshop 各种绘图工具的基本功能和使用，通过本章相关知识的学习，可掌握 Photoshop CS3 各种绘图工具的使用方法和操作技巧，并可在此基础上加以灵活运用。所含知识点包括画笔工具、铅笔工具、绘图的方式、形状工具、油漆桶工具以及渐变工具等。

重点知识点

- ➢ 绘图工具
- ➢ 渐变工具
- ➢ 形状工具
- ➢ 油漆桶工具
- ➢ 铅笔工具

3.1　画　笔　工　具

画笔工具用于更改像素的颜色，在 Photoshop 中，画笔工具组中包括三个工具，如图 3.1 所示，分别为画笔工具、铅笔工具、颜色替换工具。

3.1.1　画笔的操作

图 3.1　画笔工具

画笔工具，顾名思义，可以像使用画笔一样在画板中绘出各种各样的图形。除了使用默认的画笔类型外，还可以创建新画笔、自定义画笔、存储画笔、载入画笔等操作。

1. 使用画笔

使用画笔的基本操作步骤如下。

（1）首先指定前景色，因为画笔使用的颜色为前景色所显示的颜色，单击工具箱中的前景色按钮，弹出"拾色器（前景色）"对话框，选择所需的颜色，如图 3.2 所示。

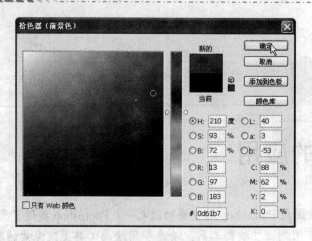

图 3.2 设置前景色

（2）单击工具箱中 ✐（画笔工具）按钮，此时在菜单栏下显示画笔工具选项栏。

（3）在画笔工具选项栏中单击"画笔"列表框右侧的下三角按钮，如图 3.3 所示，从中可以选择不同类型和不同大小的画笔。

（4）在图像文件中拖曳鼠标进行绘画，如图 3.4 所示。

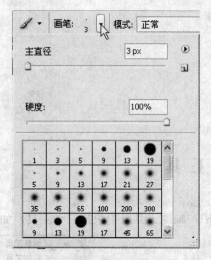

图 3.3 选择画笔类型

图 3.4 使用画笔绘制

要绘制直线，可按住 Shift 键并拖动鼠标，这样绘制出来的即为直线。

专家指导

2．创建新画笔

在使用画笔进行绘图时，除了 Photoshop 中所提供的画笔样式，用户还可以通过自己新建画笔来绘制图形，具体操作步骤如下所示。

（1）在工具箱中单击画笔工具，执行"窗口"→"画笔"命令，或单击画笔工具选项栏中的 ▦（切换画笔调板）按钮，打开"画笔"面板，如图 3.5 所示。

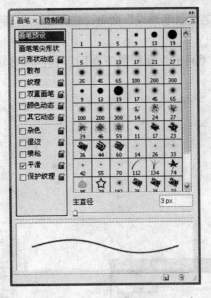

图 3.5　"画笔"面板

（2）单击面板底部的 （创建新画笔）按钮，弹出"画笔名称"对话框，输入新画笔的名称，单击"确定"按钮即可。

> 也可以在如图 3.5 所示的"画笔"下拉面板上单击其右上方的小三角按钮，打
> 开"画笔"面板菜单，选择其中的"画笔预设"命令。

专家指导

3. 自定义画笔

可以通过编辑其选项来自定义画笔的笔触形状，并通过采集图像中的像素样本来创建新的画笔笔触形状。所选的画笔笔触决定了画笔笔触的形状、直径和其他特性，具体操作步骤如下所示。

（1）打开素材文件，单击魔棒工具，在图像中选择白色的背景部分，执行"选择"→"反向"命令，即可选中图像部分，如图 3.6 所示。

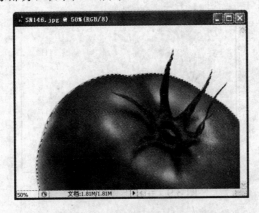

图 3.6　选中图像部分

（2）执行"编辑"→"定义画笔预设"命令，在弹出的对话框中输入画笔名称并单击"确定"按钮，如图 3.7 所示。

（3）单击画笔工具，在"画笔"面板最下面即可找到刚才定义的画笔，选中即可画出图形效果，如图 3.8 所示。

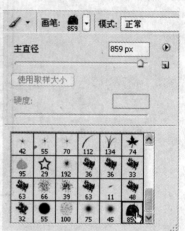

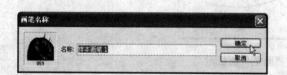

图 3.7　自定义画笔

图 3.8　自定义画笔

3.1.2　画笔工具组

绘图即用绘图工具更改像素的颜色。可以渐变地应用颜色，采用柔化边缘和转换操作，并利用强大的滤镜效果处理个别像素。Photoshop 画笔工具组提供了 🖌（画笔工具）和 ✏（铅笔工具）来用当前的前景色进行绘画，还提供了颜色替换工具来将当前图像中的颜色设为指定的颜色。默认情况下，画笔工具创建颜色的柔描边，而铅笔工具创建硬边手画线。

1. 铅笔工具

铅笔工具可以在当前图层或所选择的区域内模拟铅笔的效果进行描绘，画出的线条硬、有棱角，就像实际生活当中使用铅笔绘制的图形一样。图 3.9 所示的是使用铅笔工具绘制后的效果。

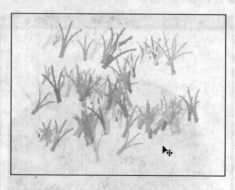

图 3.9　铅笔工具绘制效果

操作步骤如下：

（1）首先在工具箱上选中铅笔工具，然后选取一种前景色。

（2）然后在选项栏中设置铅笔的形状、大小、模式、不透明度和流量等参数。

（3）在绘画区鼠标指针变为相应的形状时便可开始绘画。

在铅笔工具选项栏中有一个"自动抹掉"复选框。选择此复选框可以实现自动擦除的功能，即可以在前景色上绘制背景色。

专家指导
当开始拖动时，如果光标的中心在前景色上，则该区域将绘制成背景色。如果在开始拖动时光标的中心在不包含前景色的区域上，则该区域将绘制成前景色。

2. 画笔工具

画笔工具是使用绘画和编辑工具的重要部分。画笔工具可以绘制出比较柔和的线条，其效果如同用毛笔画出的线条，如图 3.10 所示。

 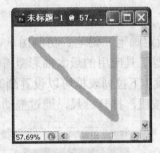

图 3.10　画笔工具

3. 颜色替换工具

颜色替换工具用于将当前图像中的颜色设为指定的颜色，单击工具栏中的"颜色替换工具"后，在其选项栏中可以设置颜色替换的相关参数，如图 3.11 所示。

图 3.11　颜色替换工具选项栏

在"模式"下拉列表框中选择替换的模式，然后在其右侧选择替换颜色的取样，最后通过调整"限制"、"容差"以及"消除锯齿"选项，选取替换后的颜色，然后在需要替换的位置单击即可实现颜色的替换，如图 3.12 所示。

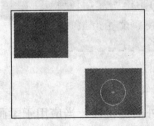 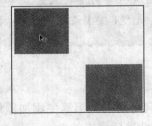

图 3.12　替换颜色效果

3.2 画笔工具选项设置

在画笔和铅笔的工具选项栏中可以对工具的一些属性进行设置，本节主要讲解一些选项的具体含义。

3.2.1 混合模式

混合模式是在"模式"下拉列表框中用于设置绘图时的色彩混合模式。色彩混合是指用当前绘画工具应用的颜色与图像原有的底色进行混合，从而产生一种结果颜色。选中画笔工具，在其选项栏中打开"模式"下拉列表，其中共提供了包括正常模式在内的 25 种色彩混合模式。

3.2.2 不透明度

"不透明度"指定画笔、铅笔、仿制图章、图案图章、历史记录画笔、历史记录艺术画笔、渐变和油漆桶等工具应用的最大油彩覆盖量。

利用"不透明度"下拉列表框可以设置画笔的不透明程度，在其后的文本框中输入数值，或单击旁边的三角按钮，打开标尺，通过拖动标尺上的滑杆即可进行调节，如图 3.13 所示。

图 3.13 不透明度

3.2.3 流量

"流量"指定画笔工具应用油彩的速度，较低的设置形成较轻的描边。

利用"流量"下拉列表框可以设置绘图颜色的浓度比率。在"流量"下拉列表框中输入 1～100 的整数，或者单击下拉列表右侧的小三角按钮，在打开的下拉列表中拖动滑杆即可进行调节。浓度值越小，颜色越浅；当浓度值为 100%时，颜色的各项素参数就是调色板中设置的数值，如图 3.14 所示。

专家指导

按数字键以 10%的倍数设置工具的不透明度、流量、强度或曝光度（按 1 设置为 10%，按 0 设置为 100%）。

图 3.14 流量

3.2.4 杂色

"杂色"选项可向个别的画笔笔尖添加额外的随机性。当应用于柔画笔笔尖（包含灰度值的画笔笔尖）时，此选项最有效。

在"画笔"面板中，选择面板左侧的"杂色"，复选标记表示已选中该选项。

3.2.5　湿边

"湿边"选项可沿画笔描边的边缘增大油彩量，从而创建水彩效果。

在"画笔"面板中，选择面板左侧的"湿边"，复选标记表示已选中该选项。

3.2.6　渐隐

"渐隐"选项可按指定数量的步长在100%和"最小圆度"值之间渐隐画笔笔迹的圆度，如图3.15所示。

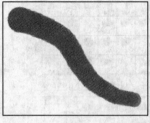

图3.15　步长分别为25和50的效果

使用画笔渐隐：单击"形状动态"选项，在右边的"控制"下拉菜单中选中"渐隐"选项，在右边的文本框中输入具体的数值。

【边学边练3.1】　制作背景效果。

下面举例来具体说明如何使用画笔工具创建多个图案的背景效果。

（1）执行"文件"→"新建"命令，或按Ctrl+N组合键，建立新文件，长宽均设为500像素，其他参数设置如图3.16所示。

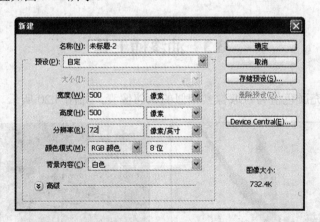

图3.16　新建文件

（2）打开素材图像，选中其中的图像，执行"编辑"→"定义画笔预设"命令，弹出"画笔名称"对话框，单击"确定"按钮，如图3.17所示。

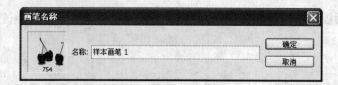

图 3.17　定义画笔

（3）单击工具箱中的画笔工具，单击选项栏中的 按钮，弹出"画笔"面板，从中设置画笔的形态，如图 3.18 所示。

（4）在新建的文件中拖动鼠标，定义的画笔将显示在文件中，多次拖动可以创建多个图形，如图 3.19 所示。

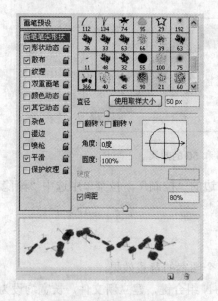

图 3.18　设置画笔形态

图 3.19　使用画笔

3.3　油漆桶工具

油漆桶工具填充颜色值与点取像素相似的相邻像素，如图 3.20 所示。

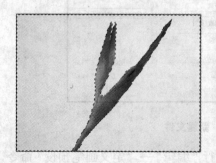

图 3.20　油漆桶填充效果

在使用油漆桶工具之前要选定前景色，然后在图像中单击以填充前景色。如果进行填充之前选取了范围，则填充颜色只对选取范围之内的区域有效。图 3.21 所示为油漆桶工具的选项栏设置，在"填充"下拉菜单中选择"前景"选项，则以前景色进行填充；若选择"图案"选项进行填充，则选项栏中的"图案"下拉列表框会被激活，从中可以选择用户已经定义的图像进行填充。

图 3.21 油漆桶工具选项栏

如果正在图层上工作，并且不想填充透明区域，则一定要在"图层"面板中锁定图层的透明度。

专家指导

3.4 渐变工具

（渐变工具）可以创建多种颜色间的逐渐混合。使用渐变工具可非常方便地在图像中产生两种或两种以上的颜色渐变效果，用户可直接使用系统提供的渐变模式，也可自己定义所需的渐变模式。

通过在图像中拖动渐变来填充区域。起点（按下鼠标处）和终点（释放鼠标处）会影响渐变外观，如果不指定选区，渐变工具将作用于整个图像。该工具的使用方法是按住鼠标在图像编辑区域内拖动产生一条渐变直线后释放鼠标即可。渐变直线的长度和方向决定了渐变填充的区域和方向，在拖动鼠标的同时按住 Shift 键可产生水平、垂直或 45°角的渐变填充。

渐变工具不能用于位图、索引颜色或每通道 16 位模式的图像。

专家指导

1. 应用渐变填充

如果要填充图像的一部分，则要选择要填充的区域。否则，渐变填充将应用于整个当前图层。图 3.22 所示为渐变工具的选项栏。

图 3.22 渐变工具选项栏

操作步骤如下：

（1）选择渐变工具，在选项栏中选择渐变填充。单击渐变样本旁边的三角形按钮，选择预设渐变填充。

除此之外，也可以在渐变样本框上单击打开"渐变编辑器"对话框。调节选择的预设渐变填充，然后单击"确定"按钮。

（2）在"渐变编辑器"对话框中，单击选择"预设"栏下的任意渐变图标，在"名称"文本框中都会显示其渐变名称。

（3）在"预设"栏下选择一种渐变作为自定义的基础，然后在对话框中的预览条上拖动任意一个滑板，"名称"文本框中的名称自动变成"自定"，如图 3.23 所示，此时可以输入名称。

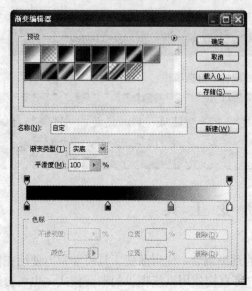
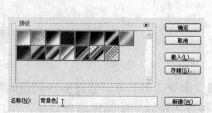

图 3.23　自定义名称

（4）预览条上的滑块分上下两部分，上面的滑块用来设置渐变的不透明度，当单击选择一个块时，对话框底部的"不透明度"和"位置"选项变为可用。"不透明度"用来设置不透明渐变的百分比，"位置"用来显示当前选择的滑块在预览条上的位置（Photoshop 7.0 将预览条分成等距离的 100 份）。

预览条下面的滑块用来设置渐变的颜色，当选择其滑块时对话框底部的"颜色"和"位置"选项变为可用。单击颜色块可打开"拾色器"对话框，然后可在"拾色器"中选择需要的颜色。

预览条中两个滑块之间有一个小的空心菱形，用来表示其相邻滑块的中间位置，可以通过拖动来改变其位置。

在预览条的任意位置单击可在单击处产生一个新的滑块，如果在已选择一个滑块的情况下单击，则可实现滑块的复制。

（5）当自定义好颜色渐变后，单击"渐变编辑器"对话框中的"新建"按钮，则自定义好的颜色渐变自动添加到"预设"栏下的列表框中。

（6）"渐变编辑器"中的"渐变类型"下有两个选项："实底"和"杂色"。Photoshop 默认的是"实底"选项，当选择"杂色"选项时，"渐变编辑器"底部显示该选项下的设置，如图 3.24 所示。

- "粗糙度"：用来控制杂色颜色渐变的平滑程度，其范围是 0%～100%，输入的数值越大，则颜色转换时越不平滑。

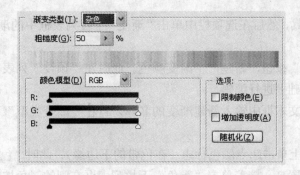

图 3.24　杂色渐变类型

- 　　"颜色模型"：其下拉列表中有 3 个选项，RGB、HSB 和 Lab，用来设置不同的颜色模式产生的随机颜色作为渐变的基础。
- "限制颜色"：用来限制杂色渐变中的颜色，选择此选项后，使渐变过渡更平滑。
- "增加透明度"：选择此选项后，将增加杂色的透明度。

（7）在选项栏中选择应用渐变填充的选项。

- ■（线性渐变）：按从起点到终点的直线方向逐渐改变颜色。
- ■（径向渐变）：从起点到终点以圆形图案沿半径方向进行颜色的逐渐改变。
- ■（角度渐变）：围绕起点按顺时针方向环绕进行颜色的逐渐改变。
- ■（对称渐变）：在起点两侧进行对称性的颜色逐渐改变。
- ■（菱形渐变）：从起点向外侧以菱形图案进行颜色的逐渐改变。

（8）在选项栏中执行下列操作，产生其他的渐变效果。

- "反向"：产生的渐变颜色与设置的颜色渐变顺序反向。
- "仿色"：用递色法来表现中间色调，使颜色渐变更加平滑。
- "透明区域"：可产生不同颜色段的透明效果，在需要使用透明蒙版时选择此项。

（9）将指针定位在图像中要设置为渐变起点的位置，然后拖动以定义终点，如图 3.25 所示，使用了渐变进行填充。

 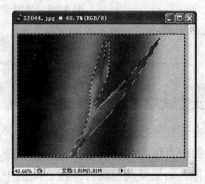

图 3.25　渐变效果

2．定义渐变填充效果

在进行实际创作时，可以自己对渐变颜色进行编辑，以获得新的渐变色。

操作步骤如下：

（1）选择渐变工具，然后在选项栏中单击"渐变"下拉列表框中的渐变预览条，打开"渐变编辑器"对话框。

（2）单击"新建"按钮，新建一个渐变颜色。此时在"预设"列表框中将多出一个渐变样式，单击并在其基础上进行编辑。

（3）在"名称"文本框中输入新建渐变的名称，再在"渐变类型"下拉列表中选择"实底"选项。

（4）在渐变色带上单击起点颜色标志（在色带的下边缘），此时"色标"选项组中的"颜色"下拉列表框将会置亮，接着单击"颜色"下拉列表框右侧的三角按钮，如图 3.26 所示，选择一种颜色。当选择"前景"或"背景"选项时，则可用前景色或背景色作为渐变颜色；当选择"用户颜色"时，需要用户自己指定一种颜色。选定起点颜色后，该颜色会立刻显示在渐变色带上，接着用同样的方法指定渐变的终点颜色就可以了。

图 3.26　"渐变编辑器"对话框

专家指导

如果用户要在颜色渐变带上增加一个颜色标志，则可以移动鼠标指针到色带的下方，当指针变为小手形状时单击即可。

（5）指定渐变颜色的起点和终点颜色后，还可以指定渐变颜色在色带上的位置，以及两种颜色之间的中点位置。设置渐变位置可以拖动标志，也可以在"位置"文本框中直接输入数值精确定位。如果要设置两种颜色之间的中点位置，则可以在渐变色带上单击中点标志，并拖动即可。

（6）设置渐变颜色后，如果想给渐变颜色设置一个透明蒙版，可以在渐变色带上边缘选中起点透明标志或终点透明标志，然后在"色标"选项组的"不透明度"和"位置"文本框中设置不透明度和位置，并且调整这两个透明标志之间的中点位置。

（7）单击"确定"按钮即可完成编辑。

【边学边练 3.2】 使用渐变进行填充。

下面举例来具体说明如何通过渐变工具对图形进行渐变处理。

（1）打开文件图片。

（2）在工具箱中选取渐变工具，并在其选项栏中设置选项，如图 3.27 所示。

图 3.27　渐变工具选项栏

（3）单击选项栏中的渐变选框，在弹出的"渐变编辑器"对话框的"预设"框中，设置渐变为前景到背景。

（4）单击其右侧的"新建"按钮创建一个新渐变项，如图 3.28 所示。

（5）在素材图中自右下方向左上方拖动，产生的渐变效果如图 3.29 所示。

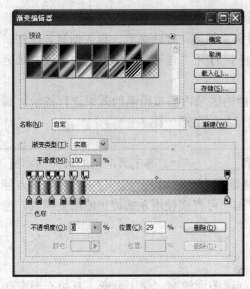

图 3.28　设置渐变色

图 3.29　设置渐变色

本 章 习 题

一、选择题

1. 设定画笔颜色时，在使用画笔之前需要设置（　　）。

　　A. 前景色　　　　　　　　　B. 背景色

　　C. 载入画笔　　　　　　　　D. 复位画笔

2. 在工具箱中单击画笔工具，在工具选项栏中单击（切换画笔调板）按钮，打开"画笔"面板，选择"画笔笔尖形状"选项，不包括（　　）。

　　A. 直径　　　　B. 角度　　　　C. 圆度　　　　　D. 颜色

3. 在铅笔工具选项栏中有一个（　　）复选框。选择此复选框可以实现自动擦除的功能，即可以在前景色上绘制背景色。

    A．复位　　　　　　　　　　B．自动抹掉

    C．喷枪　　　　　　　　　　D．不透明度

4．油漆桶使用（　　）作为填充的颜色。

    A．背景色　　　B．前景色　　　C．渐变色　　　　D．图层颜色

5．渐变颜色应用的方法是（　　）。

    A．将指针定位在图像中要设置为渐变起点的位置，然后拖动以定义终点

    B．直接在图像中单击

    C．在"渐变编辑器"对话框中单击"确定"按钮即可应用

    D．系统集成

二、填空题

1．_____，顾名思义，可以像使用画笔一样在画板中绘出各种各样的图形。除了使用默认的画笔类型外，还可以创建新画笔、自定义画笔、存储画笔、载入画笔等操作。

2．执行"_____"→"_____"命令，打开"画笔"面板，从中可设置画笔的笔触类型。

3．_____工具可以在当前图层或所选择的区域内模拟铅笔的效果进行描绘，画出的线条硬、有棱角，就像实际生活当中使用铅笔绘制的图形一样。

4．"不透明度"指定_____、_____、_____、_____、_____、_____、_____和_____等工具应用的最大油彩覆盖量。

5．_____工具可以创建多种颜色间的逐渐混合。使用_____可非常方便地在图像中产生两种或两种以上的颜色渐变效果，用户可直接使用系统提供的渐变模式，也可自己定义所需的渐变模式。

三、上机操作题

1．制作水晶效果的按钮。通过选框工具创建图形轮廓，使用渐变工具填充渐变颜色，如图 3.30 所示。

图 3.30　水晶按钮

2．制作公司 LOGO。使用路径工具绘制轮廓，使用渐变工具填充渐变颜色，如图 3.31 所示。

图 3.31 公司 LOGO

3．制作化妆品手提袋。绘制出手提袋的外形之后，通过渐变工具填充渐变颜色，如图 3.32 所示。

图 3.32 制作化妆品手提袋

第 4 章

修图工具的应用

Photoshop 作为平面设计的首选软件，对图像进行修改的功能有很多，在工具箱中也提供了很多种修图的工具，通过这些工具可以在图像中直接作用，产生所需的图像效果。

本章主要讲解 Photoshop 提供的修图工具的应用方法，所含知识点包括图章工具、修补工具、污点修复画笔工具、修复画笔工具、红眼工具、橡皮擦工具、背景橡皮擦工具、魔术橡皮擦工具、涂抹工具、锐化工具、模糊工具、减淡工具、加深工具、海绵工具等。

重点知识点

> ➤ 图章工具
> ➤ 修补工具
> ➤ 红眼工具
> ➤ 橡皮擦工具
> ➤ 涂抹工具

4.1 图 章 工 具

图章工具，顾名思义，功能与日常生活中使用的图章类似，可以将图章工具上的图像复制到单击的位置，就像平时用图章来盖章一样。在 Photoshop 中提供了两种图章工具，分别为仿制图章和图案图章工具，右击工具箱中的图章工具按钮，弹出一组菜单，从中选择所需的图章工具，如图 4.1 所示。

图 4.1 图章工具

4.1.1 仿制图章工具

仿制图章工具主要用于将图像的一部分绘制到同一图像的另一部分或绘制到具有相同颜色模式的任何打开的文档的另一部分。也可以将一个图层的一部分绘制到另一个图层。仿制图章工具对于复制对象或移去图像中的缺陷很有用。

（1）在图 4.1 中选择仿制图章工具，此时弹出工具选项栏，如图 4.2 所示，从中可以设置仿制图章的相关属性，其中各项属性的含义如下所示。

图 4.2 仿制图章工具选项栏

- "画笔"：在下拉列表中可选择任意一种画笔样式并可对选择的画笔进行编辑。
- "模式"：在下拉列表中可设置复制生成图像与在底图的混合模式，还可设置其不透明度、扩散速度和喷枪效果。
- "不透明度"：是指图层的透明效果，数值越大透明效果越不明显，反之则越明显。
- "流量"：用于控制画笔扩散的速度。
- "对齐"：连续对像素进行取样，即使释放鼠标按钮，也不会丢失当前取样点。如果取消选择"对齐"，则会在每次停止并重新开始绘制时使用初始取样点中的样本像素。
- "样本"：从指定的图层中进行数据取样。要从现用图层及其下方的可见图层中取样，请选择"当前和下方图层"。要仅从现用图层中取样，请选择"当前图层"。要从所有可见图层中取样，请选择"所有图层"。要从调整图层以外的所有可见图层中取样，请选择"所有图层"，然后单击"取样"弹出式菜单右侧的"忽略调整图层"图标。

（2）可通过将指针放置在任意打开的图像中，然后按住 Alt 键并单击来设置取样点。

（3）在要校正的图像部分上拖移，如图 4.3 所示。

图 4.3 仿制图像部分

在设置取样点作为仿制源时，可在"仿制源"面板中进行设置，如图 4.4 所示。最多可以设置 5 个不同的取样源。"仿制源"面板将存储样本源，直到关闭文档为止，其中各项含义如下所示。

- 设置样本源：要选择所需样本源，单击"仿制源"面板中的仿制源按钮。其中包括了 5 个仿制源按钮，表示最多可以设置 5 个不同的样本源，如图 4.5 所示。单击其中一个按钮即可在左下方显示出样本源所在的文件。

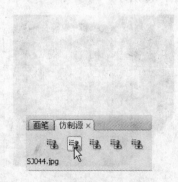

图 4.4 "仿制源"面板   图 4.5 添加的 5 种样本源

- "位移"：要缩放或旋转所仿制的源，输入 W（宽度）或 H（高度）的值，或输入旋转角度△。
- "显示叠加"：要显示仿制的源的叠加，选择"显示叠加"选项，并下面的区域中指定叠加选项。

【边学边练 4.1】 让 MM 告别"痘痘"。

下面举例来具体说明如何创建并保存名为"广告设计.psd"文件。

（1）执行"文件"→"打开"命令（或按 Ctrl+O 组合键），弹出"打开"对话框，选择需要打开的素材图片，单击"打开"按钮，如图 4.6 所示。

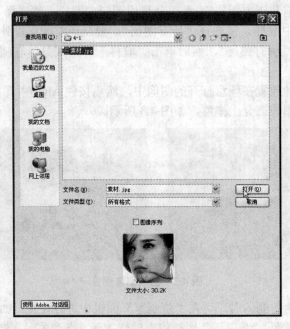

图 4.6　打开素材文件

（2）选择工具箱中的仿制图章工具，在窗口中按住 Alt 键单击如图 4.7 所示的区域，选择仿制源。

（3）释放 Alt 键，在人物脸部的青春痘上单击，去除青春痘，用同样的方法去除其他的青春痘，如图 4.8 所示。

图 4.7　创建仿制源　　　　　图 4.8　去除青春痘

4.1.2　图案图章工具

图案图章工具可以将 Photoshop 自带的图案或定义的图案填充到图像中（也可在创建选择区域进行填充）。图 4.9 所示为图案图章工具选项栏，和仿制图章工具选项栏中的选项设置一样，不同的是图案图章工具直接用图案进行填充，并不需要按住 Alt 键进行取样。

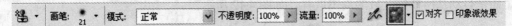

图 4.9　图案图章工具选项栏

- : 在其下拉列表框中列出了 Photoshop 自带的图案，选择其中任意一个图案，然后在图像中拖动鼠标即可复制图案图像。
- "印象派效果"：使复制的图像效果具有类似于印象派艺术画效果。
- "对齐"：当选择该复选框时，无论在拖动过程中停顿多少次，产生的自制对象始终是对齐的；不选择该复选框时，在拖动过程中断后，产生的复制就无法按最初的顺序排列。

专家指导　前面讲过，图案有 Photoshop 自带和自定义两种，下面介绍怎样自定义图案。

（1）打开图像文档，然后创建一个没有羽化效果的选择区域。

（2）执行"编辑"→"定义图案"命令，打开如图 4.10 所示的对话框。

（3）在"图案名称"对话框中的"名称"文本框中为可以定义的图案命名，然后单击"确定"按钮，就定义好了图案。在图案图章工具选项栏下打开图案后面的列表框，可以看到自定义的图案，如图 4.11 所示。

图 4.10　"图案名称"对话框

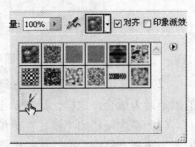

图 4.11　使用自定义的图案

4.2　局部修复工具

当图像的局部出现一些瑕疵时，可以使用 Photoshop 中提供的局部修复工具，包括污点修复画笔工具、修复画笔工具、修补工具、红眼工具，每个工具的具体操作如下所示。

4.2.1 污点修复画笔工具

污点修复画笔工具可以快速移去照片中的污点和其他不理想部分。污点修复画笔的工作方式与修复画笔类似，它使用图像或图案中的样本像素进行绘画，并将样本像素的纹理、光照、透明度和阴影与所修复的像素相匹配。与修复画笔不同，污点修复画笔不要求指定样本点，而是自动从所修饰区域的周围取样，如图 4.12 所示。

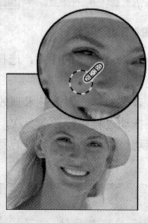

图 4.12 使用污点修复画笔移去污点

专家指导

> 如果需要修饰大片区域或需要更大程度地控制来源取样，可以使用修复画笔而不是污点修复画笔。

（1）单击工具箱中的 ✐ （污点修复画笔工具）按钮，此时显示工具选项栏，如图 4.13 所示。

图 4.13 污点修复画笔工具选项栏

（2）在选项栏中选取一种画笔大小。比要修复的区域稍大一点的画笔最为适合，这样，只需单击一次即可覆盖整个区域。

（3）在选项栏的"模式"菜单中选取"替换"模式，如图 4.14 所示。选择"替换"可以在使用柔边画笔时，保留画笔描边的边缘处的杂色、胶片颗粒和纹理。

（4）在选项栏中选取一种"类型"选项。

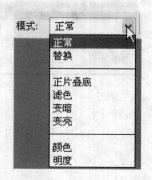

- "近似匹配"：使用选区边缘周围的像素来查找要用作选定区域修补的图像区域。如果此选项的修复效果不能令人满意，可以还原修复并尝试"创建纹理"选项。

- "创建纹理"：使用选区中的所有像素创建一个用于修复该区域的纹理。如果纹理不起作用，可以再次拖过该区域。

图 4.14 设置模式

- "对所有图层取样"：可从所有可见图层中对数据进行取样。如果取消选择"对所有图层取样"，则只从现用图层中取样。

（5）单击要修复的区域，或单击并拖动以修复较大区域中的不理想部分。

4.2.2 修复画笔工具

修复画笔工具可用于校正瑕疵，使它们消失在周围的图像中。与仿制工具一样，使用修复画笔工具可以利用图像或图案中的样本像素来绘画。但是，修复画笔工具还可将样本像素的纹理、光照、透明度和阴影与所修复的像素进行匹配，从而使修复后的像素不留痕迹地融入图像的其余部分，如图4.15所示。

图4.15 样本像素和修复后的图像

（1）单击工具箱中的 （修复画笔工具）按钮，显示工具选项栏，如图4.16所示。

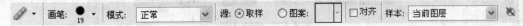

图4.16 修复画笔工具选项栏

（2）单击选项栏中的"画笔"下拉按钮，并在下拉面板中设置画笔选项。

专家指导 如果使用压敏的数字化绘图板，从"大小"菜单选取一个选项，以便在描边的过程中改变修复画笔的大小。选取"钢笔压力"根据钢笔压力而变化；选取"喷枪轮"根据钢笔拇指轮的位置而变化；如果不想改变大小，选择"关"。

（3）"模式"：指定混合模式。选择"替换"可以在使用柔边画笔时，保留画笔描边的边缘处的杂色、胶片颗粒和纹理。

（4）"源"：指定用于修复像素的源。"取样"可以使用当前图像的像素，而"图案"可以使用某个图案的像素。如果选择了"图案"，可从"图案"面板中选择一个图案。

（5）"对齐"：连续对像素进行取样，即使释放鼠标按钮，也不会丢失当前取样点。如果取消选择"对齐"，则会在每次停止并重新开始绘制时使用初始取样点中的样本像素。

（6）"样本"：从指定的图层中进行数据取样。要从现用图层及其下方的可见图层中取样，请选择"当前和下方图层"。要仅从现用图层中取样，请选择"当前图层"。要从所有可见图层中取样，请选择"所有图层"。要从调整图层以外的所有可见图层中取样，请选择"所有图层"，然后单击"取样"弹出式菜单右侧的"忽略调整图层"图标。

可通过将指针定位在图像区域的上方，然后按住 Alt 键并单击来设置取样点。

专家指导

> 如果要从一幅图像中取样并应用到另一幅图像，则这两个图像的颜色模式必须
> 相同，除非其中一幅图像处于灰度模式。如果要修复的区域边缘有强烈的对比
> 度，则在使用修复画笔工具之前，请先建立一个选区。选区应该比要修复的区
> 域大，但是要精确地遵从对比像素的边界。当用修复画笔工具绘画时，该选区
> 将防止颜色从外部渗入。

4.2.3 修补工具

通过使用修补工具，可以用其他区域或图案中的像素来修复选中的区域。和修复画笔工具一样，修补工具会将样本像素的纹理、光照和阴影与源像素进行匹配，如图 4.17 所示，还可以使用修补工具来仿制图像的隔离区域。

图 4.17　修补图像

（1）单击工具箱中的 （修补工具）按钮，显示工具选项栏，如图 4.18 所示。

图 4.18　修补工具选项栏

（2）通过选项栏左侧的四个按钮调整创建选区，然后将选区拖放到要复制的区域上，那么选择区域上的图像将替换原选区上的图像。

（3）使用样本像素修复区域。将指针定位在选区内，并执行下列操作之一。

- 如果在选项栏中选择"源"，可将选区边框拖动到想要从中进行取样的区域。释放鼠标时，原来选中的区域将使用样本像素进行修补。
- 如果在选项栏中选择"目标"，可将选区边界拖动到要修补的区域。释放鼠标时，将使用样本像素修补新选定的区域。

（4）从选项栏的"图案"面板中选择一个图案。

4.2.4 红眼工具

红眼工具可移去用闪光灯拍摄的人像或动物照片中的红眼，也可以移去用闪光灯拍摄的动物照片中的白色或绿色反光。

（1）单击工具箱中的 （红眼工具）按钮，显示红眼工具选项栏，如图 4.19 所示。

图 4.19 红眼工具选项栏

（2）"瞳孔大小"选项可以增大或减小受红眼工具影响的区域。"变暗量"选项可以设置校正的暗度。

（3）在照片中红眼的部分拖动鼠标，消除人物的红眼，如图 4.20 所示。

图 4.20 消除红眼

红眼是由于相机闪光灯在主体视网膜上反光引起的。在光线暗淡的房间里照相时，由于主体的红膜张开得很宽，将会更加频繁地看到红眼。为了避免红眼，请使用相机的红眼消除功能。或者，最好使用可安装在相机上远离相机镜头位置的独立闪光装置。

专家指导

4.3 橡皮擦工具组

当图像中出现多余的部分时，可以直接使用橡皮擦工具组中的工具擦除图像。橡皮擦工具组包括橡皮擦工具、背景橡皮擦工具和魔术橡皮擦工具。

4.3.1 橡皮擦工具

橡皮擦工具可将像素更改为背景色或透明，它可用于擦除图像颜色。使用方法很简单，只需移动到需要擦除的位置然后来回拖动就可以了。如果正在背景中或在透明被锁定的图层中工作，像素将更改为背景色如图 4.21 所示，否则像素将抹成透明如图 4.22 所示。

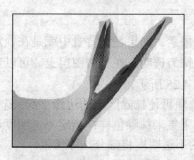

图 4.21 擦除背景图层中的颜色时将以背景色填充　　图 4.22 擦除普通图层中的颜色时将变为透明

在橡皮擦工具选项栏中，除了可以设置不透明度和流量之外，在"模式"下拉菜单中还提供了 3 种擦除方式，分别是"画笔"、"铅笔"和"块"，如图 4.23 所示。

图 4.23　橡皮擦工具选项栏

4.3.2　背景橡皮擦工具

背景橡皮擦工具可用于在拖曳时将图层上的像素抹成透明，从而可以在抹除背景的同时在前景中保留对象的边缘。

专家指导

使用背景色橡皮擦工具擦除背景层中的像素后，背景图层会自动变为透明的图层。

单击工具箱中的 （背景橡皮擦工具）按钮，出现背景橡皮擦工具的选项栏，如图 4.24 所示。

图 4.24　背景橡皮擦工具选项栏

（1）"画笔"：设置橡皮擦的画笔大小。

（2）"限制"：在此下拉列表中选择一种擦除模式。

- "连续"：抹除出现在画笔下任何位置的样本颜色。
- "邻近"：抹除包含样本颜色并且相互连接的区域。
- "查找边缘"：抹除包含样本颜色的连接区域，同时保留形状边缘的锐化程度。

（3）"容差"：用于控制擦除颜色的区域，输入值或拖曳滑块。低容差仅限于抹除与样本颜色非常相似的区域，高容差抹除范围更广的颜色。

（4）"保护前景色"：此复选框可防止抹除与工具框中的前景色匹配的区域，也就是如果图像中的颜色与工具箱中的前景色相同，当擦除时，这种颜色将受保护，不会被擦除。

4.3.3　魔术橡皮擦工具

魔术橡皮擦工具可以用来擦除图像中相似颜色的像素。如果是在背景中或是在锁定了透明的图层中工作，像素会更改为背景色，否则像素会抹为透明。在当前图层上，可以选择是只抹除邻近像素，还是要抹除所有相似的像素，如图 4.25 所示。

在魔术橡皮擦工具选项栏中，选择"消除锯齿"选项可使抹除区域的边缘平滑；选择"用于所有图层"选项，利用所有可见图层中的组合数据采集来抹除色样；指定不透明度以定义抹除强度，100%的不透明度将完全抹除像素，较低的不透明度将部分抹除像素。

换句话说，魔术橡皮擦工具的作用=魔棒工具+背景橡皮擦工具。

图 4.25　抹除相似像素

【边学边练 4.2】　为照片更换背景。

下面举例来具体说明如何通过背景橡皮擦工具更改照片的背景。

（1）执行"文件"→"打开"命令（或按 Ctrl+O 组合键），弹出"打开"对话框，选择需要打开的素材图片，单击"打开"按钮，如图 4.26 所示。

（2）单击工具箱中的 ✐（吸管工具）按钮，单击头发部分，作为前景色，再将照片的背景部分的颜色作为背景色。

图 4.26　打开素材文件

专家指导

吸管工具单击的颜色变为前景色，单击头发部分后单击工具箱中的 ⇄（切换前景色和背景色）按钮，此时所选的前景色设为背景色，再单击背景部分的颜色作为前景色，然后再单击 ⇄ 按钮对景色和背景色进行切换。

（3）单击工具箱中的背景橡皮擦工具，在选项栏中设置工具的属性，如图 4.27 所示。

（4）在图像的背景部分拖动鼠标，将背景颜色部分删除，到身体的部分可以再调整前景色，如图 4.28 所示。

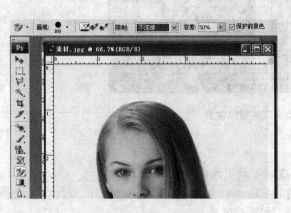

图 4.27　设置工具选项

图 4.28　将背景颜色删除

（5）执行"选择"→"载入选区"命令，弹出"载入选区"对话框，将透明区域中的通道作为源，新建选区，单击"确定"按钮，如图 4.29 所示。

（6）执行"选择"→"反向"命令，再单击渐变工具，对选区进行渐变填充，如图 4.30 所示。

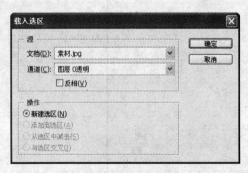

图 4.29　载入选区

图 4.30　重新填充选区

4.4　模糊、锐化及涂抹

本节主要讲解模糊工具、锐化工具和涂抹工具，这三个工具位于工具箱中的同一位置，如图 4.31 所示。

图 4.31　三个工具

4.4.1　涂抹工具

（涂抹工具）用来模拟手指进行涂抹绘制的效果，使用它时将会提取最先单击处的颜色，然后与鼠标拖动经过的颜色相融合挤压产生模糊的效果。涂抹工具不能在位图和索引颜色模式的图像上使用，其工具选项栏如图 4.32 所示。

图 4.32 涂抹工具选项栏

- "强度"：用于设置涂抹工具涂抹的力度，其取值在 0%～100%之间。设置的压力值越大，则拖出的线条越长，反之则越短。
- "对所有图层取样"：使涂抹工具的作用范围扩展到图像中所有的可见图层中，其效果是所有可见图层的像素颜色都加以涂抹处理。
- "手指绘画"：当选择该选项时，每次拖拉鼠标绘制的时候就会使用工具箱中的前景色。图 4.33 和图 4.34 所示为涂抹前后的图像效果。

图 4.33 涂抹前	图 4.34 涂抹后

4.4.2 模糊工具

使用 (模糊工具)可使图像产生模糊的效果，降低图像相邻像素之间的对比度，使图像的边界区域变得柔和，从而产生一种柔和的效果。

选择工具箱中的模糊工具，其工具选项栏如图 4.35 所示。

图 4.35 模糊工具选项栏

- "强度"：用于设置模糊工具着色的力度，其取值在 0%～100%之间。
- "对所有图层取样"：使模糊工具的作用范围扩展到图像中所有的可见图层。

图 4.36 和图 4.37 所示的图像是使用模糊工具前后的变化效果。

图 4.36 模糊前	图 4.37 模糊后

4.4.3 锐化工具

△,（锐化工具）的作用与模糊工具相反，它能使图像产生清晰的效果，其原理是通过增大图像相邻像素之间的反差，从而使图像看起来更清晰。这个工具不适合过度使用，否则会使图像产生严重的失真，其工具选项栏如图4.38所示。

图4.38　锐化工具选项栏

图4.39和图4.40所示的图像是使用锐化工具前后的变化效果。

图4.39　锐化前　　　　　　　　　　　图4.40　锐化后

【边学边练4.3】　粗绳的绘制。

下面举例来具体说明如何创建具有立体感的粗绳效果。

（1）执行"文件"→"新建"命令，或使用 Ctrl+N 组合键，建立新文件，文件大小为20厘米，其他参数设置如图4.41所示。

（2）执行"图层"→"新建"→"图层"命令，或单击"图层"面板中的 ◻ （新建图层）按钮，完成结果如图4.42所示。

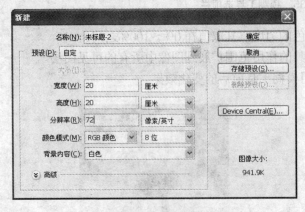

图4.41　新建文件　　　　　　　　　　图4.42　新建图层

（3）在工具箱中选择自由钢笔工具，按住鼠标在图像区域绘制曲线形状的路径，如图4.43

所示。

（4）在工具箱中选择画笔工具，其画笔工具选项栏设置如图 4.44 所示。

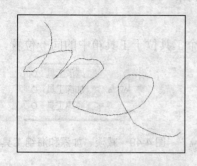

图 4.43　绘制曲线形路径

图 4.44　画笔工具选项栏

（5）在工具箱中选择直接选择工具，在当前路径的起点处单击，然后用画笔工具在路径起点处以此为中心画一圆点，如图 4.45 所示。

（6）在工具箱中选择魔棒工具，选中图像区域中绘制的圆点，然后选择渐变工具，设置参数，填充效果如图 4.46 所示。

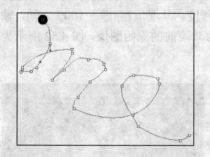

图 4.45　在路径起点绘制一个圆点

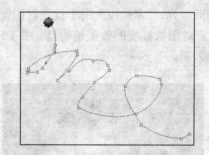

图 4.46　填充圆点

（7）取消选区，在工具箱中选择涂抹工具，其工具选项栏设置如图 4.47 所示。

图 4.47　涂抹工具选项栏

（8）在控制面板中选择"路径"面板，单击 ⊙（用画笔描边路径）按钮，完成效果如图 4.48 所示。

图 4.48　描边路径

4.5 加深、减淡及海绵

本节主要讲解减淡工具、加深工具和海绵工具，这三个工具位于工具箱中的同一位置，如图 4.49 所示。

4.5.1 减淡工具

使用 （减淡工具）工具可以改变图像特定区域的曝光度使图像变亮，其工具选项栏如图 4.50 所示。

图 4.49 减淡、加深和海绵工具

图 4.50 减淡工具选项栏

工具选项栏中的"范围"选项用于设置加深的作用范围，在其下拉列表中可选择暗调、中间调或高光。"曝光度"用于设置对图像加深的程度，其取值在 0%～100%之间，输入的数值越大，对图像减淡的效果越明显。图 4.51 所示为减淡前的原始图像，图 4.52 所示为减淡后的图像效果。

图 4.51 减淡前 　　　　　　　　　　　　图 4.52 减淡后

4.5.2 加深工具

使用 （加深工具）可以改变图像特定区域的曝光度，使图像变暗，其工具选项栏如图 4.53 所示。

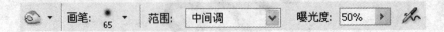

图 4.53 加深工具选项栏

图 4.54 所示为加深前的原始图像，图 4.55 所示为加深后的图像效果。

图 4.54　加深前

图 4.55　加深后

4.5.3　海绵工具

使用 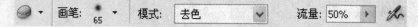 （海绵工具）则可增加或减少图像的饱和度，其工具选项栏如图 4.56 所示。

图 4.56　海绵工具选项栏

在"模式"下拉列表中有去色和加色两个选项，选择"去色"可降低图像颜色的饱和度，选择"加色"则增加图像颜色的饱和度；"流量"选项用来设置去色或加色的程度，另外也可选择喷枪效果。图 4.57 所示为原始图像，图 4.58 所示为使用"海绵工具"（"模式"设置为"去色"）后的图像效果。

图 4.57　原始图像

图 4.58　应用海绵工具后

若将"模式"设置为"加色"时，海绵工具可作为图像的上色工具。

本 章 习 题

一、选择题

1. 下面工具中，（　　）不属于对图像编辑的工具。
　　A. 画笔工具　　　　　　　　B. 橡皮擦工具
　　C. 图章工具　　　　　　　　D. 文本工具
2. 使用背景色橡皮擦擦除图像后，其背景色将变为（　　）。

A. 透明色

B. 白色

C. 与当前所设的背景色颜色相同

D. 以上都不对

3. 下面的工具中，（ ）不能设置不透明度。

A. 铅笔工具

B. 画笔工具

C. 橡皮擦工具

D. 涂抹工具

4. （ ）可用于调整图像饱和度。

A. 涂抹工具

B. 加深工具

C. 海绵工具

D. 减淡工具

5. （ ）是模拟用手指搅拌绘制的效果。

A. 模糊工具

B. 锐化工具

C. 涂抹工具

D. 橡皮擦工具

二、填空题

1. _____工具主要用于将图像的一部分绘制到同一图像的另一部分或绘制到具有相同颜色模式的任何打开的文档的另一部分。

2. 污点修复画笔的工作方式与_____类似，它使用图像或图案中的样本像素进行绘画，并将样本像素的纹理、光照、透明度和阴影与所修复的像素相匹配。

3. _____可移去用闪光灯拍摄的人像或动物照片中的红眼，也可以移去用闪光灯拍摄的动物照片中的白色或绿色反光。

4. _____工具可将像素更改为背景色或透明。如果正在背景中或已锁定透明度的图层中工作，像素将更改为_____；否则，像素将被抹成_____。

5. 涂抹工具不能在_____和_____模式的图像上使用。

6. 锐化工具的作用与_____工具相反，它能使图像产生清晰的效果，其原理是通过增大图像相邻像素之间的反差，从而使图像看起来更_____。

三、上机操作题

1. 修补去除人物的眼袋部分。打开人物图像，使用修补工具对人物眼部的皱纹部分进行修复，效果如图 4.59 所示。

2. 制作火焰效果。通过涂抹工具对图形进行涂抹，产生火焰效果，如图 4.60 所示。

3. 修改照片的局部。使用仿制图章工具删除图像中多余的两个珍珠，如图 4.61 所示。

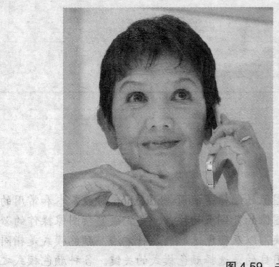
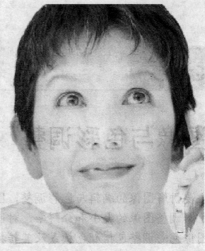

图 4.59　去除皱纹

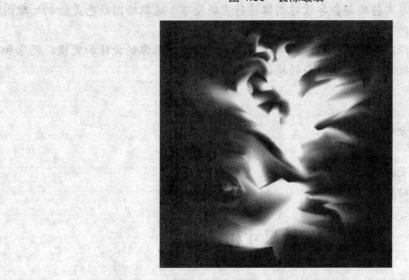

图 4.60　制作火焰效果

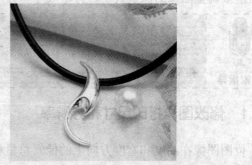

图 4.61　删除多余的珍珠

第 5 章

编辑图像与色彩调整

本章主要讲解图像的编辑与色彩调整，图像的编辑是使用 Photoshop 时最基本和常用的操作之一，如调整图像的大小和分辨率、对图像的复制剪切操作，是完成复杂图像操作的必要前提。图像色彩调整包括颜色模式及其转换，以及颜色选取的各种方法。颜色模式是指同一属性下的不同颜色的集合，明确图像的使用目的是选择颜色模式的关键。各种颜色模式之间可以进行转换，但是每次转换都会导致对图像进行重新处理。选取绘图颜色是绘制处理图像的重要步骤，可以运用多种方法来进行颜色选取。

本章所含知识点包括图像的尺寸和分辨率、基本编辑命令、图像的旋转和变换、还原和重做图像、色彩的基本概念、颜色模式与转换、颜色的选取等。

重点知识点

- ➢ 图像的尺寸和分辨率
- ➢ 基本编辑命令
- ➢ 图像的旋转和变换
- ➢ 色彩的模式与转换

5.1 图像的尺寸和分辨率

扫描或导入图像以后，可能会需要调整其大小。在 Photoshop 中，可以使用"图像大小"对话框来调整图像的像素大小、打印尺寸和分辨率。

专家指导　在调整图像大小时，位图数据和矢量数据会产生不同的结果。位图数据与分辨率有关，因此，更改位图图像的像素大小可能导致图像品质和锐化程度损失。相反，矢量数据与分辨率无关，可以调整其大小而不会降低边缘的清晰度。

5.1.1 修改图像打印尺寸和分辨率

位图图像在高度和宽度方向上的像素总量称为图像的像素大小。图像的分辨率由打印在纸上的每英寸像素（ppi）的数量决定。

更改图像打印尺寸和分辨率的步骤如下。

（1）执行"图像"→"图像大小"命令，打开如图 5.1 所示的"图像大小"对话框。

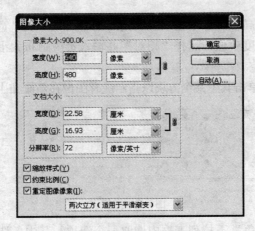

图 5.1 "图像大小"对话框

（2）更改打印尺寸或图像分辨率，或者同时更改两者：如果只更改打印尺寸或只更改分辨率，并且要按比例调整图像中的像素总量，则一定要选择"重定图像像素"，然后选取插值方法；如果要更改打印尺寸和分辨率而又不更改图像中的像素总数，则要取消选择"重定图像像素"。

（3）如果要保持图像当前的宽高比例，选择"约束比例"。更改高度时，该选项将自动更新宽度。

（4）在"文档大小"输入新的高度值和宽度值，也可以选取一个新的量度单位。

（5）在"分辨率"输入框中输入一个新值。如果需要，选取一个新的量度单位。

如果要恢复"图像大小"对话框中显示的原始值，按 Alt 键，然后单击"复位"（原"取消"按钮所在位置）按钮。

5.1.2 修改画布大小

"画布大小"命令可用于添加或移去现有图像周围的工作区，还可用于通过减小画布区域来裁切图像，操作步骤如下。

（1）执行"图像"→"画布大小"命令，打开如图 5.2 所示对话框。

图 5.2 "画布大小"对话框

（2）在"宽度"和"高度"框中输入想设置的画布尺寸，从"宽度"和"高度"框旁边的下拉菜单选择所需的量度单位，选择"相对"并输入希望画布大小增加或减少的数量（输入负数将减小画布大小）。

（3）在"定位"处，单击其中某个方块以指示现有图像在新画布上的位置，如图 5.3 所示。

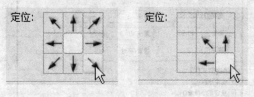

图 5.3　定位

（4）从"画布扩展颜色"下拉列表框中选取一个选项，其中各选项参数的具体含义如下所示。

- "前景"：用当前的前景颜色填充新画布。
- "背景"：用当前的背景颜色填充新画布。
- "白色"、"黑色"或"灰色"：用指定颜色填充新画布。
- "其他"：使用拾色器选择新画布颜色。

（5）单击"确定"按钮确认修改。

5.1.3　裁剪图像

裁剪是移去部分图像以形成突出或加强构图效果的过程。可以使用裁剪工具或"裁剪"命令来裁切图像。

1．使用"裁剪"命令裁切图像

（1）创建一个选区，选取要保留的图像部分。如果未创建选区，则无法进行下一步操作。

（2）执行"图像"→"裁剪"命令，即可对选区以外的部分进行裁切，如图 5.4 所示。

图 5.4　使用命令裁切图像

2．使用裁剪工具

（1）选择 ⬚（裁剪工具）按钮，在图像中要保留的部分上拖动，以便创建一个选框。选框不必十分精确，以后可以进一步调整，如图 5.5 所示。

（2）可以调整裁切选框，将鼠标指针移到裁剪框上即可进行调整。

- 如要将选框移动到其他位置，将指针放于框内并拖曳。
- 如果要改变选框大小，移动鼠标使指针指向选框边界处，指针样式改变后，拖动至合适位置。如果要在改变选框大小的同时约束比例，在拖动的同时按住 Shift 键。
- 如果要旋转选框，将指针放在选框边界外（待指针变为弯曲的箭头）并拖移。

图 5.5　创建裁剪框

（3）按 Enter 键，或单击选项栏中的"提交"按钮，或在裁切选框内双击即可完成裁剪。若要取消裁切操作，可按 Esc 键，或单击选项栏中的 ⊘（取消）按钮，也可在待处理图像上右击，选择"取消"命令，如图 5.6 所示。

图 5.6　调整并裁剪图像

5.1.4　裁切图像

Photoshop CS3 还提供了一种较为特殊的裁切图像的方法，即裁切图像的空白边缘。当要切除图像四周的空白内容时，不必同使用裁剪工具那样需要经过选取裁剪范围才能裁剪，直接用"裁切"命令即可完成。

操作步骤如下。

（1）打开要裁切的图像，执行"图像"→"裁切"命令。打开"裁切"对话框，设置各选项参数，如图 5.7 所示。

（2）在"基于"中选择基于某个位置进行裁切。

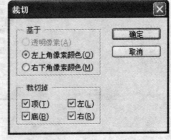

- "透明像素"：修整掉图像边缘的透明区域，留下包含非透明像素的最小图像。
- "左上角像素颜色"：按图像左上角位置为基准进行裁切。

图 5.7　"裁切"对话框

- "右下角像素颜色"：按图像右下角位置为基准进行裁切。

（3）在"裁切掉"中选择一个或多个要修整的图像区域。若选择所有复选框，则裁切四周空白边缘。

（4）单击"确定"按钮，完成裁切操作，效果如图 5.8 所示。

图 5.8 裁切效果

5.2 图像的旋转和变换

在前面讲解了选区的旋转与变换，图像的旋转和变换同样也可以按照选区的方法来操作，除此之外，Photoshop 还提供了专门用于旋转和变换图像的命令。

5.2.1 旋转和翻转整个图像

使用"旋转画布"命令可以旋转或翻转整个图像，但这些命令不适用于单个图层或图层的一部分、路径以及选区边框。

执行"图像"→"旋转画布"命令，并从子菜单中选择下列命令之一，如图 5.9 所示。

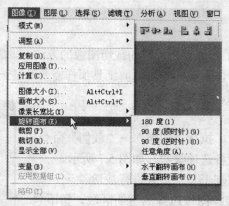

图 5.9 旋转画布

- "180 度"：将图像旋转半圈。
- "90 度（顺时针）"：按顺时针方向将图像旋转 1/4 圈。
- "90 度（逆时针）"：按逆时针方向将图像旋转 1/4 圈。
- "任意角度"：按指定的角度旋转图像。如果选取该选项，在角度文本框中输入一个介于−360°～360°之间的角度（可以选择"顺时针"或"逆时针"以指定旋转方向），然后单击"确定"按钮即可。

- "水平翻转画布"：将图像沿垂直轴水平翻转。
- "垂直翻转画布"：将图像沿水平轴垂直翻转。

图 5.10 所示为对图像旋转 180 度的效果。

图 5.10　旋转 180 度

5.2.2　图像的变换

在对图像进行变换之前，需要使用工具在图像中选取变换的部分，然后执行"编辑"→"变换"或"自由变换"命令，即可对图像进行变换，具体操作可参见前面选区变换的章节，如图 5.11 所示。

图 5.11　变换图像

【边学边练 5.1】　制作水中倒影的效果。

下面举例来具体说明如何制作文字倒影的效果。

（1）执行"文件"→"打开"命令，弹出"打开"对话框，选择需要打开的水面素材，单击"打开"按钮，如图 5.12 所示。

（2）打开后全选图像按 Ctrl+C 组合键复制，执行"文件"→"新建"命令，弹出"新建"对话框，设置参数，单击"确定"按钮，如图 5.13 所示。

（3）按 Ctrl+V 组合键粘贴，单击工具箱中的 T.（横排文字工具）按钮，输入文本"水波荡漾"，如图 5.14 所示。

（4）在"字符"面板中设置文字的大小、字号，也可在选项栏中进行设置，如图 5.15 所示。

（5）右击文字图层，选择"栅格化文字"命令，将文字图层转换为普通图层，按 Ctrl+T 组合键进入自由变换，对文字的形状进行变换，如图 5.16 所示。

（6）拖动编辑点对文字进行变换，如图 5.17 所示。

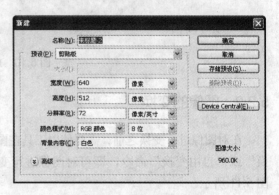

图 5.12　"打开"对话框　　　　　　　　图 5.13　"新建"对话框

图 5.14　输入文字内容　　　　　　　　图 5.15　设置文字格式

图 5.16　栅格化文字图层　　　　　　　图 5.17　变换文字外形

（7）双击图层，弹出"图层样式"对话框，选择"投影"选项，设置投影的参数，如图 5.18 所示。

（8）选择背景层，按 Ctrl+A 组合键全选，再按 Ctrl+C 组合键复制。然后切换到"通道"

面板，新建立一个通道，然后按 Ctrl+V 组合键粘贴刚才复制的背景层。最后按 Ctrl+D 组合键取消选择，如图 5.19 所示。

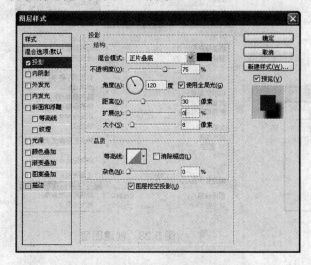

图 5.18　设置图层样式　　　　　　　　　　　图 5.19　新建通道

（9）选中 Alpha 1，然后执行"滤镜"→"模糊"→"高斯模糊"命令，弹出"高斯模糊"对话框，设置"半径"为 2.0 像素，如图 5.20 所示。

（10）执行"图像"→"调整"→"色阶"命令，弹出"色阶"对话框，设置色阶参数，如图 5.21 所示。

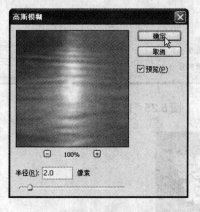

图 5.20　设置高斯模糊　　　　　　　　　　图 5.21　设置色阶

（11）右击 Alpha 1 通道，选择"复制通道"命令，然后将复制的通道保存为"通道.psd"，如图 5.22 所示。

（12）回到"图层"面板，选择文字层，然后选择"图层"→"图层样式"→"创建图层"命令，如图 5.23 所示。

（13）选择新得到的图层，然后执行"滤镜"→"扭曲"→"置换"命令，弹出"置换"对话框，单击"确定"按钮，如图 5.24 所示。

（14）弹出"选择一个置换图"对话框，选择前面保存的通道，单击"打开"按钮，如图 5.25 所示。得到最终效果如图 5.26 所示。

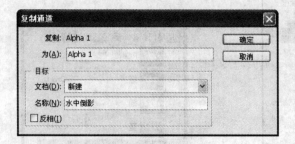

图 5.22　复制通道

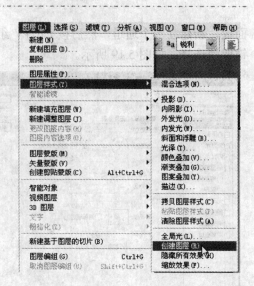

图 5.23　创建图层

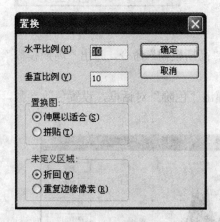

图 5.24　置换滤镜

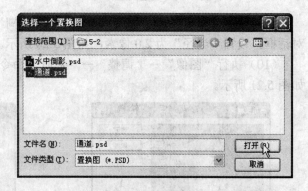

图 5.25　选择置换图

图 5.26　得到最终效果

5.3　还原和重做图像

Photoshop 设计图像有时需要反复设置才能达到最佳效果，因此取消上步操作或重复某步的操作是经常要用到的。

5.3.1 "还原"命令和"重做"命令

图像处理是一项带有很强的试验性的工作。在处理图像的过程中经常需要撤销或重复所做的操作。与其他大多数应用软件一样，Photoshop CS3 提供了"还原"与"重做"命令。

大多数误操作是可以还原的，也就是说，可将图像的全部或部分内容恢复到上次存储的版本。但是，可用内存可能会限制使用这些选项的能力。

执行"编辑"→"还原"("重做")命令将使当前操作图像恢复到最后一次操作之前的状态。

成功执行该命令后，若再次打开"编辑"菜单，"还原"命令变为"重做"命令，如图5.27 所示。

还原仿制图章 (O)	Ctrl+Z	重做仿制图章 (O)	Ctrl+Z
前进一步	Shift+Ctrl+Z	前进一步	Shift+Ctrl+Z
后退一步 (K)	Alt+Ctrl+Z	后退一步 (K)	Alt+Ctrl+Z
渐隐仿制图章 (D)...	Shift+Ctrl+F	渐隐仿制图章 (D)...	Shift+Ctrl+F
剪切 (T)	Ctrl+X	剪切 (T)	Ctrl+X
拷贝 (C)	Ctrl+C	拷贝 (C)	Ctrl+C
合并拷贝 (Y)	Shift+Ctrl+C	合并拷贝 (Y)	Shift+Ctrl+C
粘贴 (P)	Ctrl+V	粘贴 (P)	Ctrl+V
贴入 (I)	Shift+Ctrl+V	贴入 (I)	Shift+Ctrl+V
清除 (E)		清除 (E)	
拼写检查 (H)...		拼写检查 (H)...	
查找和替换文本 (X)...		查找和替换文本 (X)...	
填充 (L)...	Shift+F5	填充 (L)...	Shift+F5
描边 (S)...		描边 (S)...	
自由变换 (F)	Ctrl+T	自由变换 (F)	Ctrl+T
变换	▶	变换	▶
自动对齐图层...		自动对齐图层...	
自动混合图层		自动混合图层	
定义画笔预设 (B)...		定义画笔预设 (B)...	
定义图案 (Q)...		定义图案 (Q)...	
定义自定形状 (J)...		定义自定形状 (J)...	
清理 (R)	▶	清理 (R)	▶
Adobe PDF 预设 (P)...		Adobe PDF 预设 (P)...	
预设管理器 (M)...		预设管理器 (M)...	
颜色设置 (G)...	Shift+Ctrl+K	颜色设置 (G)...	Shift+Ctrl+K
指定配置文件...		指定配置文件...	
转换为配置文件 (V)...		转换为配置文件 (V)...	
键盘快捷键 (Z)...	Alt+Shift+Ctrl+K	键盘快捷键 (Z)...	Alt+Shift+Ctrl+K
菜单 (U)...	Alt+Shift+Ctrl+M	菜单 (U)...	Alt+Shift+Ctrl+M
首选项 (N)	▶	首选项 (N)	▶

图 5.27 "还原"与"重做"命令

"还原"("重做")命令只能恢复最近一次的操作。若要还原（重做）多步操作，可执行"编辑"→"向前"("返回")命令。

5.3.2 "历史记录"面板

"历史记录"面板可以恢复到图像前面的某个更改、删除图像的状态，还可以根据一个状态或快照创建文档。

1．显示"历史记录"面板

执行"窗口"→"历史记录"命令，在界面中显示"历史记录"面板，如图 5.28 所示。

2．恢复到图像的某一个更改

可执行下列任一操作。

- 直接单击列于"历史记录"面板中的状态名称。
- 拖曳"历史记录"面板中状态名之前的滑块至指定
  状态名之前。

图 5.28 "历史记录"面板

- 重复执行"编辑"→"前进"（"后退"）命令，以恢复到指定状态。

3．删除图像的一个或多个更改

（1）选中指定状态并右击，在弹出的快捷菜单中选择"删除"命令，删除当前选中的更改及其后所有的状态，如图 5.29 所示。

（2）将指定状态拖曳到 🗑 （删除）按钮，以删除此状态及随后的状态。

（3）从"历史记录"面板菜单中（单击"历史记录"面板右侧的 ▼≡按钮）选取"清除历史记录"命令，将从"历史记录"面板中删除状态列表，但不更改图像，如图 5.30 所示。

图 5.29 删除历史记录

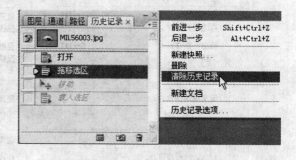

图 5.30 清除历史记录

（4）执行"编辑"→"清理"→"历史记录"命令将所有打开文档的状态列表从"历史记录"面板中清除。该操作无法还原。

4．设置历史记录选项

（1）从"历史记录"面板菜单中选取"历史记录选项"命令（单击"历史记录"面板右侧的 ▼≡按钮），打开"历史记录选项"对话框，如图 5.31 所示。

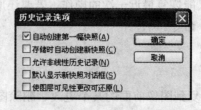

图 5.31 "历史记录选项"对话框

（2）各选项含义如下。

- "自动创建第一幅快照"：可以在文档打开时自动创建图像初始状态的快照（该选项为默认状态）。
- "存储时自动创建新快照"：可在每次存储时生成一个快照。
- "允许非线性历史记录"：可更改所选状态但不删除其后的状态。通常情况下，选择一个状态并更改图像时，所选状态后的所有状态都将被删除，这使"历史记录"面板能够按照操作者的操作顺序显示编辑步骤列表。通过以非线性方式记录状态，可以选择某个状态、更改图像并且只删除该状态，更改将附加到列表的最后。
- "默认显示新快照对话框"：可强制 Photoshop 提示操作者提供快照名称，即使是使用调板上的按钮也会如此。
- "使图层可见性更改可还原"：可以将图层的可见性更改并可还原。

5.3.3　历史记录画笔工具

（历史记录画笔）工具使操作者可以将图像的一个状态或快照的副本绘制到当前的图像窗口中。该工具创建图像的副本或样本，然后用它来绘画。

> 工具会从一个状态或快照复制到另一个状态或快照，但只是在相同的位置。

专家指导

使用工具操作步骤如下。

（1）选择历史记录画笔工具，如图 5.32 所示。

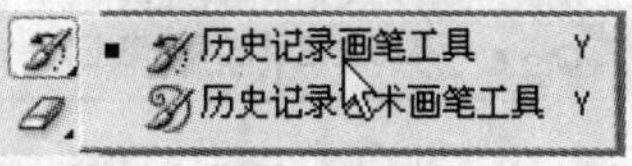

图 5.32　历史记录画笔工具

（2）在选项栏上进行如图 5.33 所示的设置。

图 5.33　历史记录画笔工具选项栏

- "画笔"：可以用于选择画笔形状及大小。
- "模式"：用于选择混合模式。
- "不透明度"：用于设定透明度。
- "流量"：用于产生水彩画的效果。
- ：单击该按钮，即可设置喷枪效果。

（3）在"历史记录"面板内，单击快照左边的列以将其用作历史记录画笔工具的源，如图 5.34 所示。

（4）在欲更改的图像区域上拖动，以使用历史记录画笔绘画。

图 5.34　指定历史记录画笔源

5.3.4　历史记录艺术画笔工具

　　（历史记录艺术画笔）工具使用户可以使用指定历史记录状态或快照中的源数据，以风格化描边进行绘画。通过尝试使用不同的绘画样式、大小和容差选项，可以用不同的色彩和艺术风格模拟绘画的纹理。

　　像历史记录画笔工具一样，历史记录艺术画笔工具也将指定的历史记录状态或快照用作源数据。但是，历史记录画笔工具通过重新创建指定的源数据来绘画，而历史记录艺术画笔工具在使用这些数据的同时，还使用用户为创建不同的颜色和艺术风格设置的选项。

　　使用历史记录艺术画笔工具操作步骤如下。

　　（1）在"历史记录"面板中，单击状态或快照的左列，将该列用作历史记录艺术画笔工具的源。源历史记录状态旁出现画笔图标。

　　（2）选择历史记录艺术画笔工具，如图 5.35 所示。

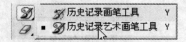

图 5.35　历史记录艺术画笔工具

　　（3）在历史记录艺术画笔工具选项栏中可进行如图 5.36 所示设置。

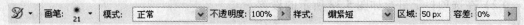

图 5.36　历史记录艺术画笔工具选项栏

- "画笔"：选择画笔形状和大小。
- "模式"：设定混合模式。
- "不透明度"：设定不透明度。
- "样式"：在该下拉列表中为用户准备了 10 种不同风格的画笔样式。
- "区域"：用于设置历史艺术画笔工具笔触的感应范围，该数值越大，影响的范围也就越大。
- "容差"：用于设置画笔的容差，可以限制画笔绘制的区域。低容差可用于在图像中的任何地方绘制无数条描边，高容差将绘画描边限定在与源状态或快照中的颜色明显不同的区域。

（4）在待操作图像上指定区域拖动进行绘画。

5.3.5 图像的快照

执行"快照"命令，可以创建图像的任何状态的临时复制（或快照）。新快照添加到"历史记录"面板顶部的快照列表中。选择一个快照使操作者可以从图像的那个版本开始工作。

"快照"与"历史记录"面板中列出的状态有相似之处，但同时还具有一些其他优点。

- 快照可以进行更名，使其更易于识别。
- 在整个工作会话过程中，可以随时存储快照。
- 利用快照，可以很容易恢复先前的工作，如可以尝试使用较复杂的技术。

应用一个动作时，先创建一个快照。如果对结果不满意，可以选择该快照来还原所有步骤。

专家指导

快照不随图像存储，关闭图像时就会删除其快照。另外，除非在"历史记录选项"中选择了"允许非线性历史记录"选项，否则，选择一个快照然后更改图像，将会删除"历史记录"面板中当前列出的所有状态。

1．创建快照

（1）直接创建快照。

在"历史记录"面板中，选择一个状态。单击"历史记录"面板下方的"创建新快照"按钮。

（2）在创建的同时设置选项。

单击"历史记录"按钮，弹出"历史记录"面板菜单，在弹出的快捷菜单中选择"新快照"；或在按 Alt 键的同时，单击"创建新快照"按钮，如图 5.37 所示。

图 5.37 创建新快照

在"名称"文本框中输入快照名称。在"自"下拉列表中，选择快照内容。

图 5.38 显示快照

- "全文档"：可创建图像在该状态时的所有图层的快照。
- "合并的图层"：可创建图像在该状态时合并了所有图层的快照。
- "当前图层"：只创建该状态时当前所选图层的快照。

创建快照完成后，在"历史记录"面板上部显示所创建快照，如图 5.38 所示。

2．选择快照

通常有两种方式选择已创建快照。

（1）直接单击快照名称。

（2）拖曳快照左侧滑块至指定快照。

3．重命名快照

双击欲重命名的快照名称，然后输入新的快照名。

4．删除快照

下列任一方式均可完成对快照的删除操作。

- 右击指定快照，在快捷菜单中选择"删除"命令。
- 选择快照，单击"历史记录"面板右下角 🗑 （删除）按钮。
- 将快照拖至"历史记录"面板右下角 🗑 （删除）按钮。

5.4　色彩的基本概念

从人的视觉系统来看，色彩可用色相、明度、纯度来描述。人眼看到的任何色彩都是这三个特性的综合效果。这三个特性被称为色彩的三要素，也称为色彩三属性。

5.4.1　色相

色相即色彩的本来面貌名称，如大红、橘红、草绿、湖蓝、群青等。色相是区别色彩的主要依据，是色彩的最大特征。

色相的称谓、命名方法比较多。有以自然界的植物、矿物质命名的，如玫瑰红、紫罗兰、土红、赭石等；有以地名命名的，如印度红、普鲁士蓝等；有以化工原料命名的，如钛青蓝、铬绿等。

5.4.2　明度

明度即色彩的明暗差别程度。色彩的明度差别主要包括以下几个方面：一是指某一色相的深浅变化，如粉红、大红、深红，都是红，但前面比后面淡；二是指不同色相间存在着的明度差别，如6种标准色中最浅的黄，最深的紫，橙和绿、红和蓝处于相近的明度之间。

5.4.3　纯度

纯度即各色彩中包含的单种标准色的成分的多少，也被称为颜色的饱和度。纯的色感比较强，不纯的色感比较弱。纯度与明度有着不可分割的制约关系。概括起来有三种：一是加白色能增强明度，降低纯度；二是加黑色使色彩的明度和纯度全降低；三是加灰色（即同时加白和黑）或其他中性颜色使色彩产生丰富的变化。在运用色彩三要素时一定要多实践，将理论和实践结合起来才能取得很好的效果。

5.4.4　色性

造成色彩冷暖感觉的原因，既有生理因素，也有心理因素。色性本身并不具有独立存在的价值，它主要是依附于色相、明度、纯度三种属性而产生的综合反映。

色彩的冷暖感的相对性，主要体现在两个方面：一是冷暖色本身具有相对性，如红、黄、橙三色在感觉和心理上被定为暖色，而蓝为冷色，绿和紫为中性色，其他如红、橙两色在特定的环境下也具有冷暖变化；二是黑、白、灰三色本身是无彩的，一旦和其他色彩相混也会产生冷暖上的变化，同时也要注意黑、白、灰成分的多少会起一定的调和作用。

至于灰色的冷暖变化则更加丰富，通常在直接用黑、白调成灰色外，其他的灰色都具有冷暖性。色彩的冷暖具有非常丰富的内容，它为实践提供了广阔的天地。

5.5　颜 色 模 式

颜色模式是指同一属性下的不同颜色的集合。它的功能在于方便用户使用各种颜色，而不必每次使用颜色时都进行颜色的重新调配。常用的几种是 RGB 模式、CMYK 模式、Lab 模式、灰度模式、位图模式、多通道模式、双色调模式和索引颜色模式等。

5.5.1　彩色图像模式

常用的彩色图像模式包括 RGB、CMYK、Lab 三种模式。

1．RGB 模式

这是我们用得最多的色彩模式，专用于屏幕显示。RGB 模式产生颜色的方法为加色法，它是以红、绿、蓝三种色光作为基本原色，每种单一色光由 256 色等级值的色光组成，当色光重叠时出现不同的中间色，色值越高，叠加越多，颜色就越鲜亮，3 个色光完全重合时将显示白色。

RGB 图像使用 3 个通道描述颜色信息。在 Photoshop 中新建一个文件时，默认为 RGB 模式。

2．CMYK 模式

CMYK 是针对印刷而设计出的一种色彩模式，一般彩色印刷以 4 色为主，即 CMYK（青、洋红、黄、黑），其中 K（黑色）是平衡 CMY（青、洋红、黄）3 色的。与 RGB 模式相反，CMYK 模式产生颜色的方法为减色法，当颜色完全重叠后产生黑色，反之为白色。由于 CMYK 模式中以黑色代替了其他的色彩，因此 CMYK 模式不可能像 RGB 模式那样产生出高亮的颜色，所以不论是 RGB 模式转换为 CMYK 模式，还是 CMYK 模式转换为 RGB 模式，其中的部分颜色就会产生"损耗"，而发生偏色现象。如果制作的图像要用于印刷，最后必须转换为 CMYK 模式。

3. Lab 模式

Lab 模式是通过两个色调参数 A、B 和一个光强度 L 来控制色彩的，A、B 两个色调可以通过-128 至 128 之间的数值变化来调整色相，其中 A 色调为由绿到红的光谱变化，B 色调为由蓝到黄的光谱变化，光强度可以在 0～100 范围内调节。Lab 模式不管是用于显示还是印刷，均记录相同的信息来描述颜色，正是其本身的特点，它是 Photoshop 在不同颜色模式之间转换时使用的内部颜色模式，如当 RGB 和 CMYK 两种模式互换时，都需先转换为 Lab 模式，这样可减少转换过程中的颜色损耗。

5.5.2　灰度图像模式

与前面的彩色图像模式不同，本节要讲解黑白灰的图像模式。

1. 位图模式

即黑白模式，只使用黑白两色表示像素，图像文件量较小。如果从彩色图像转换到位图模式，一般需先将彩色图像转换为灰度（Crayscal）模式去掉颜色信息后再接着转换为位图（Bitmap）模式，因为只有灰度模式可以转换为位图模式。

2. 灰度模式

该模式不包含颜色信息，使用 256 级灰度值表示图像，0 表示黑色，255 表示白色。灰度模式可以和彩色模式直接转换，最常被应用在基础阶段制作的图像，在图像模式中被应用得最广泛。

3. 双色调模式

与 CMYK 模式相似，双色调模式也是一种为打印而制定的颜色模式，它包括单色调、双色调、三色调和四色调。单色调是一种单一的，非黑色油墨打印的灰度图像。双色调、三色调和四色调是用两种、三种和四种油墨打印的灰度图像。在这些类型的图像中，彩色油墨用于重现单色的灰度而不是重现不同的颜色。双色调模式主要为了输出适合专业印刷的图像。在实际印刷过程中，往往只用到几种油墨，通过使用双色调模式对图像进行分色，可将图像分解成几个部分，每一部分由单一的油墨颜色构成，这极大地方便了制版。另外，当需要印出色阶较密的图像时，可以使用双色调模式，指定一种油墨为深色，另一种为浅色，从而制作出色阶较密的印刷品。

5.5.3　HSB 模式

HSB 模式将色彩分解为色相（Hue）、饱和度（Saturation）、明度（Brightness）。色相指色彩颜色，即我们常说的红色还是黄色等，在色环中用 0 度～360 度表示；饱和度也称为色彩纯度或彩度，指颜色的纯度，即俗称的颜色鲜艳程度，可以用 0%～100% 表示，当饱和度为 0% 时，即看不出颜色，只可能是黑色、白色或灰色，此时起决定作用的只有明度；明度使用黑白的百分比来量度，0% 为黑色，100% 为白色。在 Photoshop 中，任何对颜色的修改在本质上都修改了颜色的 HSB 值。

5.5.4　索引模式

该模式使用 256 种颜色表示图像，当一幅 RGB 模式或 CMYK 模式的图像转化为索引颜色时，Photoshop 将建立一个 256 色的色表来储存此图像所用到的颜色，因此索引色的图像占硬盘空间较小，但是图像质量也不高，适用于多媒体动画和网页图像制作。

5.5.5　多通道模式

每个通道具有 256 种灰度级别，可将一个以上通道合成的任何图像转换为多通道模式，原来的通道被转换为专色通道，在将彩色图像转换为多通道模式时，新的灰度信息将根据每个通道总像素的颜色值而定。例如，将 CMYK 模式转换为多通道模式，可创建为青色、洋红色、黄色、黑色四个专色通道。

专家指导

不能打印多通道模式中的彩色复合图像，而且，大多数输出格式不支持多通道模式，但能以 Photoshop DCS 2.0 输出这种格式。

5.6　色彩的调整

色彩是 Photoshop 平面设计中非常重要的一个方面，一幅好的图像离不开好的色彩。对图像色彩细微的调整，都将影响最终的视觉效果。Photoshop 提供有丰富的色彩校正工具，充分利用这些工具可实现对图像的各种色彩校正及色彩改变。

Photoshop 提供了色彩模式的转换，图 5.39 所示的"图像"中的"调整"菜单则提供了对图像色彩进行各种调整的命令。

图 5.39　色彩调整菜单

5.6.1　色彩平衡

该命令用于改变各色彩在图像中的混合效果，即改变彩色图像中颜色的组成。打开一幅图像后，执行"图像"→"调整"→"色彩平衡"命令，打开如图 5.40 所示的"色彩平衡"对话框。

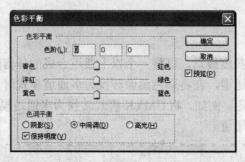

图 5.40　"色彩平衡"对话框

- "色阶"：三个文本框对应下面的三个滑杆，可通过输入数值或移动滑块来调整色彩平衡，输入的数值为-100～100，表示颜色减少或增加数。
- "色调平衡"：可选择阴影、中间调或高光分别调整其相应的色阶值；选中"保持亮度"复选框可在 RGB 模式图像颜色更改时保持色调平衡。

在图 5.39 所示的菜单中有一项"自动颜色"命令，用于自动调整图像的色彩平衡。

5.6.2　亮度/对比度

该命令用于调整图像的亮度和对比度（不同颜色间的差异），将一次调整图像中所有像素（包括高光、中间调和阴影），执行"图像"→"调整"→"亮度/对比度"命令，打开如图 5.41 所示的对话框。

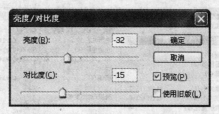

图 5.41　"亮度/对比度"对话框

文本框中的数值为-100～100，可直接输入或移动下面的滑块来进行调整。

5.6.3　色相/饱和度

用于调整图像的色相、饱和度和明度，在前面已提过色相即色彩颜色，饱和度即色彩纯度，明度即黑白颜色的百分量。注意此处的明度不同于"亮度/对比度"中的亮度，改变明度的同时，色彩纯度和对比度保持不变，而改变亮度会同时影响色彩纯度和对比度。

执行"图像"→"调整"→"色相/饱和度"命令，打开如图 5.42 所示的对话框。

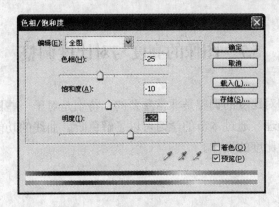

图 5.42 "色相/饱和度"对话框

- "编辑": 可选择红色、黄色、绿色、青色、蓝色和洋红调整单一颜色或选择全图调整整个图像的色相与饱和度。
- "色相"、"饱和度"、"明度": 可直接输入数值或拖动滑块调整。
- "颜色条": 底部的两个颜色条, 上面的一个表示调整前的状态, 下面的表示调整后的状态。
- "着色": 选中时, 可将灰色或黑白图像染上单一颜色, 或将彩色图像转变为单色。

5.6.4 使用调整图层给照片上色

在前面我们已使用过调整图层, 可以对图像试用颜色和进行色彩调整, 而不会永久地修改图像中的像素。每个调整图层都带有一个图层蒙版, 可对图层蒙版进行编辑或修改以符合要求。单击如图 5.43 所示的"图层"面板的相应按钮, 弹出如图 5.44 所示的菜单, 选择"色相/饱和度"选项进行创建。

图 5.43 "图层"面板

图 5.44 调整图层类型菜单

使用调整图层给照片上色的最大好处就是不对原图作任何改动。当需要对其中的某一部分进行调整时会很方便, 可以通过改变笔刷的大小和压力对图像作精细的调整, 还可随心所欲地添加效果。

5.7　图像的亮度与对比度调整

在图像中，亮度和对比度的调整是非常重要的，特别是对于一些比较灰暗的图像而言，必须对它进行适当的处理。通过本节的学习可以了解色阶、曲线的功能，掌握利用曲线、色阶调整图像的亮度与对比度的操作。

5.7.1　色阶

色阶主要用于调整图像的色调，即明暗度。打开一幅图像，执行"图像"→"调整"→"色阶"命令，打开如图 5.45 所示的对话框。

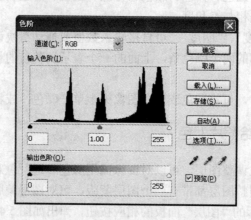

图 5.45　"色阶"对话框

- "通道"：选择 RGB 则调整对所有通道起作用，选择红、绿、蓝则对单一通道起作用。
- "输入色阶"：直接输入数值或利用滑块调整图像的阴影、中间调和高光。左侧框中的数值可增加图像暗部的色调，原理是将图像中亮度值小于该数值的所有像素都变成黑色；中间框中的数值可调整图像的中间色调，数值小于 1.00 时中间色调变暗，大于 1.00 时中间色调变亮；右侧框中的数值可增加图像亮部的色调，它会将所有亮度值大于该数值的像素都变成白色。一幅色调好的图像，"输入色阶"的上述三个滑块对应处都应有较均匀的像素分布。
- "输出色阶"：主要是限定图像输出的亮度范围，它会降低图像的对比度。左侧框中的数值可调整亮部色调，右侧框中的数值可调整暗部色调。
- ✍✍✍（吸管工具）：从左至右依次为黑色、灰色和白色吸管。单击其中一个吸管后，将鼠标移至图像区域，光标会变成相应的吸管形状。黑色吸管使图像变暗，白色吸管使图像变亮，灰色吸管使图像的色调重新调整分布。

如图 5.46 所示的即为原图及调整色阶后的对照图。

在"图像"中的"调整"菜单中还有一项"自动色阶"，用于对图像的色阶进行自动调整。

图 5.46　原图与色阶调整后的效果图

5.7.2　曲线

"曲线"命令与"色阶"作用相似,但功能更强,它不但可以调整图像的亮度,还能调整图像的对比度和色彩。打开一幅图像,执行"图像"→"调整"→"曲线"命令,打开如图 5.47 所示的对话框。

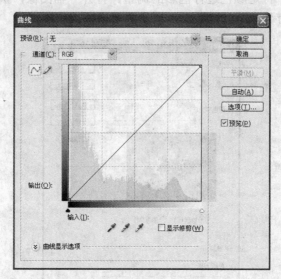

图 5.47　"曲线"对话框

图 5.47 中的直线代表了 RGB 通道的色调值,中心垂直虚线格代表了中间色调分区(按下Alt 键同时单击虚线区域,虚线格将实现 4 个与 10 个的切换,便于精确控制),表格横坐标代表输入色阶,纵坐标代表输出色阶,和色阶图中的输入/输出色阶相似。

改变图中的曲线形态就可改变当前图像的亮度分布。选择表格右下方的曲线工具,可拖曳曲线改变形态,在曲线上单击会产生小节点,拖曳这些小节点会改变曲线形态;如要删除某节点,可将节点拖至表格外。选择铅笔工具,可自由绘制曲线,此时"平滑"按钮激活。

在亮度杆的正常方向下,色阶曲线越向左上凸,图像会越亮,反之则越暗。

在前面已介绍过"亮度/对比度",在"图像"中的"调整"菜单中还有一项"自动对比度",用于自动调整图像的对比度。

5.8　图像的色相与饱和度调整

图像的色彩调整在图像的修饰中是非常重要的一项内容，改变图像的色相、饱和度可随心所欲地改变图像或部分的色彩，达到以假乱真的效果。通过本节的学习可以了解去色、替换颜色、可选颜色、变化的功能及基本操作，掌握图像的色相与饱和度的综合调整。

5.8.1　去色

该命令会将彩色图像中所有颜色的饱和度变为 0，即将彩色图像转化为黑白图像。但该命令和将图像转换成"灰度"图不同，它不会改变图像的色彩模式。打开彩色图像后，执行"图像"→"调整"→"去色"命令，即将图像转化为黑白图像。

5.8.2　替换颜色

该命令用于对某一特定颜色进行色彩的调整。打开一幅图像，执行"图像"→"调整"→"替换颜色"命令，弹出如图 5.48 所示的对话框。

图 5.48　"替换颜色"对话框

5.8.3　可选颜色

该命令可用于对 RGB、CMYK 和灰度等色彩模式的图像进行色彩的调整，即用来校正输入和输出时的色彩含量，不是很常用。打开一幅图像，执行"图像"→"调整"→"可选颜色"命令，弹出如图 5.49 所示的对话框。

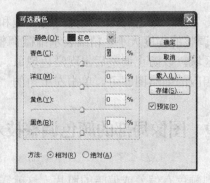

图 5.49　"可选颜色"对话框

在图 5.49 中的"颜色"下拉列表中选择需要修改的颜色，然后分别拖动下面 CMYK 四种颜色的滑块可改变当前颜色比重，对没选择的颜色分量不会改变。例如，选择红色来减少红色像素中黄色成分的含量，但其他颜色，如绿色、蓝色等的黄色分量则不会改变，该功能常用于分色程序。

5.8.4　变化

该命令可直观地调整图像或选区的色彩平衡、对比度和饱和度，是调整图像色调的快捷方法，使用比较方便，但注意它不能用于索引模式。打开图像后，执行"图像"→"调整"→"变化"命令，弹出如图 5.50 所示的对话框。

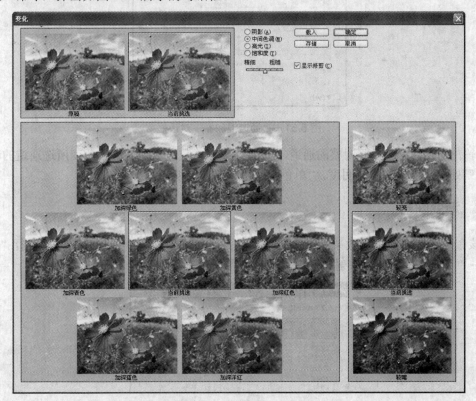

图 5.50　"变化"对话框

在单选框中可选择"阴影"、"中间色调"、"高光"与"饱和度"进行调整。可拖动"精细-粗糙"的滑块以确定每次调整的程度大小,精细表示细微调整。选中"显示修剪"复选框时,将高亮显示图像的溢色区域,以防止调整后出现溢色现象。

在调整时,按要求单击相应的缩略图即可,单击左上角的"原稿"可恢复原始状态。

5.9 图像局部的颜色调整技术

在日常生活中经常会碰到颜色有偏差或偏暗的照片,这就需要进行颜色调整。通过本节的学习可掌握利用通道混和器、渐变映射等功能调整图像的偏色及局部颜色效果。

5.9.1 通道混和器

该命令可改变某一通道中的颜色,并混合到主通道中产生一种图像合成效果。打开图像后执行"图像"→"调整"→"通道混和器"命令,打开如图 5.51 所示的对话框。

图 5.51 "通道混和器"对话框

"输出通道"可选择要调整的通道,"源通道"输入数值或拖动滑动改变所选通道的颜色,"常数"处指定通道的不透明度,"单色"可用于制作灰度图像。

5.9.2 渐变映射

该命令将渐变的色彩效果应用到图像中,是个不常用的命令。打开图像后执行"图像"→"调整"→"渐变映射"命令,打开如图 5.52 所示对话框。

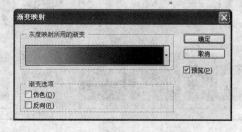

图 5.52 "渐变映射"对话框

可单击"渐变选项"选项组下的任一复选框选择一种渐变类型。"仿色"使色彩过渡更平滑，"反向"使现有的渐变色逆转方向。

【边学边练 5.2】　制作迷人的老照片效果。

下面举例来具体说明如何通过"渐变映射"命令将新照片变为老照片。

（1）打开原图，单击"图层"面板中的 ⬤ 按钮，选择"渐变映射"命令，如图 5.53 所示。

（2）弹出"渐变映射"对话框，双击渐变颜色条，如图 5.54 所示。

图 5.53　选择"渐变映射"命令

图 5.54　"渐变映射"对话框

（3）弹出"渐变编辑器"对话框，设置颜色为：0%；#000000、41%；#330000、70%；#ff7c00、100%；#f8eee4，如图 5.55 所示。

图 5.55　设置渐变颜色

（4）在"图层"面板中设置图层模式为"叠加"，得到最终效果如图 5.56 所示。

图 5.56　设置图层模式

5.10　图像色彩的特殊调整技术

为实现一些特殊的色彩效果，在图像色彩调整中会用到前面几节中没有提及的几种方法，如反相、色调均化、阈值、色调分离。通过本节的学习可掌握图像色彩的一些特殊调整技术。

5.10.1　反相

该命令能将图像转换成反相效果，应用它可将图像转化为阴片，或将阴片转换为图像。打开图像后执行"图像"→"调整"→"反相"命令，Photoshop 就会自动执行，执行"反相"前后的效果如图 5.57 所示。

图 5.57　反相的效果

5.10.2　色调均化

有时图像中的色彩显得较复杂，容易让人感到眼花缭乱，这时只要执行"图像"→"调整"→"色调均化"命令，Photoshop 就会自动进行色调均化调整，可均匀分布图像画面中的除最深与最浅处以外的中间像素。

5.10.3 阈值

该命令能将彩色或灰度图像转换为高对比度的黑白图像，其选项就是定义一个色阶为阈值，比这个值亮的像素转变为白色，比这个值暗的像素转变为黑色，比较常用。

执行"图像"→"调整"→"阈值"命令，打开如图 5.58 所示对话框，阈值色阶值要视图像效果确定。

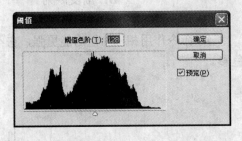

图 5.58 "阈值"对话框

5.10.4 色调分离

该命令是靠指定图像每个通道的色调级别，即亮度值的数目，并将指定亮度的像素映射为最接近的匹配色调。执行"图像"→"调整"→"色调分离"命令，打开如图 5.59 所示对话框，输入合适的色阶值即可。

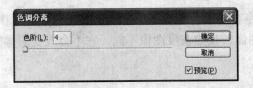

图 5.59 "色调分离"对话框

本 章 习 题

一、选择题

1. 下面选项中哪个是裁剪工具的作用？（　　）

   A．裁剪是移去部分图像以形成突出或加强构图效果的过程

   B．删除图像

   C．裁切图像的空白边缘

   D．复制图像

2. 下面哪种模式不属于彩色图像模式？（　　）

    A．RGB 模式　　　　　　　　　　　B．Lab 模式

    C．CMYK 模式　　　　　　　　　　D．位图模式

3．"（　　）"命令具有调整图像的亮度和对比度（不同颜色间的差异），将一次调整图像中所有像素（包括高光、中间调和阴影）的功能。

    A．色彩平衡　　　　　　　　　　　B．亮度/对比度

    C．色相/饱和度　　　　　　　　　　D．色阶

4．"（　　）"命令可改变某一通道中的颜色，并混合到主通道中产生一种图像合成效果。

    A．通道混合器　　　　　　　　　　B．渐变映射

    C．阈值　　　　　　　　　　　　　D．色调分离

5．"曲线"命令与"（　　）"命令作用相似，但功能更强，它不但可以调整图像的亮度，还能调整图像的对比度和色彩。

    A．色调均化　　　　　　　　　　　B．渐变映射

    C．色阶　　　　　　　　　　　　　D．阈值

二、填空题

1．位图图像在_____和_____方向上的像素总量称为图像的_____。图像的分辨率由打印在纸上的每英寸_____的数量决定。

2．执行"_____"→"_____"命令，可以对图像画布进行旋转。

3．执行"_____"→"_____"→"_____"命令将所有打开文档的状态列表从"历史记录"面板中清除。该操作无法还原。

4．"_____"命令用于改变各色彩在图像中的混合效果，即改变彩色图像中颜色的组成。

5．"_____"命令会将彩色图像中所有颜色的饱和度变为 0，即将彩色图像转化为黑白图像。但该命令和将图像转换成灰度图像不同，它不会改变图像的色彩模式。

三、上机操作题

1．将黑白照片调整为彩色照片，通过"色彩平衡"、"色相/饱和度"等命令即可实现，如图 5.60 所示。

图 5.60　黑白转为彩色照片

2．制作图片的艺术效果，通过"阈值"命令创建选区并用渐变工具填充颜色，最后使

用文字工具添加文字，如图 5.61 所示。

　　3．打开黑色的夜景图，通过曲线、色阶、亮度/对比度进行调整，如图 5.62 所示。

图 5.61　制作艺术效果　　　　　　　　图 5.62　调整颜色效果图

第6章

图层的使用

Photoshop 的图层功能十分强大，图层可以将一个图像中的各个部分独立出来，然后可以对其中的任何一个部分进行处理，而这些处理不会影响到别的部分。利用图层功能可以创造出许多令人难以想象的特殊效果，结合图层的混合模式、透明度，以及图层的样式，才能真正发挥 Photoshop 强大的功能。

本章将介绍图层的基本概念和基本操作方法，以及图层的功能和应用技巧。通过本章相关知识的学习，可学会使用"图层"面板创建和管理图层，应用图层样式实现特殊的图层效果，掌握图层的各种使用技巧。所含知识点包括图层概念、"图层"面板、图层编辑、图层样式、图层混合模式、图层蒙版。

重点知识点

- ➢ 图层概念
- ➢ 图层编辑
- ➢ 图层样式
- ➢ 图层蒙版

6.1 图层的概念和"图层"面板

Photoshop 中的图层，表示将一幅图像分为几个独立的部分，每一部分放在相对独立的层上。在合并图层之前，图像中每个图层都是相互独立的，在对其中某一个图层中的元素进行绘制、编辑、粘贴和重新定位等操作时，而不会影响其他图层。各个图层还可以通过一定的模式混合在一起，从而得到千变万化的效果。

6.1.1 图层的概念

图层的概念来源于动画制作领域。在动画制作过程中，为了减少不必要的工作量，动画制作人员使用透明纸来进行绘图，将动画中变动的部分和背景图分别画在不同的透明纸上。这样背景图就不必重复绘制了，需要时叠放在一起即可。

Photoshop 中的图层与动画中所用到的图层相似，也是将图像的各个部分放在不同的图层上。图层中没有图像的部分是透明的，而有图像的部分是不透明的，将这些图层叠放起来，形成一幅完整的图像，如图 6.1 所示。

图 6.1 Photoshop 制作效果所显示的图层

图层具有以下一些特点。

- 对一个图层的操作可以是独立的，丝毫不影响其他图层，这些操作包括剪切、复制、粘贴和填充，以及工具栏中各种工具的使用。
- 图层中没有图像的部分是完全透明的，有图像的部分可以调节其透明度。
- 对图层的编辑处理工作，既可以通过图层菜单中的命令来实现，也可以使用"图层"面板进行操作。

6.1.2 "图层"面板

对图层的操作绝大部分都是在"图层"面板中完成。如果"图层"面板没有显示，可以执行"窗口"→"图层"命令，显示"图层"面板，如图 6.2 所示。

在"图层"面板的上方，各项含义如下所示。

- 正常叠底 ▼ （图层混合模式）：在此列表框中可以选择不同图层混合模式，来决定这一图层图像与其他图层叠合在一起的效果。

图 6.2 "图层"面板

- 不透明度:100% ▶ （不透明度）：用于设置图层总体不透明度。当切换作用图层时，不透明度显示也会随之切换为当前作用图层的设置值。
- ⊠ （锁定透明像素）：锁定当前图层的透明区域，使透明区域不能被编辑。
- ✎ （锁定图像像素）：使当前图层和透明区域不能被编辑。
- ✛ （锁定位置）：使当前图层不能被移动。
- ⬚ （锁定全部）：使当前图层或序列完全被锁定。
- 填充:100% ▶ （设置图层的内部不透明度）：用于设置的内部不透明度。

在"图层"面板的下方有一排按钮，从左至右依次为链接图层、添加图层样式、添加蒙版、创建新的填充或调整图层、创建新组、创建新的图层和删除图层。

- ∞ （链接图层）：将两个或两个以上的图层进行链接，链接后的图层可以同时进行移动、旋转和变换等操作。
- ƒx. （添加图层样式）：单击此按钮可以打开一个菜单，从中选择一种图层样式以应用于当前所选图层。
- ▢ （添加蒙版）：将在当前图层上创建一个蒙版。

- （创建新的填充或调整图层）：单击此按钮可以打开一个菜单，从中创建一个填充图层或者调整图层。
- （创建新组）：新建一个文件夹，可放入图层。
- （创建新图层）：在当前层的上面创建一个新图层。
- （删除图层）：单击此按钮可以将当前所选图层删除，或者拖动图层到该按钮上也可以删除图层。

除了这些按钮外，在"图层"面板中还会有一些显示图层当前状态的图标，其具体含义如下所示。

- 图层 2 （图层名称）：在图层中定义出不同的名称以便区分，如果在建立图层时没有命名，Photoshop 会自动依次定名为"图层 1"、"图层 2"，依此类推。
- （图层缩览图）：显示当前图层中图像缩览图，通过它可以迅速辨识每一个图层。
- （眼睛图标）：用于显示或隐藏图层。单击"眼睛图标"可以切换显示或隐藏状态。
- （图层链接）：前面讲到了"链接图层"按钮，单击此按钮后，将在图层名称后显示链接的图标。

对图层操作时，一些常用的控制命令，如新建、复制和删除图层等都可以通过"图层"面板菜单中的命令来完成，这样可以大大提高工作效率，菜单如图 6.3 所示。

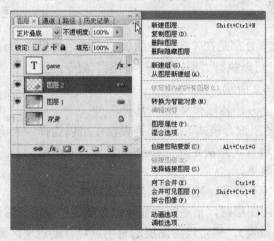

图 6.3　面板菜单

6.1.3　图层类型

在 Photoshop 中，不同种类的图层其属性和功能略有差别，可以将图层分为以下几类。

- 普通图层：最基本也是最常用的图层形态，对图像的操作基本上都是普通图层中进行的。
- 背景图层：背景图层与普通图层的区别在于背景图层永远位于图像的最底层，且许多适用于普通图层的操作在背景图层中不能完成。背景图层和普通图层之间可以互相转换。双击背景图层或执行"图层"→"新建"→"背景图层"命令，打开"新建图层"对话框，设置后单击"确定"按钮，背景图层就会转变为普通图层。

- 调整图层：利用图层的色彩调整功能创建的图层，与"色彩调整"命令相比，调整图层可以调整其下边所用图层的色彩，而不改变各图层的内容。
- 文字图层：由文字工具创建的图层。在文字图层中可以进行大部分的图像处理，但有些滤镜功能无法使用。文字图层可以转化为普通图层，转化后不能再进行文本编辑。
- 填充图层：填充图层可以在当前图层中填入一种颜色（纯色或渐变色）或图案，并结合图层蒙版的功能，从而产生一种遮盖特效。
- 形状图层：利用形状工具创建的图层，由填充图层和形状路径两部组成。前者用于决定向量对象的着色模式，后者用于确定向量对象的外形。

6.2　图层编辑操作

图层的基本操作包括创建和删除图层、移动和复制图层、图层的链接和合并、图层修饰等。图层的基本操作主要是在"图层"面板中完成。

6.2.1　创建和删除图层

在"图层"面板中可以新建图层，或者删除不需要的图层。

1. 创建图层

创建新图层有以下几种方法。

（1）用按钮创建新图层。

创建图层最简单的方法是直接单击"图层"面板上的  按钮，即可在当前图层的上面创建一个新图层，图层的名字默认为"图层 1"、"图层 2"、……，双击图层操作平台上图层的名字可以将其重命名。

（2）通过菜单命令创建新图层。

执行"图层"→"新建"→"图层"命令，将弹出"新建图层"对话框，如图 6.4 所示。

图 6.4　"新建图层"对话框

- "名称"：设置新图层的名称。
- "使用前一图层创建剪贴蒙版"：新建的图层位于前一图层的下方，通过前一个图层创建剪贴蒙版效果。
- "颜色"：用来设置图层操作状态区域和眼睛图标区域的颜色。
- "模式"：用于指定该图层中的像素和其下图层中像素的混合模式。
- "不透明度"：设置图层的不透明度。

（3）通过粘贴图像创建新图层。

当向某一图层中直接粘贴剪贴板的图像时，这幅图像将会在该图层上面形成一个新的图层。如果在粘贴之前在原有的图层上没有选区，则剪贴板的图像会位于整个新图层的中央；如果在原来的图层上有选区，则剪贴板的图像会位于选区的中央。

2．删除图层

可以通过以下方法删除图层。

（1）选择所要删除的图层，将其拖到图层右下角的 按钮，完成对此图层的删除。

（2）选中所要删除的图层后，单击 按钮，此时弹出询问对话框，单击"是"按钮确定删除图层，单击"否"按钮则取消删除。

（3）通过面板菜单命令来删除图层。在"图层"面板菜单中，包括"删除图层"、"删除链接图层"两种删除图层命令，其意义分别为删除当前图层、删除具有链接关系的图层和删除所有隐藏的图层。

6.2.2 移动和复制图层

所有的图层均显示有"图层"面板中，图层在面板中的排序次序直接影响到显示的效果，对于某个图层可以移动其位置或复制图层。

1．移动图层

要移动图层中的图像，可以使用移动工具来移动。如果是要移动整个图层内容，只需将要移动的图层设为作用层，然后用移动工具，就可以移动图像；如果是要移动图层中的某一块区域，则必须先选取要移动的区域，再使用移动工具进行移动。

2．复制图层

复制图层的方法有两种。

（1）将要复制的图层拖到 按钮上，即可将图层复制，图层名称为原图层名后面加上"副本"，如图 6.5 所示。

（2）使用面板菜单中的命令来复制图层。先选择要复制的图层，通过弹出菜单的"复制图层"命令或执行"图层"→"复制图层"命令，弹出"复制图层"对话框，在"为"文本框中设置新图层的名称。在"文档"下拉列表框中选择将新图层复制到哪个文档中，默认为原图层所在的文档，"复制图层"对话框如图 6.6 所示。

图 6.5　图层副本　　　　　　　　　　图 6.6　"复制图层"对话框

6.2.3　调整图层的叠放次序

图像一般由多个图层组成，而图层的叠放次序直接影响图像显示的真实效果，上面的图层总是遮盖其底下的图层。在编辑图像时，可以调整各图层之间的叠放次序来实现最终的效果。调整图层叠放次序的方法如下。

（1）通过"图层"→"排列"命令来调整图层次序，如图 6.7 所示。在执行命令之前，需要先选定要调整次序的图层，然后再执行"排列"菜单中的命令。

图 6.7　"排列"菜单

（2）在"图层"面板中选择要调整次序的图层，然后拖动鼠标至适当的位置，也可以完成图层的次序调整。

6.2.4　图层的链接与合并

在前面讲解"图层"面板时，讲到了"链接图层"按钮，本小节主要讲解链接与合并。链接与合并均是将多个图层组合的操作，只是组合的方式不同。

1．图层链接

对图层的链接是比较常用的图层操作之一，将相关的图层链接到一起，可以将某些操作同时应用于具有链接关系的图层。例如，可以同时移动链接图层，可以调整图层的位置关系等。要进行图层链接，首先在"图层"面板中选定链接的多个图层，单击"图层"面板下方的 ∞ 按钮，所选图层链接在一起，如图 6.8 所示。

如果要取消图层的链接关系，则单击该图层操作状态区域的 ∞ 图标，使其消失，即表明已取消了该图层与当前图层的链接关系。

图 6.8　链接图层

2．图层合并

在一幅图像中，建立的图越多，则该文件所占用的磁盘空间也就越多。因此，对一些不必要分开的图层可以将它们合并以减少文件所占用的磁盘空间，同时也可以提高操作速度。图层的合并主要通过菜单命令来完成，打开"图层"面板菜单，单击其中的"合并图层"命令即可，合并的方式包括以下几种，如图 6.9 所示。

- "合并图层"：用来把当前图层和其下边的图层合并，合并后的新图层的名称为下边图层的名称。
- "合并可见图层"：将所有可见图层合并，即所有带 ◉ 图标的图层合并。合并后的名称也为当前图层的名称。

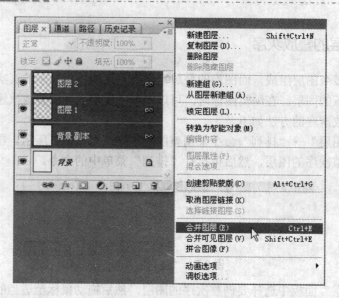

图 6.9　"合并图层"命令

- "拼合图层"：合并所有的图层，包括可见和不可见图层。合并后的图像将不显示那些不可见的图。

6.2.5　图层组

图层组即将若干图层组成为一组，在图层组中的图层关系比链接的图层关系更紧密，基本上与图层相差无几。

执行"图层"→"新建"→"图层组"命令，弹出"新建组"对话框，如图 6.10 所示。单击"确定"按钮在"图层"面板中出现类似文件夹的图标，可以拖动图层将其放入图层组中，如图 6.11 所示。

图 6.10　"新建组"对话框　　　　　　　　　图 6.11　将图层分组

对图层组的其他操作与对图层的操作基本相同，所不同的是不能直接对图层组套用图层样式。另外，当删除图层组时，系统会弹出询问对话框，如图 6.12 所示。单击"组和内容"按钮，则删除图层组及其中的图层；单击"仅组"按钮，只删除图层组；单击"取消"按钮则取消删除。

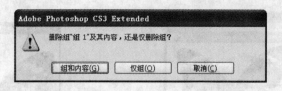

图 6.12 删除组对话框

6.2.6 剪贴组图层

当两个图层组合成为一个剪贴组图层后，基底图层（即这一编组中的最底层）的透明部分会盖住上一图层的内容。

建立剪贴组图层如下。

（1）打开一幅图像，图像中有两个图层，上面的图层是鲜花图层，下面的图层是西红柿图层（图层中没有图像的部分是透明的），如图 6.13 所示。

（2）按住 Alt 键，将鼠标移到"图层"面板中两个图层之间的细线处，此时鼠标变成两圆相交的形状。

（3）单击后，两图层之间的细线变为虚线，即上、下两图层建立了剪贴组关系。剪贴组操作使得鲜花图案具有了动物轮廓的效果，这时动物图层相当于鲜花图层的蒙版，如图 6.14 所示。

图 6.13 图像图层

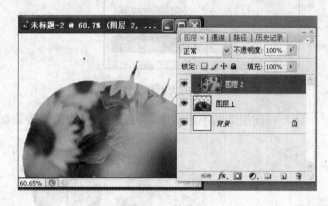

图 6.14 剪贴组

【边学边练 6.1】 制作相框组合图像效果。

下面举例来具体说明如何在相框中添加照片效果。

（1）执行"文件"→"打开"命令，弹出"打开"对话框，选择需要打开的素材文件，如图 6.15 所示。

（2）使用魔棒工具选择蝴蝶图像的白色背景，反向选择后选择图像部分，将其拖到另一幅素材中，如图 6.16 所示。

（3）按 Ctrl+T 组合键进入自由变换状态，拖动编辑点改变图像的大小和位置，如图 6.17 所示。

（4）隐藏蝴蝶图层，使用"矩形选框工具"选择中间的文字部分，按 Ctrl+C 和 Ctrl+V 组合键粘贴成新的图层。

图 6.15　打开素材　　　　　　　　　　　　图 6.16　移动图像

（5）将生成的图层 2 拖到图层 1 的上方，显示蝴蝶图层 1，此时文字置于蝴蝶的上方，如图 6.18 所示。

图 6.17　改变图像的大小和位置　　　　　　图 6.18　复制文字部分

（6）将图层 2 的不透明度设为 0，达到的最终效果如图 6.19 所示。

图 6.19　最终效果图

6.3　图　层　样　式

图层样式为利用图层处理图像提供了更方便的处理手段。利用图层样式可以直接制作不同形状却具有相同样式的对象。可以直接从"样式"面板套用已有的样式，也可以通过对各种样式的参数进行设置从而制作出各种特殊效果。

6.3.1 使用图层样式

图层样式的使用非常简单，其操作步骤如下。

（1）打开一幅图像，选中要应用图层样式的图层。

（2）执行"图层"→"图层样式"命令，弹出子菜单，如图 6.20 所示。或者单击"图层"面板中的 *fx.* 按钮，如图 6.21 所示。或者双击图层也可弹出对话框。

图 6.20 "图层样式"菜单

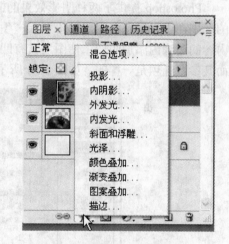

图 6.21 "图层"面板中的命令

（3）打开"图层样式"对话框，如图 6.22 所示，在此对话框中设置投影效果的参数。

（4）完成设置，单击"确定"按钮即可得到如图 6.23 所示的投影效果。

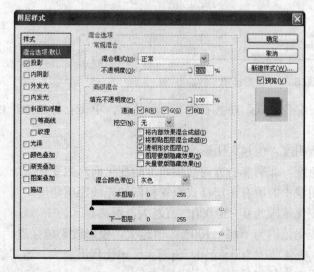

图 6.22 "图层样式"对话框

图 6.23 得到的效果

6.3.2 常用的图层样式

在"图层样式"对话框中，有 10 种图层样式可供选择，各图层样式的参数在"图层样式"对话框中进行设置。

1．阴影效果

对于任何一个平面处理的设计师来说，阴影制作是基本功。无论是文字、按钮、边框还是一个物体，如果加上一个阴影，则会顿时产生层次感，为图像增色不少。因此，阴影制作在任何时候都使用得非常频繁，不管是在图书封面上，还是在报纸杂志、海报上，经常会看到拥有阴影效果的文字。

Photoshop 提供了两种阴影效果的制作，分别为"投影"和"内阴影"。这两种阴影效果的区别在于投影是在图层对象背后产生阴影，从而产生投影视觉；而内阴影则是紧靠在图层内容的边缘内添加阴影，使图层具有凹陷外观。这两种图层样式只是产生的图像效果不同，而其参数选项是一样的，如图 6.24 所示，各选项含义如下。

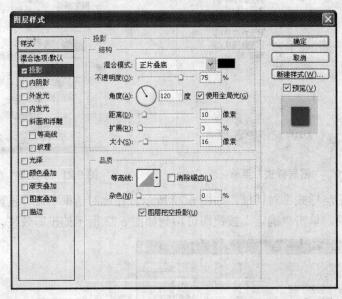

图 6.24　投影选项

- "混合模式"：选定投影的图层混合模式，在其右侧有一颜色框，单击它可以打开对话框选择阴影颜色。
- "不透明度"：设置阴影的不透明度，值越大阴影颜色越深。
- "角度"：用于设置光线照明角度，即阴影的方向会随角度的变化而产生变化。
- "使用全局光"：可以为同一图像中的所有图层样式设置相同的光线照明角度。
- "距离"：设置阴影的距离，变化范围为 0～30 000，值越大，距离越远。
- "扩展"：设置光线的强度，变化范围为 10%～100%，值越大，投影效果越强烈。
- "大小"：设置阴影柔化效果，变化范围为 0～250，值越大，柔化程度越大。当其值为 0 时，该选项的调整将不会产生任何效果。

- "品质"：在此选项组中可通过设置"等高线"和"杂色选项来改变阴影效果。
- "图层挖空投影"：控制投影在半透明图层中的可视性或闭合。

如图 6.25 所示为设置的阴影效果。

图 6.25　设置的阴影效果

2．发光效果

在图像制作过程中，经常看到如图 6.26 所示的文字或物体发光的效果。发光效果在直觉上比阴影更具有计算机色彩，而且制作方法也简单，使用图层样式中的"外发光"和"内发光"命令即可。

在制作外发光和内发光的效果之前，先选定要制作发光效果的图层，然后打开"图层样式"对话框，设置好发光效果的各项参数，内发光的效果如图 6.27 所示。

图 6.26　外发光效果

图 6.27　内发光效果

3．斜面和浮雕效果

执行"斜面和浮雕"命令可以制作出立体感的文字。此效果在制作特效文字时，这两种效果的应用是非常普遍的，选项参数如图 6.28 所示，可以按如下步骤进行设置。

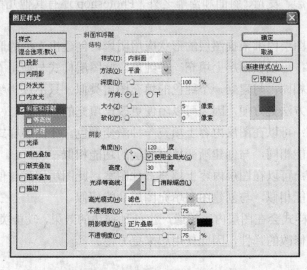

图 6.28　"斜面和浮雕"参数设置

（1）在"图层样式"对话框左侧中选择"斜面和浮雕"复选框，接着在右侧的"结构"选项组中的"样式"下拉列表中选择一种图层样式。

- "外斜面"：可以在图层内容外部边缘产生一种斜面的光线照明效果，此效果类似于投影效果，只不过在图像两侧都有光线照明效果而已。
- "内斜面"：可以在图层内容的内部边缘产生一种斜面的光线照明效果。此效果与内阴影效果非常相似。

- "浮雕效果"：创建图层内容相对它下面的图层凸出的效果。
- "枕状浮雕"：创建图层内容的边缘陷进下面图层的效果。
- "描边浮雕"：创建边缘浮雕效果。

（2）在"方法"下拉列表框中选择一种斜面表现方式。

- "平滑"：斜面比较平滑。
- "雕刻清晰"：产生一个较生硬的平面效果。
- "雕刻柔和"：产生一个柔和的平面效果。

（3）设置斜面的深度、方向、作用范围大小、软化程度。

（4）在"阴影"选项组中设置阴影的角度、高度、光泽等高线，以及设置斜面阴影的亮部和暗部的不透明度和混合模式。

（5）设置完毕后，单击"确定"按钮即可完成斜面和浮雕效果的制作。图 6.29 所示为各种斜面和浮雕效果的图像。

图 6.29　斜面和浮雕的效果

4．其他图层样式

除上面介绍的阴影、发光、斜面和浮雕之外，Photoshop 还有其他几种图层样式，它们的功能如下。

- "光泽"：在图层内部根据图层的形状应用阴影，创建出光滑的磨光效果。
- "颜色叠加"：可以在图层上填充一种纯色。此图层样式与使用"填充"命令填充前景色的功能相同，与建立一个纯色的填充图层类似，只不过"颜色叠加"图层样式比上述两种方法更方便，因为可以随便更改已填充的颜色。
- "渐变叠加"：可以在图层内容上填充一种渐变颜色。此图层样式与在图层中填充渐变颜色的功能相同，与创建渐变填充图层的功能相似。
- "图案叠加"：可以在图层内容上填充一种图案。此图层样式与使用"填充"命令填充图案的功能相似，与创建图案填充图层功能相似。
- "描边"：此样式会在图层内容边缘产生一种描边的效果，功能类似于"描边"命令，但它具有可修改的弹性，因此使用起来更方便。

6.3.3　使用"样式"面板

Photoshop 提供了一个"样式"面板。该面板专门用于保存图层样式，在下次使用时，就不必再次编辑，而可以直接进行应用。下面的内容是"样式"面板的使用。

执行"窗口"→"样式"命令可以显示"样式"面板。Photoshop 带有大量的已经设置好的图层样式，可以通过"样式"面板弹出命令菜单载入各种样式库，如图 6.30 所示。

只需单击这些样式按钮，就可以直接套用所选样式。

图 6.30　"样式"面板

6.4　图层混合选项

执行"图层"→"图层样式"→"混合选项"命令，可以在弹出的"图层样式"对话框中，对"混合选项"进行设置，如图 6.31 所示。

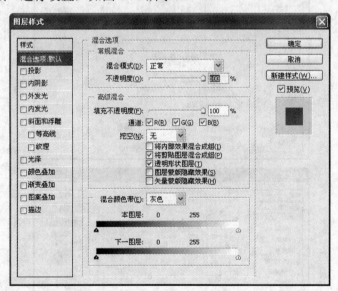

图 6.31　设置"混合选项"

（1）"常规混合"：设置"混合模式"和"不透明度"两种常规选项。

（2）"高级混合"：对图层的属性进行更细致的设置。

- "填充不透明度"：与透明度的填充很相似，但不同的是这里的透明度设置不但对图层本身进行处理，还对所套用的额外属性包括"混合模式"或"样式"等进行相互处理。

- "通道"：用于设置图层高级选项所会影响到的通道，在默认状态下所有通道皆处于选中状态。
- "挖空"：其下拉列表中提供了 3 种模式供选择，即无、浅和深。
- "混合颜色带"：混合颜色带的下拉列表中会根据当前图像色彩模式出现各个原色通道，拖曳"本图层"和"下一图层"滑杆上的小三角滑标，即可设定色彩模式混合时的像素范围。

【边学边练 6.2】 制作下雪特效字。

下面举例来具体说明如何使用图层样式制作出文字上下雪的特效。

（1）首先打开 Photoshop CS3，新建文档，设置背景颜色为#AA732A，然后输入字"Snow"，字体为 Comic Sans MS，大小为 140，颜色为#C2C2C2，如图 6.32 所示。

图 6.32　输入文字

（2）双击该文字图层设置斜面和浮雕、描边样式，各参数如图 6.33 所示。

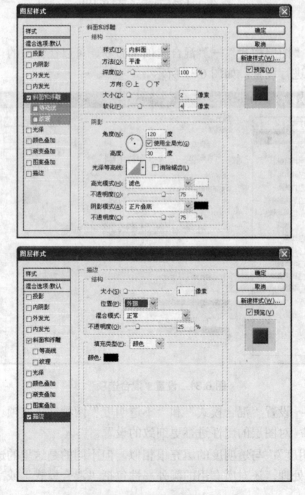

图 6.33　设置图层样式

（3）新建一个图层，设置此图层的外发光、斜面和浮雕图层样式，各项参数如图 6.34 所示。

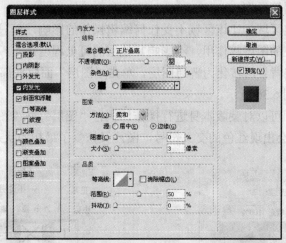

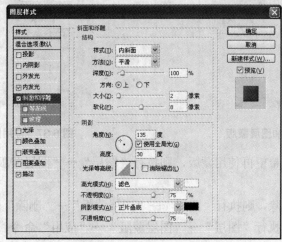

图 6.34　设置新建图层的样式

（4）单击画笔工具，设置为 10px，在图层中拖动绘制出下雪的效果，如图 6.35 所示。

图 6.35　下雪效果

6.5　图层蒙版的应用

创建图层蒙版可控制图层中的不同区域如何隐藏和显示，通过改变图层蒙版，可以将大量的特殊效果应用到图层，而不会影响到图层上的像素。通过本节的学习可以掌握图层蒙版的建立、编辑以及使用等操作。

蒙版用来保护特定区域，让该区域不受任何编辑操作的影响，而只对未保护的区域产生作用。蒙版只对它所在的图层起作用，不影响其他层的可见程度。

打开一幅图片，将背景层转化为普通图层，单击"图层"面板底部的  按钮，就添加了一个图层蒙版，如图 6.36 所示。

蒙版制作完成后，可以对蒙版本身进行操作，执行"图层"→"图层蒙版"→"停用"命令，"图层"面板上会出现红色的交叉符号，图片又恢复了最初的状态，如图 6.37 所示。

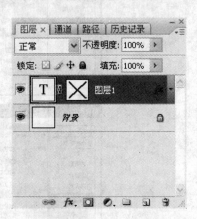

图 6.36　添加图层蒙版　　　　　　　图 6.37　停用图层蒙版

若蒙版停用后，还希望再使用蒙版，则执行"图层"→"图层蒙版"→"启用"命令，就可恢复蒙版的使用。

如果希望将蒙版去除，则执行"图层"→"图层蒙版"→"删除"命令，蒙版就可去掉，蒙版效果也就会消失。执行"图层"→"图层蒙版"→"应用"命令，蒙版也可去掉，并且效果应用于当前的图层内。

本 章 习 题

一、选择题

1. 下面哪一类不属于图层的分类？（　　）
   A. 填充图层　　　　　　　　B. 文字图层
   C. 普通图层　　　　　　　　D. 图层样式
2. 下面哪种方法可以复制图层？（　　）
   A. 执行"图层"→"复制图层"命令
   B. 执行"编辑"→"拷贝"命令
   C. 按 Ctrl+C 组合键
   D. 直接双击需要复制的图层

3. 更改图层的叠放次序时，（　　）用鼠标拖动图层。

　　A．不可以　　　　　　　　　B．可以

　　C．有时可以　　　　　　　　D．不能

4. 在"图层样式"对话框中，有（　　）种图层样式可供选择。

　　A．5　　　　　　B．9　　　　　C．8　　　　　　D．10

5. Photoshop 提供了两种阴影效果的制作，分别为（　　）和（　　）。

　　A．投影　　　　　　　　　　B．内阴影

　　C．外发光　　　　　　　　　D．内发光

二、填空题

1. 执行"_____"→"_____"命令，即可打开显示"_____"面板。

2. 执行"_____"→"_____"→"_____"命令，将弹出"新建图层"对话框，从中即可创建新图层。

3. 执行"_____"→"_____"→"_____"命令，可在弹出的"图层样式"对话框中，对"混合选项"进行设置。

4. 执行"_____"→"_____"命令，弹出子菜单，从中可以设置图层的多种样式效果。

5. 创建_____可控制图层中的不同区域如何隐藏和显示，通过改变图层蒙版，可以将大量的特殊效果应用到图层，而不会影响到图层上的_____。

三、上机操作题

1. 制作出书籍的封面。通过图层制作出很有立体感的封面效果，如图 6.38 所示。

图 6.38　书籍封面

2. 制作计算机的液晶显示器，如图 6.39 所示。

图 6.39 液晶显示器

3. 制作饭店的菜谱页面, 如图 6.40 所示。

图 6.40 菜谱页面

第 7 章

路径与形状的应用

路径是绘制矢量形状和线条，创立精确的形状或选区的重要工具。由于路径是基于矢量而不是基于像素的，路径的形状可以任意改变，而且它能和选取范围相互转换，因此可以制作出形状很复杂的选取范围，大大方便了用户。通过本章的学习可以掌握路径的基本知识，并能运用路径工具创建较复杂的路径造型。

本章将详细介绍路径的基本概念、路径工具的一些基本使用方法和技巧，以及路径在图像处理中的实际应用及路径在图像特效制作中的技巧，所含知识点包括路径的概念、路径面板、路径的创建、路径的编辑、路径的填充与描边、形状的应用、形状的自定义等。

重点知识点

➢ 路径的概念
➢ 路径的创建
➢ 路径的编辑
➢ 路径的填充与描边
➢ 形状的应用

7.1 路径的概念和"路径"面板

在 Photoshop 中处理图像时，图像的处理效果往往与精确的选区和精美的绘图紧密相关，而选择区域的准确与图形绘制的细致精美又往往很难做到，因此在 Photoshop 中又提供了路径来辅助选定精确选择区域和编辑图形来进行复杂、精美的图像处理。

7.1.1 路径的概念

矢量式图像是由路径和点组成的。计算机通过记录图形中各点的坐标值，以及点与点之间的连接关系来描述路径，通过记录封闭路径中填充的颜色参数来表现图形。因此可以认为路径是组成矢量图像的基本要素。

在 Photoshop 中，使用路径工具绘制的线条、矢量图形轮廓和形状统称为路径，路径由节点、控制手柄和两点之间的连线组成。通过移动节点的位置可以调整路径的长度和方向。路径没有颜色，因此节点、控制手柄和路径线条均只能在屏幕上显示，而不能被打印出来，但是闭合路径可以填充，所得到的矢量图形，事实上是填充了颜色的路径而非路径本身。在

Photoshop 中，可以利用"描边"和"填充"命令，实现渲染路径和路径区域的各种效果。

在图像上，路径由多个点组成，这些点称为节点或锚点。锚点又有平滑点和拐点之分，其中，平滑点处于平滑过渡的曲线上，两侧各有一个控制句柄，当调节其中的一条控制句柄时，另外的一条控制句柄也会相应移动；而拐点连接的可以是两条直线、两条曲线，或者是一条直线和一条曲线，两侧也各有一条控制句柄，但当调节其中的一条控制句柄时，另外的一条不会作相应移动。

路径主要用于进行光滑图像选择区域及辅助抠图，绘制光滑线条，定义画笔等工具的绘制轨迹，输出/输入路径及和选择区域之间的转换，在 Photoshop CS3 中还增加了利用路径来定义文字轨迹的功能。在辅助抠图上路径也突出显示了强大的可编辑性，具有特有的光滑曲率属性，与通道相比，路径有着更精确、更光滑的特点。

7.1.2　路径绘制工具

制作路径的工具主要包括钢笔工具组和路径选择工具组。

1．钢笔工具组

要创建路径，就要用到工具箱中的钢笔工具组，如图 7.1 所示，包含了 5 个工具，各工具的功能如下。

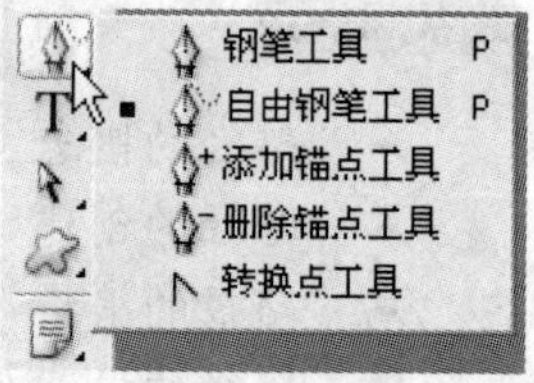

（1）"钢笔工具"：可以绘制由多个点连接而成的线段或曲线。

（2）"自由钢笔工具"：自由钢笔可用于随意绘图，就像用铅笔在纸上绘图一样。在绘图时，将自动添加锚点。无须确定锚点的位置，完成路径后可进一步对其进行调整。

（3）"添加锚点工具"：可以在现有的路径上增加一个锚点。

（4）"删除锚点工具"：可以在现有的路径上删除一个锚点。

（5）"转换点工具"：可以在平滑曲线的转折点和直线转折点之间进行转换。

图 7.1　钢笔工具组

2．路径选择工具组

创建路径后，对路径进行编辑就要用到路径选择工具。路径选择工具包括两部分：路径选择工具和直接选择工具，如图 7.2 所示，这两个工具的功能如下。

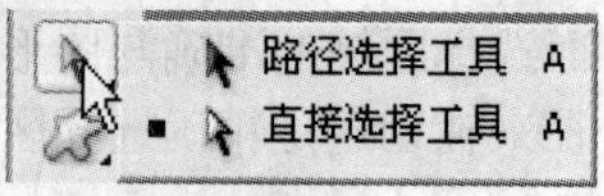

（1）"路径选择工具"：用于选择整个路径及移动路径。

（2）"直接选择工具"：用于选择路径锚点和改变路径形状。

图 7.2　路径选择工具

7.1.3　"路径"面板

选择"窗口"→"路径"命令，可打开"路径"面板。在创建了路径以后，该面板才会显示路径的相关信息，如图 7.3 所示。

（1）路径名称：用于设置路径名称。若在存储路径时，不输入新路径的名称，则 Photoshop 会自动依次命名为"路径 1"、"路径 2"、"路径 3"，依此类推。

（2）路径缩览图：用于显示当前路径的内容，它可以迅速地辨认每一条路径的形状。单击"路径"面板右上方的小三角，选择其中的"调板选项"命令，则可打开"路径调板选项"

对话框，如图 7.4 所示，从中可选择缩览图的大小。

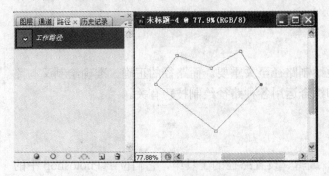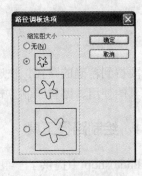

图 7.3 "路径"面板　　　　　　　　　　　　图 7.4 "路径调板选项"对话框

在"路径"工具按钮区中共有 6 个工具按钮，它们分别是 （用前景色填充路径）、（用画笔描边路径）、（将路径作为选区载入）、（由选区生成工作路径）、（创建新路径）和（删除当前路径）。

单击"路径"面板右上角的小三角按钮，选择"调板选项"命令，弹出"路径调板选项"对话框，如图 7.4 所示，从中可选择编辑路径的命令。

专家指导

正常情况下，如果使用位于工具箱中的路径工具来绘制出一条路径时，"路径"面板中将自动生成一个名为"工作路径"的路径层。路径层只是用来存放路径的，各个路径层之间不存在层次关系。在图像中只能显示当前路径层中的路径，而不能同时显示多个路径层中的路径。在 Photoshop 中绘制路径时，如果没有新建路径层，新绘制的路径会被暂时存放在工作路径层中，但工作路径不能永久保存。例如，当在"路径"面板中单击工作路径以外的任意空白处时，将结束当前路径的绘制并关闭路径，以后再绘制路径，新绘制的路径内容将取代以前的内容。如果需要将此路径层固定下来，则可以将当前的工作路径层拖到"路径"面板下方的工具按钮组中的"创建新路径"按钮上或打开"路径"面板菜单并从中选择"存储路径"命令，这样当前的工作路径层将自动被命名为"路径1"（自动路径层命名规则为"路径1"、"路径2"，依次累加），具体如图 7.5 所示。

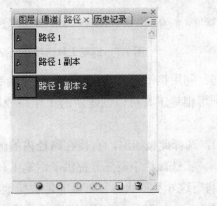

图 7.5 路径命名

<h1 style="text-align:center">7.2 绘 制 路 径</h1>

要得到精确的路径，快速、准确地绘制路径至关重要。而路径的正确、准确绘制又与路径工具的使用、路径绘制方式的选择和综合运用各种路径绘制技巧有关。

7.2.1 绘制路径工具

Photoshop 中提供了一组用于生成、编辑、设置路径的工具组，它们位于 Photoshop 中的工具箱面板中，默认情况下其按钮呈现为"钢笔工具"按钮，当用鼠标在此处停留片刻，系统将会弹出提示工具名称。在钢笔工具按钮上右击则显现出隐藏的工具组，以从上到下的次序分别是钢笔工具、自由钢笔工具、添加锚点工具、删除锚点工具和转换点工具，如图 7.6 所示。

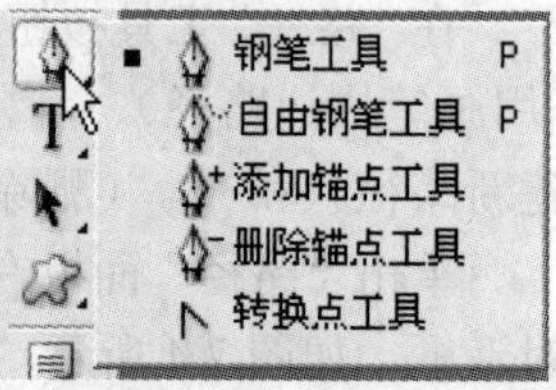

◇	钢笔工具	P
◇	自由钢笔工具	P
◇⁺	添加锚点工具	
◇⁻	删除锚点工具	
◣	转换点工具	

图 7.6 路径绘制工具组

按照其功能，可将它们分成 3 大类，分别如下。

1. 锚点定义工具

锚点定义工具组包括钢笔工具和自由钢笔工具，主要用于路径的锚点定义及初步规划。

钢笔工具是最常用的路径锚点定义工具，其使用方法如下。

（1）选择此工具，然后直接在图像中根据需要单击即可进行锚点定义，每单击一次即生成一个路径的锚点，依据单击顺序，每个锚点分别由一条贝赛尔曲线进行连接。

专家指导　路径并不完全等同于选择区域，用户可以定义闭合路径，也可以定义未闭合路径。同时，路径也可以具有相交的特性。当光标位于起始锚点时，光标指针处钢笔符号的右下方将显示出一个小"O"，表示可进行路径闭合。如果在锚点处拖动则同时亦调节曲线的曲率。

（2）选项栏设置，选择 ◇ 时，可在选项栏中对钢笔工具的各项属性根据需要设置，如图7.7 所示。

图 7.7 钢笔工具选项栏

- ▢（形状图层）：利用钢笔工具将在新的图层上绘制矢量图形。
- ▨（路径）：利用钢笔工具可以创建新的工作路径层或在当前工作路径层上继续编辑工作路径。
- ▢（填充像素）：选择此按钮时，直接在路径内的区域填入前景色。
- ◇◇▢▢○○╲◇▾：选项栏中间部分提供了钢笔工具和自由钢笔工具切换按钮以及 6 类形状路径。利用这 6 类形状路径可以非常快捷地绘制出各种形状路径。
- "自动添加/删除"：被选择时可以在用钢笔工具绘制路径时方便地添加和删除锚点。

- ▢▢▢▢▢ 这 5 个按钮的功能与选框工具中的 5 种选取方式有些类似，用来对路径进行合并、相减、相交或进行镂空处理。

在选择▢工具按钮时单击右侧的 ▾ 按钮可进行"钢笔选项"的设置。在该设置中只有一项可供选择，即"橡皮带"选项，如图 7.8 所示。如果选择了该项，则定义下一锚点的过程中，屏幕上将会显示辅助的橡皮带，用于帮助定位和调节曲线的曲率。

在选择▢按钮时单击 ▾ 按钮可进行"自由钢笔选项"的设置，如图 7.9 所示。

图 7.8　钢笔选项图　　　　　　　　图 7.9　自由钢笔选项

- "曲线拟合"：决定在沿物体外边界描绘出路径时所允许的最大误差，此选项的设置单位为像素。此值越小，所生成的路径也越接近物体真实的外轮廓，但是对于一些低分辨率图像，由于图像边界数据不足，即强度不够产生足够的吸引力，将导致得到的真实外轮廓具有明显的阶梯效果，路径将显得很不平滑。对于这类图像，为了得到尽量平滑的外边界路径，需要通过这一设置项允许误差范围，这样最后得到的外轮廓路径虽然和原始图像的外边界不完全适配，但是却得到了非常平滑的路径轮廓。合理利用此设置项，可以在一定程度上得到平滑的路径选择，可以利用这一物性，对一些低精度的图像进行平滑处理，得到自动平滑后的图像主体轮廓。
- "磁性的"：可以对自由钢笔工具的宽度、对比、频率和钢笔压力进行设置。其中，"宽度"用于定义用于参照用的目标区域（正圆形）的直径。"频率"决定着在使用磁性钢笔工具沿物体边界拖动的过程中，所产生的锚点的密度。"对比"值决定着当对比度达到多少时，可产生磁性吸引效果，此值越小，越容易在对比度较低的区域产生吸引现象，可以抠出精细的边界轮廓。
- "钢笔压力"：只对于使用电子手写板的用户有效，当此选项有效时，表明可以通过电子手写板所传递的用户笔触压力的大小来即时改变磁性套索的宽度大小。

专家指导

当按 Shift 键，将强制创建出的锚点与原先最后一锚点的连线保持以 45° 角的整数倍数角；当按 Alt 键时，则原先的钢笔工具将变换成转换点工具；当按 Ctrl 键时，原先的钢笔工具将变换成直接选择工具。在这些组合键的配合下，用户调节路径将变得非常容易，不必麻烦地进行工具的切换，可以极大地提高工作效率。另外的一个特别功能便是在选项栏中选中"自动添加/删除"，则在定义锚点和调整路径的过程中，当将指针移至已经定义过的锚点上时（非起始点），此时钢笔工具将立刻变换成删除锚点工具，此时即可删除当前锚点；如果指针移动至连接两锚点的直线段之中时，钢笔工具将变换成添加锚点工具，使得增删锚点的工作变得非常简单。

2. 锚点增删工具

锚点增删工具组包括 和 ![](删除锚点工具），它们用于根据实际需要增删路径的锚点。选用任何用于创建路径的工具，当指针移至路径轨迹处时，光标自动变成添加锚点工具；当指针移至路径的锚点位置处时，光标自动变成删除锚点工具。

3. 锚点调整工具

![](转换点工具）用于平滑点与拐点相互转换和调节某段路径的控制句柄，即调节当前路径曲线的曲率。

选择转换点工具，在路径上的某一点（或为平滑点或为拐点）单击。如果转换的这个点是曲线的平滑点，单击后相连的两条曲线变为直线，然后拖动，可拖出两条控制句柄，平滑点变为拐点；如果转换的这个点是拐点，单击后变为曲线的平滑点，即可进行平滑点两侧的曲率的调整。

7.2.2 路径的创建与绘制

钢笔工具是创建路径的基本工具，使用该工具可以创建直线路径和曲线路径。在创建路径之前先介绍钢笔工具在创建路径过程中的几种状态。

- ![]：此时钢笔符号右下角有一个小叉，单击将确定路径起点。
- ![]：将钢笔工具移至当前所绘制路径的终点时，钢笔形状为该符号。这里有两种情况，如果当前锚点为直线锚点，此时单击并拖动可将该锚点转换为曲线锚点，并为其创建控制句柄，从而影响后面所绘制路径的形状；如果当前锚点为曲线锚点，则此时单击并拖动将同时影响上一路径段和后面所绘路径段的形状。
- ![]：此时钢笔符号右下角有一个小"+"，单击可在路径上增加锚点，且钢笔形状将变为钢笔符号右下角有一个小"–"号。
- ![]：钢笔符号右下角有一个小"–"，表明已选中已绘制路径的某个锚点。此时单击将删除该锚点，同时会改变已绘制路径的形状。
- ![]：在绘制路径过程中当工具移至路径的起点时，钢笔形状变为该符号，此时单击可封闭路径。
- ![]：使用路径选择工具选择某路径后，如果希望延伸该路径，可将钢笔工具移至该路径的起点或终点位置，钢笔将呈现该形状，此时单击即可继续在该路径的基础上绘制后面的路径线段。

1. 绘制直线路径

画直线是路径绘制中最简单的一种，首先选择工具箱的钢笔工具，在图像上一个合适的位置单击，创建直线路径的起始点。移动到图像的另一目标位置，再单击，创建直线路径的第二个锚点，在两个点之间自动连接上一条直线段，如图7.10所示。

作为起点的锚点变成空心点，作为终点的锚点变为实心点，实心的锚点称为当前锚点。如果继续移动在图像的其他位置单击，这时连接当前锚点又出现一条直线线段，两条直线线段就连成了一条折线。如此反复，最后单击所生成的锚点总是成为当前锚点，锚点之间总是以直线线段相连。

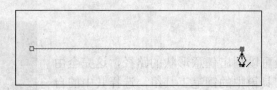

图 7.10　直线路径

要结束开放路径，可单击工具栏上的钢笔工具或按 Ctrl 键（此时光标指针变成 ），然后单击路径以外的任何位置；如结束闭合路径，只需将光标指针移到起始锚点上（光标指针右下角会出现一个小圆圈），然后单击，即可结束闭合路径，最终得到含有多个锚点且锚点之间以直线段相连的折线路径。

用同样的方法，依次创建多个节点。最终将光标移到起始处，关闭路径，将钢笔指针定位在第一个锚点上。如果放置的位置正确，笔尖旁将出现一个小圈。这时单击可关闭路径，曲线路径就创建完成了，如图 7.11 所示。

2．绘制曲线路径

利用钢笔工具同样可以绘制出曲线路径，曲线路径可以是单峰型或 S 型，由曲线两端点的方向线之间的夹角来决定。

具体绘制方法是选择工具箱的钢笔工具，在图像上一个合适的位置单击，创建第一个点，这时不要松开鼠标，向要使平滑曲线隆起的方向拖动，便可出现以起点为中心的一对控制句柄，如图 7.12 所示。

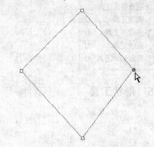
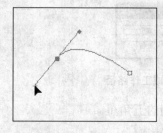
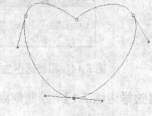

图 7.11　多节点路径　　　　　　　图 7.12　曲线路径

此图绘制的是一个开放的路径和封闭的路径。若绘制的是一个封闭式的路径时，当锚点的终点和起点重合时，在鼠标的右下方会出现一个小圆圈，表示终点已经连接到起点，此时单击可以完成一个封闭的路径制作。

专家指导

如果要使曲线向上拱起，从下向上拖动控制句柄；如果要使曲线向下凹进，则从上向下拖动控制句柄（两控制句柄的长度与夹角决定曲线的形状，以后还可以再作调整）。绘出第一条控制句柄后，松开鼠标，在图像的另一目标位置单击，创建第二个锚点，不松开鼠标，此时若向与起始点方向线的反方向拖动，释放鼠标就形成一条单峰曲线线段；若向与起始点方向线相同的方向拖动，释放鼠标就形成一条 S 型曲线线段。

继续拖动当前锚点的控制句柄，仍可以调节与当前锚点相边的曲线的形状。

3. 绘制任意路径

利用自由钢笔工具可以画出任意形状的路径，这完全由用户自由控制。单击工具箱中的钢笔工具组，选择其中的自由钢笔工具，选择选项栏中的"磁性的"，再移动鼠标至图中人物的边缘单击，制作出路径的开始点，沿着图像边缘移动鼠标，当出现明显锯齿时，减慢鼠标拖动的速度，如图 7.13所示。重复上述第二步，当绘制好全部锚点后，选择钢笔工具组，然后单击路径外的任何位置，绘制就完成了。

图 7.13　自由钢笔工具

4. 根据选择范围创建路径

选区只能转换成工作路径，需要时可以对创建的工作路径作进一步的处理。

当图像上有选区存在时，选择"路径"面板菜单中的"建立工作路径"命令，弹出"建立工作路径"对话框，设置好"容差"后单击"确定"按钮即可，如图 7.14 所示。另外，单击"路径"面板下方的"从选区生成工作路径"按钮，可快速地将选区转换为路径。

5. 使用形状工具创建路径

使用形状工具新建路径的方法是选择形状工具，如图 7.15 所示。在其选项栏上选择 ▨（路径）按钮，然后在图像上单击并拖动即可绘制出所需路径。

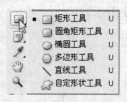

图 7.14　根据选区生成工作路径　　　　图 7.15　形状工具

【边学边练 7.1】　绘制规则的五角星。

下面举例来具体说明如何使用路径绘制规则的五角星。

（1）执行"文件"→"新建"命令，建立一个宽 600 像素、高 450 像素，白色背景的文件，如图 7.16 所示。

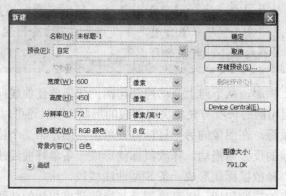

图 7.16　新建文件

（2）按 Ctrl+R 组合键调出标尺，执行"视图"→"新建参考线"命令，分别按标尺刻度设置垂直、水平参考线在背景的中心。

（3）使用多边形工具，设置前景色（只要不是白色就可以），以十字对准参考线中心拉出五角星图形，如图 7.17 所示。

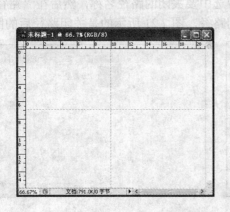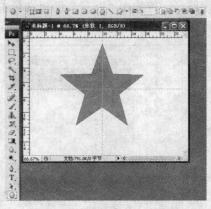

图 7.17 绘制五角星形

（4）双击"路径"面板中的路径存储路径，单击"确定"按钮，出现形状矢量蒙版，如图 7.18 所示。

（5）再使用钢笔工具绘制每个五角右侧的部分，将路径转换为选区，填充红色，如图 7.19 所示。

（6）复制前面所创建的图层，按 Ctrl+T 组合键进入自由变换，旋转并调整其位置，如图 7.20 所示。

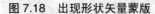

图 7.18 出现形状矢量蒙版　　　图 7.19 填充颜色　　　图 7.20 生成路径

7.3 编 辑 路 径

编辑路径主要是对路径的形状和位置进行调整和编辑，以及对路径进行移动、删除、关闭和隐藏等操作。通过本节的学习可掌握路径编辑工具的使用，能够使用路径编辑工具编辑创建一个较复杂的路径。

7.3.1　打开/关闭路径

路径绘制完成后，该路径始终出现在图像中，在对图像进行编辑时，显示的路径会带来诸多不便，此时，就需要关闭路径。

要关闭路径，首先在"路径"面板选项中选中要关闭的路径名称，然后在"路径"面板中路径名称以外的任何地方单击，即可以关闭路径，图 7.21 所示的是关闭路径后的图像。

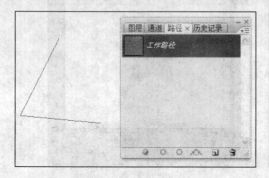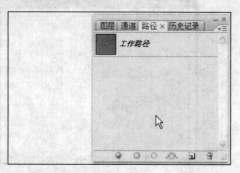

图 7.21　关闭路径

也可以通过按住 Shift 键单击路径名称快速关闭当前路径。要打开路径，只需在"路径"面板中单击要显示的路径名称即可。

路径可以关闭，也可以隐藏。选择"视图"→"显示"→"目标路径"命令或按 Ctrl+Shift+H 组合键，可以隐藏路径。此时虽然在图像窗口中看不见路径的形状，但并不是将其删除，在"路径"面板中该路径仍然处于打开状态。若要重新显示路径，则可以再次选择"视图"→"显示"→"目标路径"命令或按 Ctrl+Shift+H 组合键。

7.3.2　改变路径形状

在编辑路径之前要先选中路径或锚点，选择路径可以使用以下方法。

（1）使用路径选择工具选择路径，只需移动鼠标在路径之内的任何区域单击即可。此时将选择整个路径，被选中的路径以实心点的方式显示各个锚点，如图 7.22 所示。在选中某个锚点后拖动鼠标可移动整个路径。

（2）使用直接选择工具选择路径，必须移动鼠标在路径线上单击，才可选中路径。被选中的路径以空心点的方式显示各个锚点，如图 7.23 所示。在选中某个锚点后，可拖动鼠标移动该锚点。

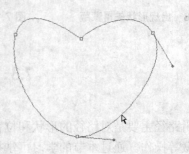

图 7.22　路径选择工具　　　　　　　　图 7.23　直接选择工具

（3）直接选中路径选择工具，移动鼠标在图像窗口中拖出一个选择框，如图 7.24 所示，然后释放鼠标，这样要选取的路径就会被选中，如图 7.25 所示。

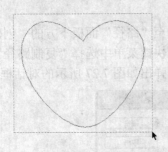

| 图 7.24　拖动鼠标框选路径 | 图 7.25　选中后的路径 |

如果要调整路径中的某一锚点，可以按如下方法进行。

（1）使用直接选择工具单击路径线上的任一位置，选中当前路径。

（2）将鼠标移至需要移动的锚点上单击，该锚点被选中之后会变成实心点。

（3）拖动鼠标，即可改变路径形状。

专家指导

> 如果路径中的锚点太少以至不足以很好地完成路径调整，可以增加锚点。反之，如果锚点太多，可以删除锚点。增删锚点时，可以利用钢笔工具的"自动添加/删除"属性来完成，也可利用添加锚点工具和删除锚点工具来完成。使用转换点工具可以在平滑点和拐点之间进行转换，使用方法是将工具放在要转换的锚点上单击即可完成转换。

7.3.3　存储路径

在"路径"面板还没有选择任何路径的情况下，使用钢笔工具在图像上绘制路径，在"路径"面板上会自动创建"工作路径"。如果不保存"工作路径"，再次在没有选择任何路径的情况下，使用钢笔工具在图像上绘制路径，那么原"工作路径"的内容将会丢失。如果在以后的图像编辑过程中要使用原路径，就需要把它先保存起来。

在"路径"面板上选择"工作路径"，单击"路径"面板右上角的 ▼≡按钮，在弹出的快捷菜单中选择"存储路径"命令，打开"存储路径"对话框，如图 7.26 所示。

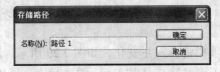

图 7.26　保存路径

在此项中直接给要存储的路径命名，否则系统按照"路径 1"、"路径 2"等默认名称给存储的路径命名。

7.3.4　复制路径

在绘制路径后，若需要多个这样的路径，可以对路径进行复制，复制的方法主要包括以下两种。

1．在同一个 Photoshop 文件中复制路径

在"路径"面板中选择要复制的路径，然后拖动至"路径"面板下方的"创建新路径"按钮上，或选择需要复制的路径层后右击并在弹出的快捷菜单中选择"复制路径"命令，也可以使用"路径"面板菜单中的"复制路径"命令，弹出如图 7.27 所示的对话框。

图 7.27　"复制路径"对话框

"名称"文本框用来定义复制的目标路径层的名称。用户若不输入自定义的路径层名称，则系统按照"路径 1 副本"、"路径 1 副本 2"等默认名称为复制的目标路径层命名。

2．在两个 Photoshop 文件之间复制路径

打开两个图像，使用直接选择工具在要复制的源图像中选择路径，将源图像中的路径拖动到目的图像中；或将路径从源图像的"路径"面板中拖动到目的图像；或者在源图像中执行"编辑"→"拷贝"命令，然后在目的图像中再执行"编辑"→"粘贴"命令，则路径被复制到"路径"面板中的现用路径上。

7.3.5　变换路径

当需要对路径进行整体的变换时，可以利用路径选择工具，或执行"编辑"→"变换"命令。

利用路径选择工具对路径进行变换时，在其选项栏中选择"显示定界框"，如图 7.28 所示。

图 7.28　路径选择工具选项栏

然后在图像上选择需要变换的路径，即整体移动被选中路径或利用被选择路径周围的控制句柄对路径进行各种变换。当鼠标移出路径区域之外，鼠标形状变为↴时还可以对整条路径进行旋转变换。

在变换过程中，工具选项栏将会发生变化，如图 7.29 所示，这时也可在工具选项栏中直接输入数值进行相应的变换，变换完成后按 Enter 键进行确认所作的变换操作即可。

图 7.29　路径选择工具选项栏

执行"编辑"→"变换"命令对路径进行变换时，首先应利用路径选择工具或直接选择工具选择整条路径后，执行"编辑"→"自由变换路径"命令，对所选路径进行自由变换或执行"编辑"→"变换路径"命令，然后利用其子菜单对所选路径进行各种变换。

7.3.6　删除路径

要删除当前路径层，首先应选择它，然后将当前路径层拖动至"路径"面板下方的"删除当前路径"按钮上即可删除当前路径层；或者在选中当前路径层后右击并在弹出的快捷菜单中选择"删除路径"命令或利用"路径"面板菜单中的"删除路径"命令也可删除当前路径层。

如果保留当前路径层而仅仅是清除当前路径层中的所有路径时，应先选择当前路径层，然后执行"编辑"→"清除"命令。

7.3.7　建立剪贴路径

在 Photoshop 中白色部分的像素值为 255，如果置入到其他软件中，白色部分可能会覆盖掉一些重要的信息，所以要用到"剪贴路径"的概念，即将"剪贴路径"命令用于指定一个路径作为剪贴路径。利用剪贴路径功能，可输出路径之内的图像，而路径之外的区域则为透明区域。

剪贴路径的用法为将路径存储以后，选择一个路径层，单击"路径"面板右上角的 ▾☰ 按钮弹出的菜单中选择"剪贴路径"命令，出现如图 7.30 所示对话框。

图 7.30　"剪贴路径"对话框

在此对话框中，可以选择输出的路径和设置路径平滑度。

如果有多个路径层，在"路径"一项中可以选择要剪贴的路径名称（一个文件可有若干个路径，但一次只能有一个剪贴路径），使其成为要剪贴的路径层。

"展平度"是用来定义曲线由多少个直线片段组成的，也就是说"剪贴路径"的复杂程度，展平度数值越小，表明组成曲线的直线片段越多，曲线越平滑。展平度数值可从 0.2 到 100.0。一般情况下，对于 1200～2400dpi 的图像而言，将展平度设置为 8～10；对于 300～600dpi 的图像，将展平度设置为 1～3 即可。如果对设定展平度没有把握，可以让此选择空着，输出时图像会使用打印机内定的设置。

7.4　形状工具的基本功能和绘制形状

Photoshop 中的形状工具不仅能绘制常用的几何形状，还可以利用它们直接创建路径，而且用它们创建出的路径都可以用路径的所有方法来进行修改和编辑。

7.4.1　绘制各种形状

选择形状工具之后，即可开始绘制各种的形状，Photoshop 中提供了一些常用的形状，包括矩形、圆角矩形、椭圆、多边形、直线等。

1. 矩形工具

选择矩形工具，在其选项栏中的设置属性，如图 7.31 所示。

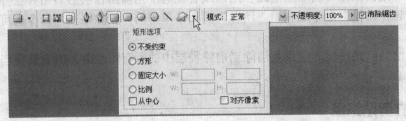

图 7.31　矩形工具选项栏

在"矩形选项"对话框中，有 4 个单项选择项和两个复选项可以进行设置。

（1）"不受约束"：选择该项，可以在图像区域内绘制任意尺寸的矩形，在该状态下要绘制正方形，需要结合 Shift 键。

（2）"方形"：选择该项，可以绘制任意尺寸的正方形。

（3）"固定大小"：选择该项，可以在右边宽度和高度栏中输入具体的数值来设定所绘矩形的宽、高值（默认情况下宽、高值的单位为厘米，也可更改为像素）。

（4）"比例"：选择该项，可以按照右边宽度和高度栏中输入的比例大小来设定所绘制矩形的宽、高之比。

（5）"从中心"：选择此复选项，表示在图像中绘制矩形时的起始点是作为所绘矩形的中心而不再是所绘矩形的左上角。

（6）"对齐像素"：选择此复选项，可将矩形的边缘自动对齐像素边界。

2. 圆角矩形工具

选择圆角矩形工具，在选项栏中的设置和矩形工具属性设置基本一样，只是多了一个设置圆角矩形的圆角程度的"半径"编辑栏，在其中输入的半径数值越大，绘制的圆角矩形的圆角程度就越大。

3. 椭圆工具

选择椭圆工具，在选项栏中的设置和矩形工具基本一样。在"椭圆选项"对话框中的设置不再限定所绘制的为正方形，而是限定为正圆形。

4. 多边形工具

选择多边形工具，在选项栏中可以设置多边形的边数。在"多边形选项"对话框中包括各参数，如图 7.32 所示。

（1）"半径"：在其中输入数值，设置多边形外接圆的半径。设置后使用"多边形工具"在图像中拖动就可以绘制固定尺寸的多边形。

（2）"平滑拐角"：选择该项，将多边形的夹角平滑。

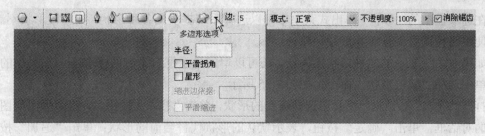

图 7.32 多边形选项

（3）"星形"：选择该项，可绘制星形，并且其下的各个参数的设置也可启用。

（4）"平滑缩进"：选择该项，绘制的星形的内凹部分以曲线的形式表现。

5．直线工具

选择直线工具，选项栏设置如图 7.33 所示。

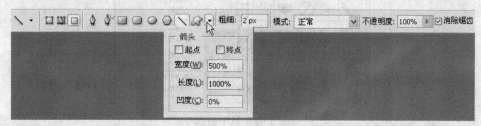

图 7.33 多边形选项

在"箭头"选项栏中，主要设置直线路径起点和终点的箭头属性。

（1）"起点"、"终点"：选择这两项，表示绘制的直线的起点和终点都带有箭头。

（2）"宽度"：设置箭头的宽度，使用线条的粗细作为比较，如 500%表示箭头的宽度为线条粗细的 5 倍。

（3）"长度"：设置箭头的长度，同样使用线条的粗细作为比较。

（4）"凹度"：设置箭头的凹度，使用箭头的长度作为比较，数值范围为-50%～50%。

7.4.2 利用自定形状工具绘制形状

前面所介绍的几种工具都是绘制一些简单形状的工具，但是在设计中常常会遇到需要绘制一些特殊形状的情况，在 Photoshop 中同样提供了自定形状工具，其选项栏显示如图 7.34 所示。

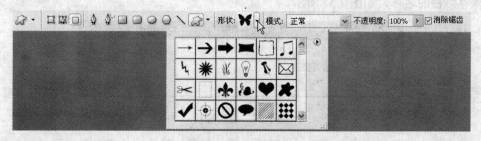

图 7.34 自定形状选项

　　在选项栏中的"形状"弹出式菜单中可以选择系统提供的各种形状,如对该形状不满意,可以使用路径调整工具对其进行调整。

　　如果对系统显示的几种形状不满意,还可以单击显示框右上方的 ⑩ 按钮,在其中的弹出式菜单中选择"载入形状"命令,如图 7.35 所示。

　　打开"载入"对话框,在其中选择需要的形状,单击"载入"按钮后,将会弹出如图 7.36 所示的对话框,单击"确定"按钮,表示默认的形状代替当前的形状;单击"追加"按钮,表示将默认的形状添加到当前形状中。

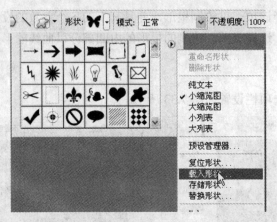

图 7.35　载入形状

图 7.36　载入形状提示对话框

　　另外,利用图 7.35 中所示的其他命令还可以对自定形状的"形状"弹出式菜单的浏览方式进行修改,如使用"纯文本"方式、"大缩览图"方式、"小缩览图"方式以及大小列表方式。

　　在 Photoshop 中,还可以将自己绘制的形状保存在系统中,具体方法如下。

　　(1)先制作出需要保存的形状或路径,并配合路径调整工具调整其至合适。

　　(2)用路径选择工具选中所绘制路径,在图像上右击并在弹出的快捷菜单中选择"定义自定形状"或者执行"编辑"→"定义自定形状"命令,弹出"形状名称"对话框,在其中输入保存路径的名称,如图 7.37 所示。

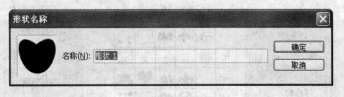

图 7.37　自定形状

　　(3)在自定形状弹出式菜单中,就添加了刚才保存的形状。如果对自定形状的名称或形状不满意,可以在显示栏中选择该形状,然后在形状按钮上右击并在弹出的快捷菜单中选择 "重命名形状"或"删除形状"命令。

【边学边练 7.2】 制作草地。

下面举例来具体说明如何使用形状工具绘制草地。

(1)执行"文件"→"新建"命令,新建一个文件,如图 7.38 所示。

(2)单击渐变工具,在选项栏中设置渐变的颜色为蓝色到白色,在文件中拖动鼠标产生渐变的效果,如图 7.39 所示。

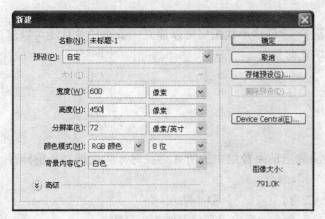

图 7.38 新建文件

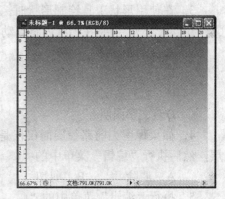

图 7.39 填充渐变颜色

(3)单击自定形状工具,在选项栏中选择草形状,如图 7.40 所示。

(4)将前景色设为绿色,在鼠标中拖动绘制草,如图 7.41 所示。

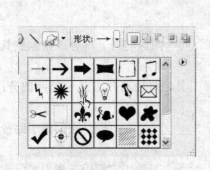

图 7.40 选择形状

图 7.41 绘制绿草

本章习题

一、选择题

1. 下面工具中,( )不属于钢笔工具组。

  A．钢笔工具

  B．自由钢笔工具

  C．路径选择工具

  D．添加锚点工具

2．在"路径"面板中不可以进行（ ）操作。

  A．删除路径

  B．路径转换为选区

  C．用画笔描边路径

  D．修改路径

3．在使用形状工具绘制形状时，选择 □ 创建形状图层可以建立一条路径并且还可以建立一个（ ），而且在形状内将自动填充前景色。

  A．普通图层

  B．形状图层

  C．填充图层

  D．文字图层

4．如果保留当前路径层而仅仅是清除当前路径层中的所有路径时，应先选择当前路径层，然后执行"编辑"菜单中的"（ ）"命令。

  A．清除   B．剪切   C．拷贝   D．贴入

5．执行"编辑"菜单中的"（ ）"命令，弹出"形状名称"对话框。

  A．定义画笔预设

  B．定义图案

  C．填充

  D．定义自定形状

二、填空题

1．＿＿＿＿＿＿＿＿工具主要用于将图像的一部分绘制到同一图像的另一部分或绘制到具有相同颜色模式的任何打开的文档的另一部分。

2．创建路径后，对路径进行编辑就要用到路径选择工具。路径选择工具包括两部分：＿＿＿＿＿＿＿＿和＿＿＿＿＿＿＿＿＿＿＿。

3．选择"＿＿＿＿＿"→"＿＿＿＿＿"命令，可打开"＿＿＿＿＿"面板。在创建了路径以后，该面板才会显示路径的相关信息。

4．锚点增删工具组包括＿＿＿＿＿＿＿＿工具和＿＿＿＿＿＿＿＿工具，它们用于根据实际需要增删路径的锚点。

5．＿＿＿＿＿＿＿＿工具用于平滑点与拐点相互转换和调节某段路径的控制句柄，即调节当前路径曲线的＿＿＿＿＿＿。

6．选择工具箱中的形状工具，按住鼠标不放或右击就可显示出不同种类的形状工具，从上到下分别是＿＿＿＿＿工具、＿＿＿＿＿＿＿工具、＿＿＿＿＿工具、＿＿＿＿＿＿＿工具、＿＿＿＿＿工具和＿＿＿＿＿＿工具。

7．选择形状工具之后，即可开始绘制各种的形状，Photoshop 中提供了一些常用的形状，

包括_____、_____、_____、_____、_____等。

三、上机操作题

1. 制作香烟的外包装。通过路径工具绘制出香烟包装的外轮廓，填充路径，添加图形及文字即可，效果如图 7.42 所示。

2. 制作公司网页。通过路径工具来划分网页的布局，并通过路径添加小按钮，最后添加文字即可，如图 7.43 所示。

图 7.42 香烟包装

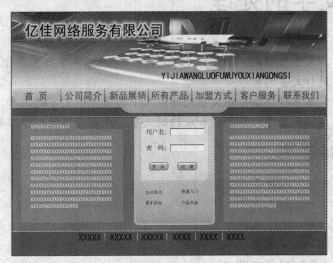

图 7.43 公司网页

3. 制作具有水晶效果的心形图案。使用路径绘制轮廓后用渐变工具进行填充，如图 7.44 所示。

图 7.44 心形

第 8 章

文字的处理

文字处理是 Photoshop 的一个重要功能,本章将主要介绍如何使用 Photoshop CS3 文字工具进行文字的处理。

本章将详细介绍文字处理以及平面设计中文字的添加,所含知识点包括在图像文件中输入、编辑文字、单个的和成段的文字,并且能够使用变形和路径等工具制作变形文字。

重点知识点

- ➢ 文字工具
- ➢ 输入文字
- ➢ 文字选区
- ➢ 变形文字
- ➢ 路径文字
- ➢ 文字图层

8.1 文 字 工 具

Photoshop 除了可以对图像进行绘制和编辑外,还具有强大的文字处理功能。用户可以在图像中创建各种横排或直排文字,并可以设置文字的字体、大小、颜色以及段落等属性;利用 Photoshop 的路径和变形工具可将文字制作出多种形状效果;结合滤镜和图层样式等工具可制作出诸如火焰、浮雕以及金属等效果的文字。

Photoshop 中的文字由像素组成,并且与图像文件具有相同的分辨率,所以文字的清晰度与图像的分辨率有很大的关系,且文字会有锯齿现象。同时,为了便于编辑文字,Photoshop 和 ImageReady 保留基于矢量的文字轮廓。因此,在对文字进行缩放、扭曲等操作后仍能够对文字内容进行编辑。

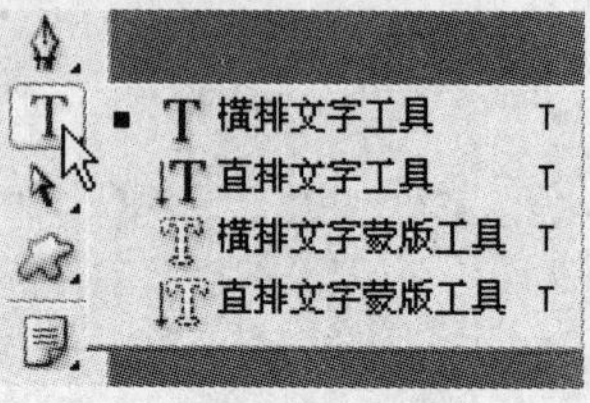

文字的编辑是通过工具栏的文字工具来实现的。单击工具箱中的 T 按钮,选择一种文字工具。如果按住鼠标不放,会弹出文字工具选择菜单,如图 8.1 所示。Photoshop CS3 共有 4 种文字输入工具。

(1)"横排文字工具":在图像中输入标准的、从左到右排列的文字。

图 8.1　文字工具组

（2）"直排文字工具"：在图像中输入从右到左的竖直排列的文字。

（3）"横排文字蒙版工具"：在图像中建立横排文字选区。

（4）"直排文字蒙版工具"：在图像中建立直排文字选区。

在工具箱中单击 T.按钮，选择横排文字工具，此时选项栏中显示出相应的文字工具选项，如图 8.2 所示。

图 8.2 横排文字工具选项栏

文字工具选项栏中各选项作用如下。

（1） （更改文本方向）：单击该按钮可更改文本方向。只能在文字编辑时使用，编辑之前可直接在工具箱中选择横排或直排工具来确定文字的方向。

（2） Times New Roman （设置字体系列）：在该下拉列表框中选择文本的字体，可以分别对文字图层中的全部或个别文本设置不同的字体。

（3） Regular （设置字型）：在该下拉列表框中选择文本的字型，如粗体、斜体等。

专家指导 Photoshop 中字体和字型的设置同其他文字处理软件一样，大部分英文字体对中文不起作用。除系统自带的个别字体可设置字型外，大部分中文字体无法设置字型。但可以在"字符"和"段落"面板中设置"仿粗体"和"仿斜体"，如图 8.3 所示，单击 T 按钮可设置仿粗体，单击 T 按钮可设置仿斜体。

图 8.3 "字符"和"段落"面板

（4） T 6点 （设置字体大小）：在该下拉列表框中选择文本的大小。

专家指导 虽然 Photoshop 只有 6～72 点的字体大小可选，但我们可以通过直接在列表框中输入数值来设置 6～72 点以外的字体大小。

（5） aa 锐利 （设置消除锯齿方法）：在该下拉列表框中可设置消除文本锯齿的方法，如锐利、犀利、浑厚及平滑等。消除锯齿可以通过部分地填充边缘像素来产生边缘平滑的文字，这样，文字边缘就会混合到背景中。

（6） （文本对齐方式）：用于设置文本对齐方式，包括左对齐、居中对齐以及右对齐等。

（7） 　（设置文本颜色）：作用同工具箱中的"设置前/背景色"一样，单击该按钮将弹出"拾色器"对话框，用于选取文本颜色。

（8） T（创建变形文本）：单击该按钮，弹出"变形文字"对话框，可以将文本设置成各种变形效果。

（9） 目（切换字符和段落面板）：单击该按钮，将弹出"字符"和"段落"设置面板，该面板中有字符和段落两个选项卡，对文字可以做的设置在这里都能够找到。

除了文字的大小、颜色等设置外，还可对文字的间距、行距、拉伸、升降、仿粗体、仿斜体、上下标以及段落缩进等进行设置。

可以在图像中的任何位置创建横排或直排的文字。根据使用文字工具的不同方法，可以输入点文字或段落文字。点文字适合输入一个字或一行字符，段落文字则适用于输入一个或多个段落的文字。创建文字后，会在"图层"面板中自动添加一个新的文字图层，该图层以字母"T"为标志。

专家指导 　在 Photoshop 中，因为"多通道"、"位图"以及"索引颜色"等模式不支持图层，所以不会为这些模式中的图像创建文字图层。在这些图像模式中，文字会直接显示在背景上。

8.2　文　字　编　辑

Photoshop CS3 中的文字有点文字和段落文字两种，下面分别介绍这两种文字的输入方法。

8.2.1　输入点文字

要在 Photoshop 图像文件中输入点文字，可执行如下的步骤。

（1）在工具箱中选择横排文字工具或直排文字工具，此时鼠标形状呈"I"型，在选项栏中设置好文字的字体、字型、大小以及颜色等，如图 8.4 所示。

（2）在图像窗口中选择好文字的插入点，单击后即可开始输入文字。如果要输入中文，可调出中文输入法进行中文的输入，输入的文字如图 8.5 所示。

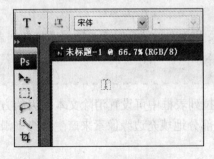

图 8.4　在图像文件中输入文本

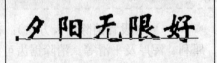

图 8.5　输入文本

（3）在点文字的输入过程中，文字不会自动换行，必须通过按 Enter 键进行手动换行。如果要改变文本在图像窗口中的位置，按住 Ctrl 键的同时拖动文本即可。

（4）文字输入完毕，可单击文字工具选项栏上的 ✔ 按钮；如要放弃已经输入的文本，可单击 🚫 按钮。

专家指导

完成和取消文本输入的按钮，即 ✔ 和 🚫 按钮，在文字的编辑过程中才会出现在文字工具选项栏上。另外，在文字输入的过程中，单击工具箱中的其他工具，或者单击"图层"面板中的其他图层，都可以完成文字的输入。同样，按 Esc 键也可以放弃当前文本的输入。

（5）文字输入完毕后，在"图层"面板中会自动创建一文字图层，该图层以符号"T"显示，表示这是一个文字层，其内容为刚才输入的文字，如图 8.6 所示。文字图层和其他图层的属性一样，有关图层的相关操作，请参考本书第 6 章。

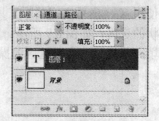

图 8.6 文字图层

8.2.2 输入段落文字

Photoshop CS3 除了可以输入点文字以外，还可以输入段落文字。段落文字同点文字的区别在于段落文字在图像窗口中有一个定界框，且在输入的过程中，文字会基于定界框的尺寸换行；而点文字的输入较随意，且不会自动换行，只能手动回车换行。点文字和段落文字可以执行"图层"→"文字"→"转换为点/段落文本"命令来互相转换。

要在 Photoshop 中输入段落文字，操作步骤如下所示。

（1）选择横排文字工具或直排文字工具，在选项栏中设置好相应的文字大小、颜色等，然后在图像窗口中拖出一个矩形文本框。

（2）拖文本框时注意，按住 Shift 键的同时可划出正方形的段落文本框。如要对文本框进行调整，如调整大小或旋转等，可通过在文本框的控制点上缩放或旋转实现，如图 8.7 所示，其操作同变换工具非常相似。

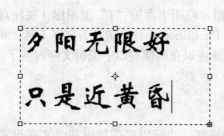

图 8.7 旋转段落文字

（3）段落文本框设置好后，就可以在该文本框中输入段落文字，具体的输入方法同点文字的输入方法一致。

专家指导

可在划段落文本框的同时按住 Alt 键，这样会弹出"段落文字大小"对话框，如图 8.8 所示，在这里可以精确设置段落文本框的大小。

图 8.8　设置段落文字大小

8.2.3　创建文字选区

除了横排文字工具或直排文字工具以外，还有两种文字工具，即横排文字蒙版工具或直排文字蒙版工具，它们的具体操作方法和横排文字工具或直排文字工具完全一样。实际上，使用 （横排文字蒙版工具）或 （直排文字蒙版工具），只是在图像窗口创建一个文字形状的选区，如图 8.9 所示。文字选区出现在图层中，并可像任何其他选区一样被移动、复制、填充或描边。有关选区的操作，请参考本书的第 2 章。

图 8.9　文字蒙版

专家指导

大多数情况下，我们完全可以用横排文字或直排文字工具替代这两个蒙版工具。具体操作时，先用横排或直排文字工具在图像窗口中输入文字，新建一个文字图层，然后用"按住 Ctrl 键的同时单击文字图层"的方法，同样可以创建具有文字轮廓的选区。

8.2.4　文字的编辑和修改

在文字的编辑过程中，通常会对文字图层的内容反复修改。修改文字图层中的内容，一般要掌握以下几点。

1．修改文字内容

在"图层"面板中选择要编辑的文字图层，双击上面的"T"型图标（要注意的是双击"T"型图标，而不是右边的图层名称），此时 Photoshop 会自动切换为文字工具，而且会将图层中的文字全部选择并出于编辑状态。此时，就可以在图像窗口中编辑文字内容了，如图 8.10 所示。

2．格式段落设置

可以将整个文字图层的文字设置成一种格式，也可以将图层中部分文字设置成某种格式。设置时，先选择要进行格式设置的文字，单击文字工具选项栏中的 按钮，打开"字符和段落设置"面板，对所选文字进行格式或段落的设置。除了前面介绍的一些基本设置外，在该面板中还可以设置一些特殊的效果，图 8.11 便是集中了一些常见格式和段落的效果。

编辑完之后，单击文字工具选项栏中的 ✔ 按钮，完成文字的编辑。

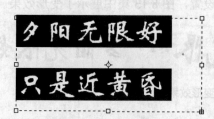

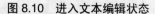

图 8.10　进入文本编辑状态　　　　　　　　图 8.11　段落格式设置

专家指导

虽然 Photoshop CS3 的文字处理功能已经比较完善，但由于 Photoshop 本身的图像处理软件性质以及对计算机硬件的要求，相比专业的文字处理软件，如 Word 和 WPS 等，无论是方便程度还是反应速度等方面都无法比较，特别是大篇幅的文字，经常不能一次编辑成功。所以，建议大家在编辑大篇幅的文本时，可先在其他的文字处理软件中输入文字，然后粘贴到 Photoshop 的文字图层中来，这样可省去很多麻烦。

8.3　文　字　效　果

文字内容编辑完之后，除了对其进行一些格式和段落的设置之外，一般还会给文字添加一些效果，以达到美化文字的目的。常见的文字效果有变形文字、路径文字以及利用图层样式制作的效果等。

8.3.1　变形文字

要设置文字变形效果，步骤如下。

（1）在"图层"面板中选择编辑好的文字图层（也可以在文字的编辑过程中），单击文字工具选项栏中的 （创建文字变形）按钮，打开"变形文字"对话框，如图 8.12 所示。

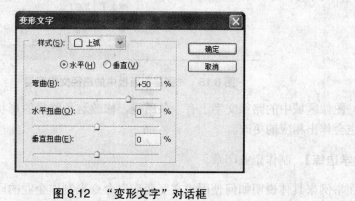

图 8.12　"变形文字"对话框

（2）在"变形文字"对话框中，单击"样式"下拉列表框，选择一个样式。在"样式"选项中选择一个变形的方向，"水平"或者"垂直"；调节下面的"弯曲"、"水平扭曲"以及"垂直扭曲"数值，以达到满意效果。

（3）单击"确定"按钮，完成变形效果的设置，图 8.13 集中展示了变形效果。

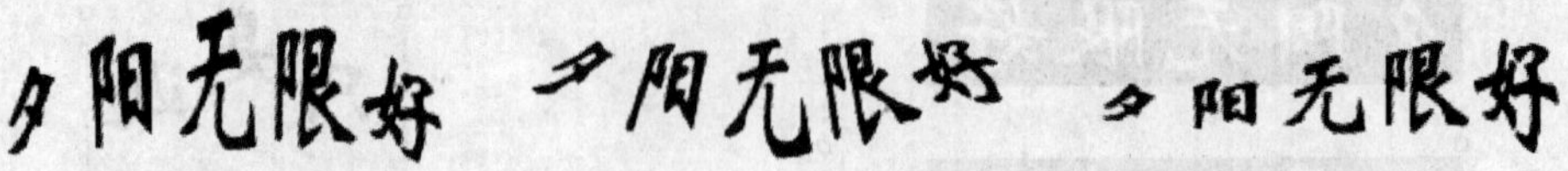

图 8.13　变形效果

8.3.2　路径文字

将文本放置在路径或形状上是 Photoshop CS3 的新增功能之一。可以沿着用钢笔或形状工具创建的工作路径上输入文字。

要在路径上输入文字，步骤如下。

（1）先用钢笔或形状工具在图像区域绘制好路径，然后选择文字工具，将鼠标移至路径上方，此时鼠标会变成 ↧ 形状，单击就可以开始文字的输入了。当沿着路径输入文字时，文字沿着锚点添加到路径的方向排列。如果输入横排文字，文字会与路径切线垂直；如果输入直排文字，文字方向与路径切线平行，如图 8.14 所示。

图 8.14　路径文字

（2）文字输入完毕后单击文字选项栏上的 ✓ 按钮，此时"图层"面板上会新增一路径文字图层。与普通文字图层不同的是，该图层显示为路径文字，如图 8.15 所示。

图 8.15　"图层"面板中的路径文字图层

（3）图像区域中的路径文字上有一条路径，修改这条路径的形状或移动该路径，路径上的文字也会作出相应的更改。

【边学边练】　制作企业印章。

下面举例来具体说明如何使用"文字变形"命令来制作企业的印章效果。

（1）执行"文件"→"新建"命令，新建一个图像文件，如图 8.16 所示。

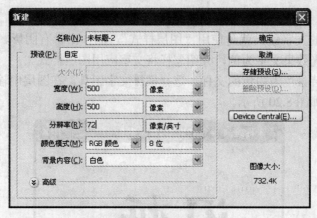

图 8.16　新建文件

（2）使用椭圆工具绘制一个正圆选区，执行"编辑"→"描边"命令，弹出"描边"对话框，如图 8.17 所示。

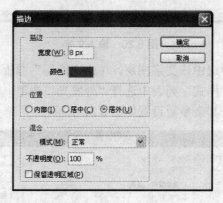

图 8.17　"描边"对话框

（3）再新建一个图层，使用钢笔工具绘制一个弯曲的路径，在路径上输入文字，并设置文字的属性，如图 8.18 所示。

（4）再使用横排文字工具输入"财务公章"，再使用多边形工具绘制一个五角星形，最终的效果如图 8.19 所示。

图 8.18　绘制路径　　　　　　　　　　　　图 8.19　最终效果

8.3.3 文字样式

另外一种常用的文字效果就是使用"图层样式",制作出带有阴影、浮雕以及发光等效果的文字。现以发光效果文字为例,介绍怎样将文字应用图层样式。

(1)新建一个背景色为白色的文件,选择横排文字工具,在图层中输入"闪烁"二字,文字颜色为黑色,如图 8.20 所示。

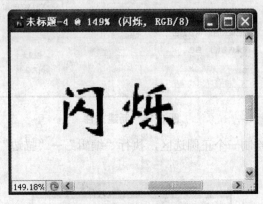

图 8.20　输入文字

(2)在"图层"面板中选中该文字图层,单击"图层"面板中的 *fx.* 按钮,打开"图层样式"对话框,在左边的"样式"列表中选择"外发光"选项,将该文字图层设置成外发光效果,发光的颜色为白色,其余参数设置如图 8.21 所示。

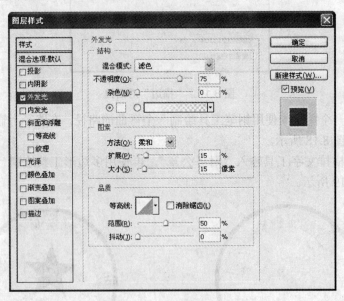

图 8.21　设置图层样式

(3)单击"确定"按钮,完成外发光效果的设置。这时看不出任何效果,这是因为光的颜色和背景图层的颜色都是白色的缘故。选中背景图层,将前景色设置为黑色,按 Alt+Del 组合键将背景层填充为黑色,完成发光效果的制作,最后效果如图 8.22 所示。

图8.22 外发光效果

本 章 习 题

一、选择题

1. （　　）不可以输入文字。
  A. 横排文字工具 　　　　　　　　B. 直排文字工具
  C. 横排文字蒙版工具 　　　　　　D. 画笔工具
2. （　　）可以创建文字选区。
  A. 横排文字蒙版工具 　　　　　　B. 横排文字工具
  C. 直排文字工具 　　　　　　　　D. 选框工具
3. 下面哪种方法不可以编辑文字内容？（　　）
  A. 双击上面的"T"型图标
  B. 使用文字工具
  C. 将鼠标移至文字部分单击进入文字编辑状态
  D. 双击文字图层的名称
4. 段落设置要在（　　）面板中设置。
  A. "文字" 　　　　　　　　　　　B. "段落"
  C. "图层" 　　　　　　　　　　　D. "路径"
5. 将文本放置在路径或形状上是 Photoshop CS3 的新增功能之一。可以沿着用（　　）
创建的工作路径上输入文字。
  A. 钢笔工具 　　　　　　　　　　B. 文字工具
  C. 文字蒙版工具 　　　　　　　　D. 画笔工具

二、填空题

1. 文字工具包括_____、_____、_____、
_____。
2. Photoshop 中的文字由_____组成，并且与图像文件具有相同的分辨率，所以文字
的清晰度与图像的_____有很大的关系，且文字会有锯齿现象。

3．在 Photoshop CS3 中输入的文字有_____和_____两种。

4．文字输入完毕后，在"图层"面板中会自动创建一个_____，该图层以符号"T"显示。

5．常见的文字效果有_____、_____以及利用_____制作的效果等。

三、上机操作题

1．使用文字工具制作面包坊宣传单。使用选区创建不同颜色的背景色，在此背景的基础上输入文本内容，通过文字样式调整文字效果，如图 8.23 所示。

图 8.23　蛋糕坊宣传单

2．制作超市促销的宣传广告。在背景的基础上，使用文字工具添加广告的宣传语，如图 8.24 所示。

图 8.24　超市促销广告宣传单

3．制作牙膏的外包装。以白色作为主背景，通过路径创建不规则形状的选区，填充颜色作为背景，在此基础上添加文字内容，如图 8.25 所示。

图 8.25　牙膏外包装

第 9 章

通道和蒙版的应用

蒙版和通道是 Photoshop 中的重要元素，通过它们可以制作出特殊的效果，滤镜是 Photoshop 中功能最丰富、效果最奇特的命令。这些命令经过专门设计并能产生各种特殊的图像效果，它主要用于调节光线、修整色调。

本章将详细介绍蒙版、通道的原理及使用方法，所含知识点包括通道和蒙版的概念、通道和蒙版的使用方法、通道的分类、蒙版的分类及应用、图像的混合运算。

重点知识点

- ➤ 通道的概念
- ➤ 蒙版的概念
- ➤ 通道和蒙版的使用方法
- ➤ 图像的混合运算

9.1 通道的应用

通道是 Photoshop 图形图像处理软件的一个重要功能。通道的主要作用是保存图像的颜色信息和存储蒙版。运用通道可以实现许多图像特效，能为图形图像工作人员带来创作技巧与思路。通过本节的学习可掌握通道的基本知识，了解通道的性质，并能初步运用通道制作文字特效。

9.1.1 通道的概念

在 Photoshop 中通道是非常独特的，它不像图层那样容易上手。通道是由分色印刷的印版概念演变而来的。例如，在生活中司空见惯的彩色印刷品，其实在其印刷的过程中仅仅只用了四种颜色。在印刷之前先通过计算机或电子分色机将一件艺术品分解成四色，并打印出分色胶片。一般地，一张真彩色图像的分色胶片是四张透明的灰度图，单独看每一张单色胶片时不会发现什么特别之处，但如果将这几张分色胶片分别着以 C（青）、M（品红）、Y（黄）和 K（黑）四种颜色并按一定的网屏角度叠印到一起时，我们会惊奇地发现，这原来是一张绚丽多姿的彩色照片。所以，从印刷的角度来说通道（Channels）实际上是一个单一色彩的平面，它是在色彩模式这一基础上衍生出的简化操作工具。譬如说，一幅 RGB 三原色图有三个默认通道：Red（红）、Green（绿）、Blue（蓝）。但如果是一幅 CMYK 图像，就有了四个默认通道：Cyan（青）、Magenta（洋红）、Yellow（黄）、Black（黑），如图 9.1 所示。

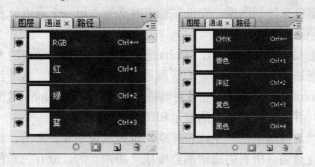

图 9.1　"通道"面板

9.1.2　通道的作用

在图片的通道中，记录了图像的大部分信息，这些信息始终与各种操作密切相关，具体看起来，通道的作用主要包括以下几项。

（1）表示选择区域。通道中白色的部分表示被选择的区域，黑色部分表示没有选中。利用通道，一般可以建立精确选区。

（2）表示墨水强度。利用"信息"面板可以体会到这一点，不同的通道都可以用 256 级灰度来表示不同的亮度。在红色通道里的一个纯红色的点，在黑色通道上显示就是纯黑色，即亮度为 0。

（3）表示不透明度。

（4）表示颜色信息。例如，预览红色通道，无论鼠标怎样移动，"信息"面板上都仅有 R 值，其余的都为 0。

9.1.3　通道的分类

通道作为图像的组成部分，是与图像的格式密不可分的，图像颜色、格式的不同决定了通道的数量和模式，在"通道"面板中可以直观地看到。在 Photoshop 中涉及的通道主要有以下几个。

（1）复合通道（Compound Channel）：复合通道不包含任何信息，实际上它只是同时预览并编辑所有颜色通道的一个快捷方式。它通常被用来在单独编辑完一个或多个颜色通道后使"通道"面板返回到它的默认状态。对于不同模式的图像，其通道的数量是不一样的。

在 Photoshop 之中，通道涉及三个模式。对于一个 RGB 图像，有 RGB、R、G、B 四个通道；对于一个 CMYK 图像，有 CMYK、C、M、Y、K 五个通道；对于一个 Lab 模式的图像，有 Lab、L、a、b 四个通道。

（2）颜色通道（Color Channel）：在 Photoshop 中编辑图像时，实际上就是在编辑颜色通道。这些通道把图像分解成一个或多个色彩成分，图像的模式决定了颜色通道的数量。RGB 模式有 3 个颜色通道，CMYK 图像有 4 个颜色通道，Bitmap 色彩模式、灰度模式和索引色彩模式只有一个颜色通道，它们包含了所有将被打印或显示的颜色。

（3）专色通道（Spot Channel）：专色通道是一种特殊的颜色通道，它指的是印刷上想要对印刷物加上一种专门颜色（如银色、金色等），它可以使用除了青色、洋红（亦叫品红）、黄色、黑色以外的颜色来绘制图像。专色在输出时必须占用一个通道，.psd、.tif、.dcs 2.0 等文件格式可保留专色通道。

（4）Alpha 通道（Alpha Channel）：Alpha 通道是计算机图形学中的术语，指的是特别的通道。有时，它特指透明信息，但通常的意思是"非彩色"通道。这是我们真正需要了解的通道，可以说在 Photoshop 中制作出的各种特殊效果都离不开 Alpha 通道，它最基本的用处在于保存选取范围，并不会影响图像的显示和印刷效果。

（5）单色通道：这种通道的产生比较特别，也可以说是非正常的。如果在"通道"面板中随便删除其中一个通道，所有的通道都会变成"黑白"的，原有的彩色通道即使不删除也变成灰度的了。

9.1.4　Alpha 通道的编辑方法

对图像的编辑实质上是对通道的编辑。因为通道是真正记录图像信息的地方，无论色彩的改变、选区的增减、渐变的产生，都可以追溯到通道中去。常见的编辑方法有如下几种。

（1）利用选择工具：Photoshop 中的选择工具包括遮罩工具、套索工具、魔术棒工具、字体遮罩以及由路径转换来的选区等，其中包括不同羽化值的设置。利用这些工具在通道中进行编辑与对一个图像的操作是相同的。

（2）利用绘图工具：绘图工具包括喷枪、画笔、铅笔、图章、橡皮擦、渐变、油漆桶、模糊锐化和涂抹、加深/减淡和海绵等工具。选择区域可以用绘图工具在通道中去创建，去修改。利用绘图工具编辑通道的一个优势在于可以精确地控制笔触，从而可以得到更为柔和以及足够复杂的边缘。

（3）利用滤镜：在通道中进行滤镜操作，通常是在有不同灰度的情况下，而运用滤镜的原因，通常是因为我们刻意追求一种出乎意料的效果或者只是为了控制边缘。原则上讲，可以在通道中运用任何一个滤镜去试验，从而建立更适合的选区。各种情况比较复杂，需要根据目的的不同做相应的处理。

（4）利用调节工具：特别有用的调节工具包括"色阶"和"曲线"。在用这些工具调节图像时，会看到对话框上有一个通道选单，在这里可以调整所要编辑的颜色通道。按住 Shift 键，再单击另一个通道，可以强制这些工具同时作用于一个通道。

9.1.5　通道的基本操作

无论是颜色通道、Alpha 通道还是专色通道，所有信息都会在"通道"面板中显示，利用"通道"面板，可以创建新通道、复制通道、删除通道、合并通道以及分离通道等。

1．创建新通道

在"通道"面板菜单中选择"新建通道"命令，打开"新建通道"对话框，可创建新的 Alpha 通道。该命令与 按钮功能相同。若按住 Alt 键再单击 按钮，也会弹出"新建通道"对话框，如图 9.2 所示。

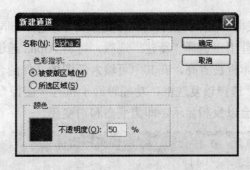

图 9.2　"新建通道"对话框

（1）"名称"：输入新的 Alpha 通道名，若不输入，系统依次自动命名为"Alpha 1"、"Alpha 2"、······。

（2）"色彩指示"：选择新通道的颜色显示方式。选择"被蒙版区域"选项，即新建的通道中有颜色的区域为被遮盖的范围，而没有颜色的区域为选取范围（通常的编辑方式）。如果选择"所选区域"选项，即新建的通道中没有颜色的区域为被遮盖的范围，而有颜色的区域为选取范围。

（3）"颜色"和"不透明度"框：用于显示通道蒙版的颜色和不透明度，默认情况为半透明的红色。

当一个新通道建立后，在"通道"面板中将增加一个 Alpha 通道。

专家指导

除了位图模式以外，其他图像色彩模式都可以加入新通道。在一个图像文件中，最多可以有 25 个通道。

2．复制通道

复制通道通常用于以下两种情况：在同一幅图像内，要对 Alpha 通道进行编辑修改前的备份；在不同图像文件间，需要将 Alpha 通道复制到另一个图像文件中。

选择要复制的通道，单击 ▾≡按钮，弹出"通道"面板菜单，选择"复制通道"命令，打开"复制通道"对话框，如图 9.3 所示，设置好各选项，单击"确定"按钮就可完成复制通道操作。

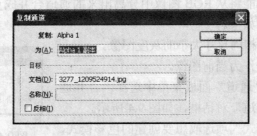

图 9.3　"复制通道"对话框

参数设置如下。

（1）"为"文本框：可设置复制后的通道名称。

（2）"文档"下拉列表框：选择要复制的目标图像文件。选择不同的图像文件，可将 Alpha 通道复制到另一个图像文件中，选择"新建"选项，可将 Alpha 通道复制到一个新建的图像文件中，此时"名称"文本框被置亮，在其中可输入新图像文件的名称。

（3）"反相"复选框：选择该复选框，功能等同于执行"图像"→"调整"→"反相"命令。复制后的通道颜色会以反相显示，即黑变白和白变黑。

专家指导
（1）拖曳通道至 ▣ 按钮上，可以在同一图像文件中快速复制通道。
（2）复合通道不能复制。
（3）在不同图像文件间复制通道，只能在具有相同分辨率和尺寸的图像文件间复制。

3．删除通道

为了节省硬盘的存储空间，提高程序运行速度，可以把没有用的通道删除。删除通道的方法有以下 3 种。

（1）在"通道"面板中选择要删除的通道，单击 🗑 按钮，会弹出提示对话框，可选择是否删除当前选择通道。

（2）将某个通道拖曳到 🗑 按钮上，也可以删除当前选择通道。

（3）单击"通道"面板右上角的 ▾≡ 按钮，弹出"通道"面板菜单，从弹出菜单中选择"删除通道"命令，就可以删除当前选择通道。

专家指导
（1）如果删除了某个原色通道，则通道的色彩模式将变为多通道模式。
（2）不能删除复合通道（如 RGB、Lab、CMYK 通道等）。

4．分离和合并通道

在图像处理过程中，有时需要把几个不同的通道进行合并，有时需要给一幅图像的通道进行分离，以满足图像制作需求。

合并通道是将多个灰度图像合并成一个图像，用户打开的灰度图像的数量决定了合并通道时可用的颜色模式。不能将从 RGB 图像中分离出来的通道合并成 CMYK 模式的图像。

合并通道的操作步骤如下。

（1）打开想要合并的相同尺寸大小的灰度图像。

（2）选择其中的一个作为当前图像。

（3）在灰度图像的"通道"面板菜单中选择"合并通道"命令，弹出"合并通道"对话框，如图 9.4 所示。

（4）在对话框的"模式"项选取想要创建的色彩模式，对应的合并通道数显示在"通道"项文本框中。

图 9.4　"合并通道"对话框

（5）单击"确定"按钮，打开对应色彩模式的"合并通道"对话框。

（6）单击"确定"按钮，所选的灰度图像即合并成一新图像，原图像被关闭。

分离通道是把一幅图像的各个通道分离成几个灰度图像。如果图像太大，不便于存储时，可以执行分离通道的操作。图像中如果存在的 Alpha 通道也将分离出来成为一幅灰度图像，当这些灰度图像进行通道合并后，图像将恢复到原来效果。分离通道只需单击"通道"面板菜单中的"分离通道"命令即可。

专家指导　分离通道时，除原色通道（即复合通道和专色通道）以外的通道都将一起被分离出来。分离通道后，可以很方便地在单一通道上编辑图像，可以制作出特殊效果的图像。

5．应用图像

通过应用图像可以对源图像中的一个或多个通道进行编辑运算，然后将编辑后的效果应用于目标图像，从而创造出多种合成效果。执行"图像"→"应用图像"命令打开"应用图像"对话框，如图 9.5 所示，包括以下选项。

图 9.5　"应用图像"对话框

- "源"：可以在其下拉列表中选择一幅图像与当前图像混合，该项默认为当前图像。
- "图层"：设置用源图像中的哪一个图层来进行混合，如果不是分层图，则只能选择背景图层；如果是分层图，在"图层"的下拉菜单中会列出所有的图层，并且有一个合并选项，选择该项即选中了图像中的所有图层。
- "通道"：该选项用于设置用源图像中的哪一个通道进行运算，选择后面的"反相"选项会将源图像进行反相，然后再混合。
- "混合"：设置混合模式，具体见图层的应用这一章。
- "不透明度"：设置混合后图像对源图像的影响程度。
- "保留透明区域"：选此项后，会在混合过程中保留透明区域。
- "蒙版"：用于蒙版的混合，以增加不同的效果。

【边学边练 9.1】　制作霓虹灯效果。

将文字制作成霓虹灯字效果，要求完成最后的效果以"霓虹灯"为文件名保存。

（1）首先建立一个新文件，执行"文件"→"新建"命令，在弹出的"新建"对话框中设置参数，长宽为 16cm×12cm，分辨率为 72dpi，RGB 模式，白色背景，如图 9.6 所示。

（2）选择工具箱中的横排文字蒙版工具，输入"霓虹灯"文字，黑体，文字大小为 140像素。

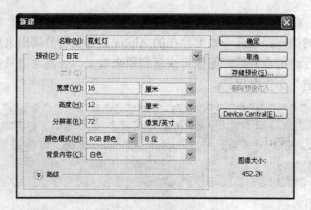

图 9.6 "新建"对话框

（3）切换到"通道"面板，单击"将选区存储为通道"按钮，将文字蒙版存储为 Alpha 1 通道，按 Ctrl+D 组合键取消选区，如图 9.7 所示。

（4）将 Alpha 1 通道拖动到"创建新通道"按钮上复制一个名为"Alpha 1 副本"通道，选择"Alpha 1 副本"为当前处理通道，执行"滤镜"→"模糊"→"高斯模糊"命令，打开"高斯模糊"对话框，设置模糊半径为 3 像素，对文字进行模糊处理，如图 9.8 所示。

图 9.7 存储选区为 Alpha 1 通道

图 9.8 "高斯模糊"对话框

（5）执行"图像"→"计算"命令，打开"计算"对话框，设定各项参数如图 9.9 所示，"结果"选择"新建通道"，单击"确定"按钮，得到得到一个名为"Alpha 2"的通道。

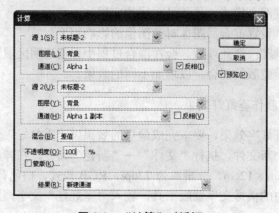

图 9.9 "计算"对话框

（6）选择 Alpha 2 为当前处理通道，执行"图像"→"调整"→"反相"命令，Alpha 2 通道实施反相，如图 9.10 所示。

（7）在 Alpha 2 通道上，按 Ctrl+A 组合键全选图像，再按 Ctrl+C 组合键复制图像，选择 RGB 通道，按 Ctrl+V 组合键粘贴图像，则会创建一个名为"图层 1"的图层，并在"图层 1"上有了 Alpha 2 通道中的黑色图像，如图 9.11 所示。

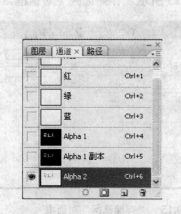

图 9.10　反相通道　　　　　　　　　　图 9.11　复制通道

（8）在"图层"面板中选定"图层 1"，使之成为当前处理图层，单击工具箱中的渐变工具，设置渐变色为"色谱"等，参数设置如图 9.12 所示。

图 9.12　设置渐变工具

（9）在"图层 1"上从左至右水平填充渐变色，存储文件名为"霓虹灯"，最后得到如图 9.13 所示效果。

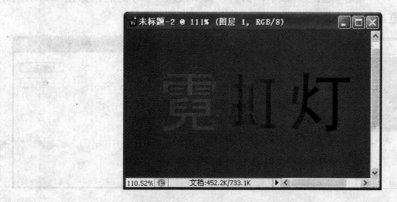

图 9.13　添加渐变效果

9.1.6　Alpha 通道

除了颜色通道，还可以在图像中创建 Alpha 通道，以便保存和编辑选区和蒙版。此外，还可以根据需要随时载入、复制或删除 Alpha 通道。

1．将选区存储到 Alpha 通道

当将一个选区保存后，在"通道"面板中会自动生成一个新的通道。这个新通道被称为 Alpha 通道，通过 Alpha 通道，可以实现蒙版的编辑和存储。其操作步骤如下。

（1）打开一幅图像文件，用选择工具在图像中选择一定的区域，如图 9.14 所示。

（2）执行"选择"→"存储选区"命令，打开如图 9.15 所示"存储选区"对话框。

图 9.14　创建选区

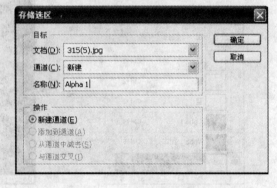

图 9.15　"存储选区"对话框

（3）在对话框中设置好各选项后，单击"确定"按钮，此时在"通道"面板中将产生名为"Alpha 1"的新通道，如图 9.16 所示。

2．载入 Alpha 通道

通过将 Alpha 通道载入图像，可以得到已存储的选区。载入 Alpha 通道的方法如下。

（1）直接将 Alpha 通道拖曳到"通道"面板下方的 按钮上，或者在"通道"面板中选择要载入的 Alpha 通道，单击 按钮，即可载入 Alpha 通道。

（2）执行"选择"→"载入选区"命令，打开"载入选区"对话框，如图 9.17 所示，选择要载入的 Alpha 通道，将选区载入。

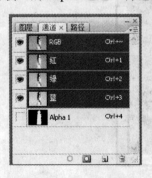

图 9.16　"通道"面板

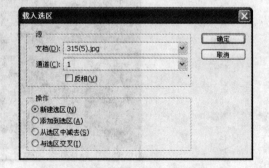

图 9.17　"载入选区"对话框

9.1.7　专色通道

Photoshop 除了可以新建 Alpha 通道外，还可以新建专色通道。新建的专色通道能使图像预览加上专色后的效果。

专色是指一种预先混合好的特定彩色油墨（或称为特殊的预混油墨），用来替代或补充印刷色（CMYK）油墨，如明亮的橙色、绿色、荧光色、金属金银色油墨等。或者可以是烫金版、凹凸版等，还可以作为局部光油版等。它不是靠 CMYK 四色混合出来的，每种专色在交付印刷时要求专用的印版，专色意味着准确的颜色。专色有以下几个特点。

（1）准确性。每一种专色都有其本身固定的色相，所以它解决了印刷中颜色传递准确性的问题。

（2）实地性。专色一般用实地色定义颜色，而不考虑这种颜色的深浅。当然，也可以给专色加网，以呈现专色的任意深浅色调。

（3）不透明性和透明性。蜡笔色（含有不透明的白色）、黑色阴影（含有黑色）和金属色是相对不透明的，纯色和漆色是相对透明的。

（4）表现色域宽。专色色域很宽，超过了 RGB、CMYK 的表现色域，所以，大部分颜色是用 CMYK 四色印刷油墨无法呈现的。

专色通道是可以保存专色信息的通道——即可以作为一个专色版应用到图像和印刷当中，这是它区别于 Alpha 通道的明显之处。同时，专色通道具有 Alpha 通道的一切特点：保存选区信息、透明度信息。每个专色通道只是一个以灰度图形式存储相应专色信息，与其在屏幕上的彩色显示无关。

下面是专色通道的创建步骤。

（1）选择或载入一个选区，并用专色填充。

（2）从"通道"面板菜单中选取"新建专色通道"，或者按住 Ctrl 键并单击"通道"面板中的"新建通道"按钮，会弹出"新建专色通道"对话框，如图 9.18 所示。

图 9.18　"新建专色通道"对话框

（3）设置专色通道的各选项："名称"项设置专色名称；"颜色"专色项，可以从调色板中选择一种专色；"密度"项设置专色在屏幕上的纯色度，与打印无关，其值在 0%～100% 之间。单击"确定"按钮完成专色通道的创建。

专色通道也可以由 Alpha 通道转变而来。在"通道"面板中，双击 Alpha 通道，则弹出"通道选项"对话框，在对话框的"色彩指示"选项中选"专色"选项，并选择一种颜色后单击"确定"按钮即可。

另外，专色通道可以用绘图工具或编辑工具进行编辑，也可以应用"合并专色通道"命令合并专色通道。

【边学边练 9.2】　撕毁邮票效果。

下面举例来具体说明如何使用通道创建邮票被撕毁的效果。

（1）打开素材文件，如图 9.19 所示。

（2）双击背景层，变成普通图层"图层 0"。单击"图层"面板下方的"创建新图层"按钮，新建"图层 1"，并将其移动到"图层 0"的下方，填充白色，如图 9.20 所示。

图 9.19　打开素材文件　　　　　　　　　　　　　　图 9.20　新建图层

（3）切换到"通道"面板，单击"创建新通道"按钮，创建 Alpha 1 通道。

（4）将前景色设置为纯白色，选择工具箱中的铅笔工具，将其选项栏设置成如图 9.21 所示状态，在 Alpha 1 通道中画出如图 9.22 所示效果。

图 9.21　铅笔工具选项栏

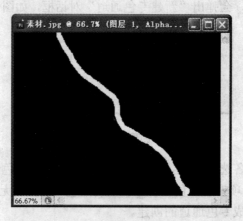

图 9.22　用铅笔画出线条

（5）选择工具箱中的油漆桶工具，设置前景色为纯白色，在图像的左边单击，将其填充为纯白色，如图 9.23 所示。

（6）执行"滤镜"→"画笔描边"→"喷溅"命令，打开"喷溅"对话框，设置参数如图 9.24 所示，创建通道选区的喷溅效果。

（7）执行"滤镜"→"模糊"→"高斯模糊"命令，打开"高斯模糊"对话框，设置参数如图 9.25 所示，创建图像的模糊效果。

（8）执行"图像"→"调整"→"色阶"命令，打开"色阶"对话框，设置参数如图 9.26 所示，调整通道边缘颜色的清晰度。

图 9.23　用油漆桶工具填充

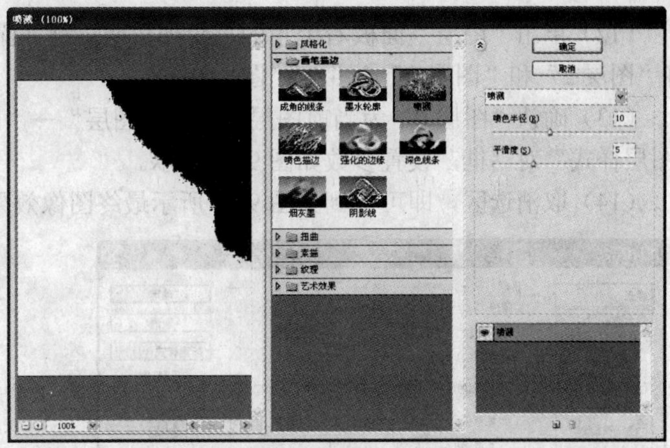

图 9.24　"喷溅"对话框

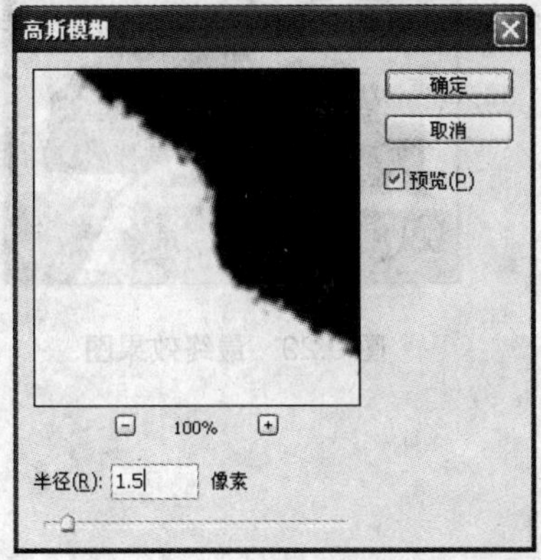

图 9.25　"高斯模糊"对话框　　　　　　　　　图 9.26　"色阶"对话框

（9）按住 Ctrl 键，单击 Alpha 1 通道，创建 Alpha 1 通道的选择区域。

（10）切换到"图层"面板，保持选区不变，确认"图层 0"为当前图层，执行"图层"→"新建"→"通过剪切的图层"命令，新建一个"图层 2"，"图层 0"中的选区被剪切复制到"图层 2"中，这样被撕开的图像各占一层。

（11）确认"图层 2"为当前图层，执行"编辑"→"自由变换"命令，拖动出现的控制节点框，使"图层 2"中的图像旋转，单击选项栏中的 ✔ 按钮，应用变形，效果如图 9.27 所示。

图 9.27　旋转图形

（12）单击"图层"面板右上角的三角形按钮，打开面板菜单，选择"向下合并"命令，将"图层 2"和"图层 0"合并为"图层 0"。

（13）确认"图层 0"为当前图层，执行"图层"→"图层样式"→"投影"命令，打开"图层样式"对话框，设置参数如图 9.28 所示。

（14）取消选区，即可得到如图 9.29 所示最终图像效果。

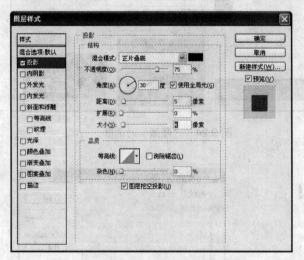

图 9.28　设置投影样式

图 9.29　最终效果图

9.2　蒙版的应用

图像处理中的蒙版是一个比较难理解的概念。本节着重讲解蒙版的基本知识，要求理解并掌握蒙版的建立方法，掌握如何创建快速蒙版，并初步了解蒙版与通道之间的关系。本节中的实例是蒙版技术与通道知识相结合的综合实例。

9.2.1　蒙版的概念

蒙版就是蒙在图像上，用来保护图像选定区域的一层"版"。当要改变图像某个区域的颜色或对该区域应用滤镜或其他效果时，蒙版可以保护和隔离图像中不需要编辑的区域，只对未蒙区域进行编辑。当选择某个图像的部分区域时，未选中区域将被"蒙版"或被隔离而不被编辑。

在"通道"面板中所存储的 Alpha 通道就是所谓的蒙版。Alpha 通道可以转换为选区，因此可以用绘图和编辑等工具编辑蒙版。蒙版是一项高级的选区技术，它除了具有存放选区的遮罩效果外，其主要功能是可以更方便、更精细地修改遮罩范围。

利用蒙版可以很清楚地划分出可编辑（白色范围）与不可编辑（黑色范围）的图像区域。在蒙版中，除了白色和黑色范围外，还有灰色范围。当蒙版含有灰色范围时，表示可以编辑出半透明的效果。

在 Photoshop CS3 中，主要包括快速蒙版、通道蒙版和图层蒙版 3 种类型的蒙版，其中图层蒙版又包括普通图层蒙版、调整图层蒙版和填充图层蒙版。

9.2.2　快速蒙版

快速蒙版与 Alpha 通道蒙版都是用来保护图像区域的，但快速蒙版只是一种临时蒙版，不能重复使用，通道蒙版则可以作为 Alpha 通道保存在图像中，应用比较方便。

1．创建快速蒙版

建立快速蒙版比较简单，打开一幅图像，使用工具箱中的选择工具，在图像中选择要编辑的区域，在工具箱中单击"快速蒙版模式编辑"按钮，则在所选的区域以外的区域蒙上一层色彩，快速蒙版模式在默认情况下是用 50% 的红色来覆盖的，如图 9.30 所示。

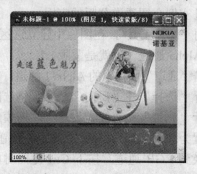

图 9.30　创建快速蒙版

在快速蒙版模式下，可以使用绘图工具编辑蒙版来完成选择的要求，也可以用橡皮擦工具将不需要的选区删除，或用画笔工具或其他绘图工具将需要选择的区域填上颜色，这样基本上就能准确地选择出所要选择的图像。

2．设置快速蒙版选项

在蒙版的实际使用过程中，可以根据自己的爱好自行设置快速蒙版的各个选项。设置快速蒙版选项的方法是在工具箱中双击"快速蒙版模式编辑"按钮，打开"快速蒙版选项"对话框，如图 9.31 所示。

图 9.31　"快速蒙版选项"对话框

专家指导

当创建当前选区的快速蒙版之后，将在"通道"面板中自动产生一个名为"快速蒙版"的临时通道，其作用与将选取范围保存到通道中相同，只不过它是临时的按钮，单击 ⬚ 按钮切换为标准模式后，快速蒙版就会马上消失。

在"快速蒙版选项"对话框中，"被蒙版区域"是"色彩指示"参数区的默认选项，这个选项使被蒙版区域显示为 50%的红色，使选择区域显示为白色。"所选区域"选项与"被蒙版区域"选项功能相反。如果用户想改变蒙版的颜色可以通过"颜色"选项修改。如果想改变不透明度，可以在"不透明度"输入框中修改，0%表示完全透明，100%表示完全不透明。蒙版的"颜色"与"不透明度"只影响蒙版的外观，对其下的区域如何保护没有影响。如果要结束快速蒙版，单击"标准编辑模式"按钮，蒙版就转化为选区。

9.2.3 通道蒙版

通道蒙版是将选区转换为 Alpha 通道后形成的蒙版。在"通道"面板中选中目标 Alpha 通道后，图像中除了选区外均以黑色显示（被蒙区域）。

下面通过实例介绍通道蒙版的应用。

（1）使用"魔棒工具"，在图像中建立选区，然后单击"通道"面板中的 ▣ 按钮，将该选区存储为 Alpha 通道（也就是蒙版）。

（2）单击"通道"面板中的 Alpha 1 通道，在图像中可以看到黑白分明的未蒙和被蒙区域。

（3）执行"选择"→"反向"命令，将选区反选，对蒙版进行编辑。

（4）执行"滤镜"→"模糊"→"高斯模糊"命令，打开"高斯模糊"对话框，将"半径"选项设置为 20 像素，并单击"确定"按钮。

（5）切换到 RGB 通道，按下 Ctrl 键同时单击 Alpha 1 通道调出该通道选区，按 Delete 键将选区外的图像删除，按 Ctrl+D 组合键取消选区。

专家指导

蒙版与选区的原理是相同的，只不过蒙版可以被当成图形来编辑。例如，蒙版可以用画笔工具、橡皮擦工具等编辑蒙版，或用图像调整功能做一些特殊的处理。

9.2.4 图层蒙版

除了可以利用 Alpha 通道和快速蒙版制作蒙版外，还可以直接在图层中建立蒙版。图层蒙版的作用是根据蒙版中颜色的变化使其所在层图像的相应位置产生透明效果。

图层中与蒙版的白色部分相对应的图像不产生透明效果，与蒙版的黑色部分相对应的图像完全透明，与蒙版灰色部分相对应的图像根据其灰度产生相应程度的透明效果。

图层蒙版可以控制当前图层中的不同区域如何被隐藏或显示。通过修改图层蒙版可以制作各种特殊效果，而实际上并不会影响该图层上的图像。

下面用实例说明图层蒙版的应用。

（1）打开两幅图像文件，执行"选择"→"全选"命令，执行"编辑"→"拷贝"命令。

（2）回到另一个文件，执行"编辑"→"粘贴"命令，将图像文件当前图层复制到该文件中，如图 9.32 所示。

（3）按住 Ctrl 键，在"图层"面板中单击"图层 1"缩览图，此时图像窗口中出现一个与"图层 1"中的花外轮廓相同的花形选区。

（4）单击"图层 1"左侧的 ◉ 按钮，将该层隐藏。选中"图层 2"，单击"图层"面板中

的 按钮，利用当前选区创建一个蒙版，如图 9.33 所示。

图 9.32 将图像组合在一起

图 9.33 创建蒙版

使用图层蒙版可以灵活地掌握要显示图像的哪一部分及要将图像显示的部分移动到什么位置，该功能经常被用来处理相片。例如，可以在一张人物的照片上设置蒙版，让照片只显示人物的部分，然后再添加一个自然风景的背景等。

专家指导

本 章 习 题

一、选择题

1. 下面几项中哪项不是通道的作用？（   ）
   A. 表示选择区域　　　　　　　B. 表示墨水强度
   C. 表示不透明度　　　　　　　D. 表示选区大小

2. 下面哪一项不属于通道的分类？（   ）
   A. 混合通道　　　　　　　　　B. 普通通道
   C. 专色通道　　　　　　　　　D. 颜色通道

3. 除了颜色通道，还可以在图像中创建（   ）通道，以便保存和编辑选区和蒙版。
   A. Alpha　　　B. 专色　　　C. 单色　　　　D. 混合

4. 下面哪一项不是专色通道的特点？（   ）
   A. 准确性　　　　　　　　　　B. 实地性
   C. 不透明性和透明性　　　　　D. 选区性

5. （   ）与 Alpha 通道蒙版都是用来保护图像区域的，但它只是一种临时蒙版，不能重复使用，通道蒙版可以作为 Alpha 通道保存在图像中，应用比较方便。
   A. 快速蒙版　　　　　　　　　B. 图层蒙版
   C. 单色通道　　　　　　　　　D. 通道蒙版

二、填空题

1. _____的主要作用是保存图像的颜色信息和存储蒙版。

2. 在"通道"面板中所存储的 Alpha 通道就是所谓的_____。Alpha 通道可以转换为_____。

3. "_____"面板可以创建并管理通道以及监视编辑效果。该面板中列出了图像中的所有通道。

4. 通过"_____"命令可以对源图像中的一个或多个通道进行编辑运算，然后将编辑后的效果应用于目标图像，从而创造出多种合成效果。

5. 在 Photoshop CS3 中，主要包括_____、_____和_____3 种类型的蒙版，其中图层蒙版又包括普通图层蒙版、调整图层蒙版和填充图层蒙版。

三、上机操作题

1. 制作五彩烟花。通过蒙版制作出五彩烟花的绽放效果，如图 9.34 所示。

图 9.34　五彩的烟花

2. 制作场景合成效果。通过对各个图像合成的效果，制作出抽象的图像，如图 9.35 所示。

3. 制作 POPO 动漫 LOGO。通过蒙版制作出具有投影效果的 LOGO，如图 9.36 所示。

图 9.35　场景合成

图 9.36　LOGO

第10章

滤镜的应用

滤镜是 Photoshop 中功能最丰富、效果最奇特的命令。这些命令经过专门设计并能产生各种特殊的图像效果，它主要用于调节光线、修整色调。使用滤镜可以轻松地改变图像的色彩和形状，极大地丰富了处理图像效果的手段。除了使用 Photoshop 提供的各种滤镜外，还可以自己设计滤镜，以及将其他软件商设计的滤镜加入 Photoshop 中供使用。

本章主要讲解常用滤镜的概念，熟练掌握各种滤镜的使用方法，特别是在图像处理中合理应用各种滤镜效果，制作出丰富多彩的效果。所含知识点包括滤镜的简介、艺术效果滤镜、模糊效果滤镜、画笔描边效果滤镜、扭曲滤镜、像素化滤镜、渲染滤镜等常用滤镜。

重点知识点

- ➤ 滤镜的简介
- ➤ 艺术效果滤镜
- ➤ 模糊效果滤镜
- ➤ 画笔描边效果滤镜
- ➤ 扭曲滤镜
- ➤ 像素化滤镜

10.1 滤镜的概念

滤镜主要用来实现图像的各种特殊效果，它在 Photoshop 中具有非常神奇的作用。所有的 Photoshop 滤镜都按分类放置在"滤镜"菜单中。滤镜的操作非常简单，使用时只需从该菜单中执行这些滤镜命令即可，但是真正应用起来却很难恰到好处，需要长时间的使用，在实际工作和学习中得到更多的经验，这样才能更有效地使用滤镜功能。

10.1.1 滤镜

当透过一块彩色玻璃或者一块变形玻璃观看一幅图像时，图像会变色或变形。Photoshop中的滤镜原理跟这差不多。在很短的时间内，执行一个简单的命令就可以使原来的图像产生许许多多、变化万千的特殊效果，极大地丰富了处理图像效果的手段。

使用滤镜时要注意以下几点。

（1）如果图像窗口中存在选区，那么效果在当前图层的选区中起作用；如果不存在选区，那么效果在整个当前图层起作用。

（2）所选的滤镜只应用于现在正使用的并且是可见的图层，并且它不能应用于位图模式、索引模式或 16 位通道图像。

（3）位图模式、索引模式和 16 位通道模式图像不能应用滤镜，应用前需先转换色彩模式。CMYK 模式、Lab 模式的图像也有一部分滤镜不能应用，只有 RGB 图像可以应用所有的滤镜。因此如果需要对某幅图应用某种滤镜而该滤镜却是灰的，可以执行"图像"→"模式"菜单中的命令将图像转换为 8 位通道的 RGB 模式。

10.1.2　滤镜菜单

Photoshop 滤镜共分为 13 类，要使用某种滤镜，从"滤镜"菜单中选取相应的子菜单即可。

菜单从上到下被横线划分为 4 个部分。

第一部分是最近使用过的滤镜，当需要重复以同样的设置使用该滤镜时，不需要再次打开"滤镜"对话框，直接选择即可。

第二部分是"图像"菜单下的"抽出"、"液化"和"图案创建"的功能。

第三部分是 Photoshop 的 13 种分类滤镜菜单，每一类下都包含各种滤镜。

第四部分是第三方厂家提供的外挂滤镜，如果用户未安装，则这一部分是不可选的。

10.1.3　提高滤镜的使用功能

在为图像添加滤镜效果时，通常会占用计算机系统的大量内存，特别是在处理高分辨率的图像时就更加明显。可以使用如下方法以提高性能。

（1）在处理大图像时，先在图像局部添加滤镜效果。

（2）如果图像很大，且有内存不足的问题时，可以将滤镜效果应用于单个通道。

（3）在使用滤镜之前，先执行"编辑"→"清除"命令释放内存。

（4）关闭其他应用程序，以便为 Photoshop 提供更多的可用内存。

（5）如果要打印黑白图像，最好在应用滤镜之前，先将图像的一个副本转换为灰度图像。如果将滤镜应用于彩色图像然后再转换为灰度图像，所得到的效果可能与该滤镜直接应用于此图的灰度图的效果不同。

10.2　艺术效果滤镜

艺术效果滤镜能将一幅图像变为大师级的绘画作品。此类滤镜中，通过向图像添加绘画笔触线条或纹理，使颜色产生多姿多彩的变化，使图像看起来与传统绘画作品更加接近。通过本节的学习可掌握艺术效果滤镜组各种不同滤镜的特点、参数设置及效果的比较，能正确将滤镜效果应用到图像中。"艺术效果"滤镜如图 10.1 所示。

图 10.1　"艺术效果"滤镜

10.2.1　塑料包装滤镜

"塑料包装"效果滤镜是通过在图片上覆盖一层灰色薄膜并在周围产生白色的高光色带，使图像产生一种表面质感很强的塑料包装效果。经过处理后，图像具有很强的立体感，在参数设定的范围内会产生塑料泡泡。

在"塑料包装"效果滤镜设置对话框中可调节"高光强度"来设置塑料效果中高亮点的亮度，其取值范围为 0～20，数值越大高亮点的亮度越大，塑料薄膜效果越明显；调节"细节"来设置塑料效果分布的密度，其取值范围为 1～15，数值越大分布越广，图像的细小部位就越能体现出来；调节"平滑度"来设置效果的平滑程度，其取值范围为 1～15，数值越大越平滑柔和。

10.2.2　壁画滤镜

"壁画"效果滤镜将产生古壁画的斑点效果，它和干画笔有相同之处，能强烈地改变图像的对比度，产生抽象的效果。

在"壁画"效果滤镜设置对话框中可通过调节"画笔大小"来模拟笔刷大小，其取值范围为 0～10，数值越大越不能体现图像细微的层次，数值越小画面越细腻；"画笔细节"用来调节笔触的细腻程度，其取值范围为 0～10，数值越大画面越平滑；"调节纹理"用来调节效果颜色之间的过渡，其取值范围为 1～3，数值越大画面边缘将出现锯齿并增加一些像素斑点，数值越小画面越细腻。

10.2.3　干画笔滤镜

"干画笔"效果滤镜使画面产生一种不饱和、不湿润、干枯的油画效果。

在"干画笔"效果滤镜设置对话框中可通过调节"画笔大小"来模拟油画笔刷大小，其取值范围为 0～10，数值越大画笔越粗；"画笔细节"用来调节笔触的细腻程度，其取值范围为 0～10，数值越大画面越平滑；"纹理"用来调节颜色之间的过渡，其取值范围为 1～3，数值越小画面越细腻。

10.2.4　底纹效果滤镜

"底纹"效果滤镜是根据所选择的纹理类型，将纹理图与图像融合在一起，产生一种纹理喷绘的效果。

在"底纹"效果滤镜参数设置对话框中，"画笔大小"用来调节图像纹理的细腻程度，其取值范围为 0～40，数值越小图像纹理越清晰；"纹理覆盖"用来调节与图像融合在一起的纹理的范围，其取值范围为 0～40，数值越大纹理覆盖的范围越多；在"纹理"下拉列表框中可选择预设的砖形、粗麻布、画布、砂岩纹理，也可以将其他 PSD 格式的图片作为纹理载入；"比例缩放"用来调节纹理图像的比例，其取值范围为 50%～200%；"凸现"用于调节纹理的凹凸程度来表现纹理的立体效果；"光照方向"可选择底、顶、左、右、左上、左下、右上、右下 8 种不同的光线照射方向；选择"反相"可以反转纹理表面的明暗。

10.2.5　彩色铅笔滤镜

"彩色铅笔"效果滤镜可以创造彩色铅笔在纯色背景上绘制图像的效果。其线条保留重要的边缘，外观呈粗糙阴影线，纯色背景色透过比较平滑的区域显示出来。

在"彩色铅笔"效果滤镜参数设置对话框中，"铅笔宽度"用于设置铅笔笔尖的宽度，其取值范围为 1～24，值越小描绘的线条越多；"描边压力"用于设置笔尖压力的大小，其取值范围为 0～15，值越大画笔细节越多；"纸张亮度"用来调节背景色的亮度，其取值范围为 0～50，值为 0 时背景色为黑色，值为 50 时背景色为白色，0～50 之间为不同的灰色。

10.2.6　木刻滤镜

"木刻"效果滤镜是将图像描绘成好像是由粗糙剪下的彩色纸片组成的效果。高对比度的图像看起来呈剪影状，而色彩图像看上去是由几层彩纸组成的。

在"木刻"效果滤镜参数设置对话框中，"色阶数"用来调节图像的色彩层次，其取值范围为 2～8，值越小色彩的层次越少；"边简化度"用来设置图像处理后，边缘的层次，其取值范围为 0～10，值越大简化的色块越大；"边逼真度"用来设置简化图像的逼真程度，受边简化度的影响，其取值范围为 1～3，值越大简化图像越逼真。

10.2.7　水彩滤镜

"水彩"效果滤镜以水彩的风格绘制图像，简化图像细节部分，使用蘸了水的颜色的中等画笔。当边缘有显著的色调变化时，这个滤镜会为该颜色加色。

在"水彩"效果滤镜参数设置对话框中，"画笔细节"用来调节画笔的细腻程度，其取值范围为 1～14，值越大画面越细腻；"暗调强度"用来控制阴影区的范围，其取值范围为 0～10，值越大阴影区的面积越大；"纹理"用来调节颜色之间的过渡，其取值范围为 1～3，数值越小画面越细腻。

10.2.8　海报边缘滤镜

"海报边缘"效果滤镜根据设置的海报化减少图像色调中的颜色数量，并查找图像的边缘，在边缘上绘制黑色线条。

在"海报边缘"效果滤镜参数设置对话框中，"边缘厚度"用来调节黑色边缘的宽度，其取值范围为 0～10，值越大边缘越宽；"边缘强度"用来调节边缘的可见度，其取值范围为 0～10，值越大可见度越高；"海报化"用来控制颜色在图像上的渲染效果，其取值范围为 0～6，值越大图像越柔和。

10.2.9　海绵滤镜

"海绵"效果滤镜使用颜色对比强烈、纹理较重的区域创建图像，使图像看上去好像是用海绵绘制的。

在"海绵"效果滤镜参数设置对话框中，"画笔大小"用来调节图像纹理即海绵块的大小，其取值范围为 0～10，数值越小海绵块纹理越清晰；"定义"用来控制对比颜色块的反差，其取值范围为 0～25，数值越大反差越强烈，海绵涂抹效果越明显；"平滑度"用来控制色彩的过渡，其取值范围为 1～15，数值越大色彩的过渡越柔和。

10.2.10　涂抹棒滤镜

"涂抹棒"效果滤镜使用短的线条，涂抹图像的暗区以柔化图像。亮区更加亮，所以会导致失去一些细节。

在"涂抹棒"效果滤镜参数设置对话框中，"线条长度"用于调节涂抹线条的长度，其取值范围为 0～10，数值越大线条越长；"高光区域"用于控制高光的范围，其取值范围为 0～20，数值越大高光区的面积越大；"强度"用于控制色彩的反差，其取值范围为 0～10，数值越大色彩反差越大。

10.2.11　粗糙蜡笔滤镜

"粗糙蜡笔"效果滤镜的效果，使图上看上去好像是用彩色粉笔在带纹理的纸上画一样，笔触斑驳，色彩艳丽。

在"粗糙蜡笔"效果参数设置对话框中，"线条长度"和"线条细节"用来调节笔画的力度和细节；在"纹理"下拉框中可选择预设的砖形、粗麻布、画布、砂岩纹理，也可以将其他的 PSD 格式的图片作为纹理载入；"比例缩放"用来调节纹理图像的比例，其取值范围为 50%～200%；"凸现"用于调节纹理的凹凸程度来表现纹理的立体效果；"光照方向"可选择底、顶、左、右、左上、左下、右上、右下 8 种不同的光线照射方向；选择"反相"可以反转纹理表面的明暗。

10.2.12　绘画涂抹滤镜

"绘画涂抹"效果滤镜可以选取各种大小和类型的"画笔"，将图像模拟成绘画作品的效果。

在"绘画涂抹"效果滤镜参数设置对话框中,"画笔大小"用来调节涂抹笔触的粗细,其取值范围为 1～50,数值越小涂抹后图像越清晰;"锐化程度"用来调节笔触色彩的柔和程度,其取值范围为 1～50,数值越小色彩过渡越柔和;"画笔类型"可以在下拉菜单中选择"简单"、"未处理光照"、"未处理深色"、"宽锐化"、"宽模糊"、"火花"6 种涂抹画笔,默认为"简单"画笔。

10.2.13 胶片颗粒滤镜

"胶片颗粒"效果滤镜将平滑图案应用于图像的阴影色和中间色调,将图中更平滑、饱和度更高的图案,添加到图像的亮区。

在"胶片颗粒"效果滤镜参数设置中,"颗粒"用来调节颗粒的密度,其取值范围为 0～20,数值越大颗粒越密;"高光区域"用来调节颗粒的亮度,其取值范围为 0～20,数值越大亮度越高;"强度"用来调节颗粒色彩的反差,其取值范围为 0～10,数值越大反差越大。

10.2.14 调色刀滤镜

"调色刀"效果滤镜可减少图像中的细节,可以生成使用调色刀堆砌优化颜色的效果,看上去比较粗犷。

在"调色刀"效果滤镜参数设置中,"描边大小"用来调节色调分离的程度,其取值范围为 1～50,数值越大颜色数越少,色块范围越大;"线条细节"调节笔触的细腻程度,其取值范围为 1～3,数值越小与原图像越接近;"软化度"用来调节色块之间融合的程度,其取值范围为 0～10,数值越大图像越柔和。

10.2.15 霓虹灯光滤镜

"霓虹灯光"效果滤镜将各种类型的发光添加到图像中的对象上,在柔滑图像时很有用。若要选择一种发光颜色,请单击"发光颜色"复选框,并从拾色器中选择一种颜色。

在"霓虹灯光"效果滤镜参数设置中,"发光大小"用来设置发光区范围,其取值范围为 -24～24,数值越大发光区范围越多;"发光亮度"用来调节发光色的亮度,其取值范围为 0～50,数值越大发光色的亮度越高;"发光颜色"可在弹出的
"颜色设置"对话框中设置发光色的颜色,默认色为蓝色。

【边学边练】 制作砖墙效果。

下面举例来具体说明如何通过滤镜制作砖墙纹理效果。

操作步骤如下。

(1)新建空白文档,设置前景色为 R:130、G:80、B:65,执行"滤镜"→"艺术效果"→"底纹效果"命令,在弹出的对话框中设置参数,如图 10.2 所示。

(2)将"图层 1"复制一个副本,置于最上层,执行"滤镜"→"风格化"→"查找边缘"命令。

(3)执行"滤镜"→"艺术效果"→"干画笔"命令,

图 10.2 设置"底纹效果"滤镜

在"图层"面板中将图层模式设为"正片叠底"，将"图层 1"与"图层 1 副本"合并，如图 10.3 所示。

（4）新建"图层 2"，使用矩形选框工具，执行"编辑"→"描边"命令，绘制若干个矩形，如图 10.4 所示。

图 10.3　合并图层　　　　　　　　　　图 10.4　绘制若干个矩形

（5）将所有的矩形合并，双击图层在弹出的"图层样式"对话框中设置内发光及外发光效果，如图 10.5 所示。

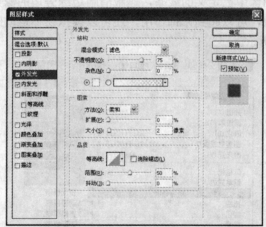

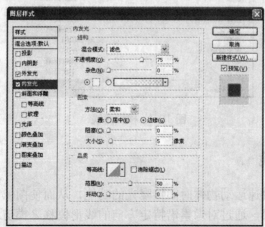

图 10.5　设置图层样式

（6）单击"确定"按钮得到最终的效果，如图10.6所示。

图 10.6　最终效果

10.3　模　糊　滤　镜

模糊滤镜通过平衡图像中已定义的线条，遮蔽清晰边缘旁边的像素，降低图像像素间的对比度，柔化选区或图像，可以起到修饰作用，还可以模拟物体运动的效果，使图像变化显得柔和模糊，如图10.7所示。

图 10.7　模糊滤镜

10.3.1　动感模糊滤镜

模拟了摄像中拍摄快速运动物体时间接曝光的功能，从而使图像产生一种动态效果。清晰的图像制作类似的效果，通过对像素沿特定方向的线形位移来模仿运动效果。

在"动感模糊"效果滤镜参数设置中，"角度"调节运动模糊的方向，其取值范围为−360～+360度；"距离"调节运动模糊的强度，其取值范围为1～999像素，值越大模糊效果越明显。

10.3.2 径向模糊滤镜

模拟了用变焦方式拍摄运动物体时，被摄物体四周产生的放射状模糊影像，或在暗室曝光过程中轻微旋转相纸产生的圆形模糊影像。

在"径向模糊"效果滤镜参数设置中，"模糊方法"可以选择"旋转"模拟摄影机的旋转效果，产生同心弧度模糊的效果，在预览框中在任意位置单击，可以定义模糊的中心点。选择"缩放"沿半径线产生放射状模糊效果；"数量"用来调节模糊的强度，其取值范围为 1～100，值越大模糊效果越强烈；"品质"草图（Draft）模糊处理时间最快但质量差，"好"模糊效果比较平滑，"最好"模糊效果质量最好但费时。

10.3.3 模糊滤镜和进一步模糊滤镜

这两个滤镜的功能相同，都能消除图像中边缘清晰或对比明显的区域，"进一步模糊"滤镜效果，要比"模糊"滤镜效果强烈三至四倍。这两种滤镜都没有参数设置对话框。

10.3.4 特殊模糊滤镜

在"特殊模糊"效果滤镜参数设置中，"半径"用于调节模糊的范围，其取值范围为 0.1～100.0，值越大模糊效果越明显；"阈值"确定像素值的差别达到何种程度时应将其消除。还可以指定模糊品质，也可以为整个选区设置模式，或为颜色转变的边缘设置模式为"边缘优先"或"叠加边缘"。在对比度显著的地方，"边缘优先"应用于黑白混合的边缘，而"叠加边缘"应用于白色边缘。"品质"指定模糊的品质，分为低、中、高；"模式"中"正常"产生正常的模糊效果。"边缘优先"对比明显的区域产生白色边缘，其他部分为黑色。"叠加边缘"模糊的同时产生白色边缘。

10.3.5 高斯模糊滤镜

该滤镜根据高斯曲线调节像素色值，可以添加低频细节，控制模糊效果，甚至能造成难以辨认的雾化效果，产生一种朦胧的效果。

在"高斯模糊"效果滤镜参数设置中，"半径"用于调节模糊的范围和程度，其取值范围为 0.2～250，值越大模糊效果越明显。

10.3.6 表面模糊滤镜

表面模糊滤镜方式可保留主要的边缘过渡区域，但它还会产生非常平滑的模糊效果。在"表面模糊"对话框中"半径"滑块控制模糊的强度，"阈值"滑块控制需要保持锐利的图像面积。和其他的模糊滤镜不同，高阈值可产生较强的模糊效果。通过调整滑块，可以完全消除皱纹和皮肤纹理，同时保留主要的特征区域。

10.3.7 方框模糊滤镜

方框模糊滤镜是指以图像的中心矩形为原点，在此方框的四周对其进行模糊处理。选择此命令后，弹出"方框模糊"对话框，在"半径"选项中设置模糊的半径值。

10.3.8　镜头模糊滤镜

镜头模糊滤镜能模仿出浅景深的效果，制作照片模拟虚化背景效果。选择此命令后，弹出"镜头模糊"对话框，从中可以设置焦距的距离、光圈的效果、镜面的高光等，相当于调整 DC 的拍摄效果，使拍摄出的照片符合所需的特效。

10.3.9　平均滤镜

平均滤镜常用来校正偏色的图像。选择此命令后，将直接作用于图像。

10.3.10　形状模糊滤镜

形状模糊滤镜用于为模糊指定形状。在"形状模糊"对话框中，"半径"确定滤镜要模糊的距离。在对话框下方区域中选择模糊的形状。

10.4　画笔描边滤镜

画笔描边效果滤镜与艺术效果滤镜一样，通过模仿不同的画笔和油墨笔触，为图像添加颗粒、杂色、边缘细节或纹理，使图像产生绘画效果。该组滤镜与艺术效果滤镜的区别在于后者是对图像整体产生艺术效果，而画笔描边滤镜组在产生艺术效果的同时，强调图像的轮廓和笔画的线条特征，如图 10.8 所示。

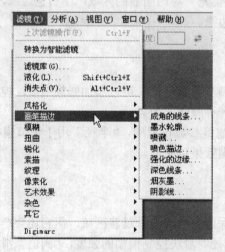

图 10.8　画笔描边滤镜

10.4.1　喷溅滤镜

与喷枪的效果一样，产生一种喷水的图像效果。

在"喷溅"效果滤镜参数设置对话框中，"喷色半径"用来控制喷洒的范围，其取值范围为 0～25，值越大范围越大；"平滑度"用来控制喷洒效果的强弱，其取值范围为 1～15，值越大效果越弱。

10.4.2　喷色描边滤镜

与"喷溅"滤镜效果类似，产生不同笔画方向的喷溅效果。

在"喷色描边"效果滤镜参数设置对话框中，"线条长度"来控制喷洒线条的长度，其取值范围为 0～20，值越大线条越长；"喷色半径"用来控制喷洒的范围，其取值范围为 0～25，值越大范围越大；"描边方向"用来控制喷洒线条的方向，有"右对角线"、"水平"、"左对角线"、"垂直"4 种选择。

10.4.3　强化的边缘滤镜

通过控制图像中反差较大的区域的范围、亮度和对比度来强化图像的边缘，使图像的细节和纹理更加突出。

在"强化的边缘"效果滤镜参数设置对话框中，"边缘宽度"用来调节反差较大区域的范围，其取值范围为 1～14，值越大边缘范围越多；"边缘亮度"用来调节强化边缘的颜色亮度，其取值范围为 0～50，值越小边缘越接近黑色；"平滑度"用来调节边缘颜色的对比度，其取值范围为 1～15，值越小边缘颜色的对比越强烈。

10.4.4　成角的线条滤镜

用对角线修描图像。图像中较亮的区域用一个方向的线条绘制，较暗的区域用相反方向的线条绘制，模拟钢笔画素描的效果。

在"成角的线条"效果滤镜参数设置对话框中，"方向平衡"用来控制两种交叉线的比例，其取值范围为 0～100，值大于 50 时为"／"线，值小于 50 时为"＼"线；"线条长度"用来调节线条的长度，其取值范围为 3～50，值越大线条越长；"锐化程度"用来调节线条的锐利程度，其取值范围为 0～10，值越小线条的饱和度越低，图像越柔和。

10.4.5　墨水轮廓滤镜

在原来的细节上用精细的细线重绘图像，产生一种钢笔油墨风格的艺术效果。

在"墨水轮廓"效果滤镜参数设置对话框中，"线条长度"用来调节线条的长度，其取值范围为 1～50，值越大线条越长；"深色强度"用来调节黑色轮廓的强度，其取值范围为 0～50，值越大轮廓越接近黑色；"光照强度"用来调节白色区域的强度，其取值范围为 0～50，值越大颜色越亮。

10.4.6　深色线条滤镜

用短的、密的线条绘制图像中与黑色接近的深色区域，并用长的、白色线条绘画图像中较浅的区域，从而产生一种具有强烈对比的带黑色阴影的图像效果。

在"深色线条"效果滤镜参数设置对话框中，"平衡"用来调节笔触线条的方向，其取值范围为 0～10；"黑色强度"用来调节黑色线条的强度，其取值范围为 0～10，值越大线条越暗；"白色强度"用来调节白色线条的强度，其取值范围为 0～10，值越大线条越亮。

10.4.7 阴影线滤镜

用铅笔阴影线在图像上添加纹理和粗糙化线条，并且在彩色区域边缘保留原图像的细节和特征，主要通过"强度"选项控制阴影线的数量。

在"阴影线"效果滤镜参数设置对话框中，"线条长度"用来调节交叉网线的长度，其取值范围为 3～50，值越大线条越长；"锐化程度"用来调节线条的立度，其取值范围为 0～20，值越大线条的饱和度越大，图像笔触效果越清晰；"强度"用来调节交叉网线的数量，其取值范围为 1～3，值越大线条的数量越多。

10.4.8 烟灰墨滤镜

烟灰墨滤镜用于制作烟灰与墨水的混合效果。在"烟灰墨"效果滤镜参数设置对话框中，"描边宽度"用来控制烟灰墨出现的范围，其取值范围为 3～15，值越大范围越大；"描边压力"用来控制烟灰墨的强弱，其取值范围为 0～15，值越大效果越强。"对比度"用来控制范围内外的对比度，其取值范围为 0～40。

10.5 扭 曲 滤 镜

扭曲滤镜组中的 12 个滤镜主要使图像产生变形效果，通过对选区图像沿各个不同方向的位移，模拟集合扭曲、三维、波浪、旋涡等不同的几何变形效果。使用这组滤镜命令要比其他的滤镜命令更消耗内存。

10.5.1 切变滤镜

沿一条曲线扭曲图像。通过拖移框中的线条来制定一条扭曲曲线，可以调整曲线上的任何一点，单击"默认"按钮可以将曲线恢复成直线。

在"切变"效果滤镜的参数设置中，默认的扭曲曲线是一条直线，可在直线上单击设置控制点，拖动控制点调节曲线的形状控制图像的扭曲；"未定义区域"用来设置图像弯曲后空白区域的填充方式，选择"折回"空白区域填充超出选区以外的图像，选择"重复边缘像素"空白区域填充弯曲图像边缘的颜色。

10.5.2 扩散亮光滤镜

就像是透过一个柔和的光扩散物体观看图像。使用这个滤镜可以将透明的白色杂色添加到图像，并且亮光从选区的中心向外褪去。

在"扩散亮光"效果滤镜的参数设置中，"粒度"用来调节白色杂色的颗粒密度，其取值范围为 0～10，值越大密度越大；"发光量"用来调节漫射光的强度，其取值范围为 0～20，值越大发光效果越明显；"清除数量"用来调节图像中发光的范围，其取值范围为 0～20，值越大发光范围越小。

10.5.3　挤压滤镜

用于挤压选区，正值将选区向中心移动，负值将选区向外移动。

在"挤压"效果滤镜的参数设置中，"数量"可以控制选区向内或向外挤压，其取值范围为-100%～100%，0%～100%为向内挤压，-100%～0%为向外挤压。

10.5.4　旋转扭曲滤镜

用于旋转选区，中心的旋转程度比边缘的旋转程度大。指定角度时可生成旋转扭曲图案。

在"旋转扭曲"效果滤镜的参数设置中，"角度"可以调节图像顺时针或逆时针旋转，其取值范围为-999～999，取正值时图像顺时针旋转，取负值时图像逆时针旋转。

10.5.5　极坐标滤镜

根据选中的选项，将选区从平面坐标转换到极坐标，反之亦然。使用这个滤镜可以创建圆柱变体，当在镜面柱中观看圆柱变体中扭曲的图像时是正常的。

在"极坐标"效果滤镜的参数设置中，可以在"选项"下选择两种转换方式："平面坐标转换到极坐标"和"极坐标转换到平面坐标"。

10.5.6　水波滤镜

根据选中的半径将选区径向扭曲，像石子投入水面后产生的涟漪效果。

在"水波"效果滤镜的参数设置中，"数量"用来调节水波扭曲变形的方向和程度，其取值范围为-100%～100%，离中心 0 越远变形越明显；"起伏"用来调节水波的多少，其取值范围为0～20，值越大波纹数量越多。"样式"可选择不同的水波类型："围绕中心"（沿选区中心旋转图像）、"从中心向外"（向选区中心或选区中心向外扭曲变形）和"水池波纹"（向左上或右下扭曲变形）。

10.5.7　波浪滤镜

它的工作方式和波纹滤镜差不多，只是可以进一步控制。

在"波浪"效果滤镜的参数设置中，"类型"选择波动变形的类型："正弦"、"三角形"或"方形"。"生成器数"用来控制波浪的数量；"波长"用来控制波峰间的水平距离，最小波长不能超过最长波长；"波幅"用来控制波峰的高度，最小波幅不能超过最长波幅；"比例"用来控制水平或垂直方向的波动变形程度，单击"随机化"按钮会在当前参数设置的前提下，随机产生波动效果；未定义区可以选择"折回"（空白区域填充超出选区以外的图像）或"重复边缘像素"（空白区域填充波动图像边缘的颜色）。

10.5.8　波纹滤镜

用于在选区创建波状起伏的图案，像水池表面的波纹。

10.5.9 海洋波纹滤镜

用于将随机分隔的波纹添加到图像表面，使图像看上去像是在水中。

在"海洋波纹"效果滤镜的参数设置中，"波纹大小"用来调节波纹大小，其取值范围为1~15；"波纹幅度"用来调节波纹的范围，其取值范围为0~20。

10.5.10 玻璃滤镜

该滤镜可以使图像看起来像是透过不同类型的玻璃来观看图像。我们可以选取一种玻璃效果，也可以将自己创建的玻璃表面存为 PSD 格式文件并应用它。

在"玻璃"效果滤镜的参数设置中，"纹理"可以在下拉列表中选择"块"、"画布"、"结霜"、"小镜头"或载入已有的 PSD 格式的纹理图作为玻璃表面；"扭曲度"可以调节图像扭曲变形的程度，其取值范围为0~20，值越大变形越明显；"平滑度"可以调节图像边缘的平滑度，其取值范围为1~15，值越大表面越平滑；"缩放"可以调节各种图像纹理的缩放比例；"反相"可以调节各种图像纹理的凹凸方向。

10.5.11 球面化滤镜

该滤镜通过将选区折成球面、扭曲图像以及伸展图像以适合选中的曲线，使对象具有3D效果。

在"球面化"效果滤镜的参数设置中，"模式"可以选择"正常"、"水平优先"和"垂直优先"。"数量"用来控制球面变形的凹凸程度。

10.5.12 置换滤镜

该滤镜使用置换图确定如何扭曲选区，必须借助于另一幅置换图的图像像素的亮度值来确定如何变形，置换图必须是 PSD 格式文件。

在"置换"效果滤镜的参数设置中，"水平比例"和"垂直比例"可以调节对图像选区在水平和垂直方向上像素的位移程度，其取值范围为0%~100%，值越大位移量越大；"置换图"可以选择置换图与图像选区的配合方式；"伸展以配合"可以重新调整置换图的大小与选区配合；"拼贴"可以将多个置换图图案拼贴与选区配合；"未定义区域"可以选择图像选区执行置换后，图像未选区域的变化方式；"折回"用图像中对边的内容填充未定义的区域；"重复边缘像素"按指定方向扩展图像边缘像素的颜色。

10.6 像素化滤镜

像素化效果滤镜组中的7个滤镜主要是使图像产生不同的色块效果。

10.6.1 彩块化滤镜

将纯色或相似颜色的像素结块成彩色像素块。

10.6.2　彩色半调滤镜

模拟在图像的每个通道上使用扩大的半调网格的效果。

在"彩色半调"效果滤镜的参数设置中，"最大半径"用来调节半调网格的大小，在图像的每一个色彩通道中该滤镜会将图像按网格的大小划分为矩形块，然后用圆形像素点表示这些像素块。

10.6.3　晶格化滤镜

将像素结块为纯色多边形，产生类似水晶的效果。

在"晶格化"效果滤镜的参数设置中，"单元格大小"用来控制多边形单元格的尺寸大小，其取值范围为 3～300，值越大单元格的尺寸越大。

10.6.4　点状化滤镜

将图像中的颜色分散为随机分布的网点，再将背景色填充在网点之间的画布区域上，从而使图像产生斑点化的效果。

在"点状化"效果滤镜的参数设置中，"单元格大小"用来控制网点的尺寸，其取值范围为 3～300，值越大网点尺寸越大。

10.6.5　碎片滤镜

为选区的像素创建四份备份，进行平分，再使它们互相偏移，从而产生一种晃动模糊的效果。

10.6.6　铜版雕刻滤镜

将图像转换为黑白区域的随机图案或彩色图像的全饱和颜色随机图案。

在"铜版雕刻"效果滤镜的参数设置中，"类型"可以选择 10 种随机图案的样式。

10.6.7　马赛克滤镜

将像素结块为方块。在"马赛克"效果滤镜的参数设置中，"单元格大小"用来控制色块的尺寸的大小，其取值范围为 2～64，值越大马赛克尺寸越大。

10.7　渲　染　滤　镜

渲染滤镜组中的滤镜可以在图像中创建 3D 变换、云彩、光照效果和镜头光晕，还可以从灰度文件中创建纹理填充来制作类似三维的光照效果。

10.7.1　3D 变换滤镜

可以创建立方体、球体、圆柱体等几何体，也可将图像映射到立方体、球体和圆柱，然后可以在三维空间旋转它们。

在"3D 变换"效果滤镜的参数设置中，可以建立立方体、球体、圆柱体等几何体。对于空白图层，滤镜执行后会在该层创建出灰度的三维立体形；对于有图像的层，会将图像铺在立体形的可视面上。"选项"可选择渲染立方体的分辨率和消除锯齿，选择显示背景，立方体的原图像会作为渲染后的立方体的背景，否则，立方体无背景。

10.7.2　云彩滤镜和分层云彩滤镜

没有参数设置对话框，使用前景和背景色间变化的随机值生成云彩图案。

10.7.3　光照效果滤镜

"光照效果"滤镜也是 Photoshop 提供的一种比较复杂的滤镜，它通过选择不同的光源、光照类型和光线属性来为图像添加不同的光线效果。

在"光照"效果滤镜的参数设置中，"样式"可以选择 17 种不同的光照样式，光源的四周会出现结点，拖动结点可以改变灯光照射的方向和范围，拖动中心圆圈可以改变灯光照射的位置，需要删除某个光源可以将其选择后拖放到"删除光源"图标删除。"光照类型"可以选择 3 种灯光类型："全光源"、"平行光"、"点光"，调节"强度"和"聚焦"来控制灯光的强度和聚焦的范围。

10.7.4　镜头光晕滤镜

模拟逆光拍照所产生的折射。在"镜头光晕"效果滤镜的参数设置中，"亮度"用来调节光晕的强度，其取值范围为 10%～300%，值越大光线越强烈；"镜头类型"可以选择 3 种不同的照相机镜头。

本 章 习 题

一、选择题

1. 下面哪种方法不能提高性能？（　　　）
   A. 在处理大图像时，先在图像局部添加滤镜效果
   B. 如果图像很大，且有内存不足的问题时，可以将滤镜效果应用于单个通道
   C. 在使用滤镜之前，先执行"编辑"→"清除"命令释放内存
   D. 打开多个图像文件
2. （　　　）与喷枪的效果一样，产生一种喷水的图像效果。
   A. 阴影线滤镜
   B. 彩块化滤镜
   C. 喷溅滤镜
   D. 马赛克滤镜
3. 球面化滤镜通过将选区折成球面、扭曲图像以及伸展图像以适合选中的曲线，使对

象具有（　　）效果。

    A．凸出　　　　　B．3D　　　　　C．玻璃　　　　D．晶格化

4．（　　）使用前景和背景色间变化的随机值生成云彩图案。

    A．波纹滤镜

    B．碎片滤镜

    C．镜头光晕滤镜

    D．云彩滤镜

5．（　　）滤镜通过平衡图像中已定义的线条，遮蔽清晰边缘旁边的像素，降低图像像素间的对比度，柔化选区或图像，可以起到修饰作用，还可以模拟物体运动的效果。

    A．模糊　　　　B．球面化　　　　C．喷溅　　　　　D．玻璃

二、填空题

1．_____主要用来实现图像的各种特殊效果，它在 Photoshop 中具有非常神奇的作用。

2．在为图像添加滤镜效果时，通常会占用计算机系统的大量_____，特别是在处理高分辨率的图像时就更加明显。

3．_____组中的滤镜可以在图像中创建 3D 变换、云彩、光照效果和镜头光晕，还可以从_____文件中创建纹理填充来制作类似三维的光照效果。

4．"干画笔"效果滤镜使画面产生一种_____、_____、_____的油画效果。

5．在"3D 变换"效果滤镜的参数设置中，可以建立_____、_____、_____等几何体。

6．在使用滤镜之前，先执行"_____"→"_____"命令释放内存。

三、上机操作题

1．制作电影网站。利用 Photoshop 中的滤镜、蒙版、自由变形等命令来进行网站的设计，效果如图 10.9 所示。

图 10.9　电影网站

2．制作公益广告。通过图形与文字的滤镜效果，制作出闪亮的发光效果，如图 10.10 所示。

3．制作彩色铅笔。通过绘制的路径制作出铅笔的轮廓，再通过滤镜调整出效果，如图 10.11 所示。

图 10.10　公益广告

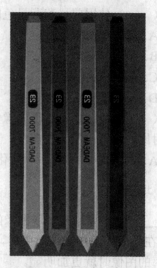

图 10.11　彩色铅笔

第 11 章

实　　验

　　本章为实验部分，针对前面章节中的知识点加以应用，制作出各种平面设计实例，真正做到了学以致用，让读者边学边练，加深记忆，使知识点掌握起来更加灵活。本章中的实例都是日常工作、生活中经常要用到的一些平面设计实例，具有很强的实用性。

　　每个实验包括"目的和要求"、"上机准备"、"上机操作"三个部分，在"上机操作"部分详细介绍了每个实例的操作步骤，读者按照步骤进行操作即可得到相应的效果。每个实验均对应前面的章节，因此，为了阅读方便，本章图号按所对应章号编排，并以"T"开头。

实验 1　化妆品写真

　　本实验针对第 2 章选区的应用制作出"化妆品写真"效果，通过此实例详细介绍了选区的创建、编辑、填充、描边等知识点的应用方法。

【目的和要求】

　　（1）通过本实验掌握选区绘制出各种图像的功能。

　　（2）本实验首先需要制作出其中一个化妆品的长形瓶体，然后制作出海报的贴纸以及胶长，接着制作海报中的内容，包括海报图片及文字，最后是制作水珠等效果。

【上机准备】

　　本实验复习的知识点包括：

- 矩形选框工具
- 椭圆选框工具
- 路径创建选区
- 保存选区
- 载入选区
- 羽化选区

【上机操作】

　　首先需要制作出其中一个化妆品的长形瓶体，然后制作出海报的贴纸以及胶长，接着制作海报中的内容，包括海报图片及文字，最后制作水珠等效果，效果如图 T2.1 所示。

图 T2.1　效果图

1. 制作高瓶体

（1）新建一个文档，设置新建文档的高度和宽度，设置默认的前景色和背景色，新建一个图层，绘制一个矩形，如图 T2.2 所示。

（2）新建图层，生成"图层 2"，单击椭圆选框工具，绘制与矩形宽度相同的椭圆形，并将其移至矩形的上方，如图 T2.3 所示。

图 T2.2　建立瓶体轮廓

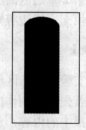

图 T2.3　绘制椭圆形

（3）复制"图层 2"，得到"图层 2 副本"，使用移动工具调整图像的位置，移至矩形的下方，如图 T2.4 所示。

（4）将图层 2 副本与图层 1 合并，选择合并后的"图层 1"，按住 Ctrl 键单击其图层缩略图，载入选区后，如图 T2.5 所示。

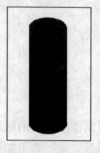

图 T2.4　制作瓶体的底部

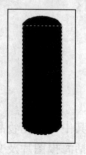

图 T2.5　载入选区

（5）单击渐变工具，在属性栏中设置渐变颜色，渐变方式为"线性渐变"，然后在选区中从左至右拖动鼠标产生渐变颜色，如图 T2.6 所示。

（6）设置图层 1 的不透明度为 50%，如图 T2.7 所示。

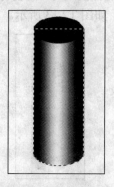
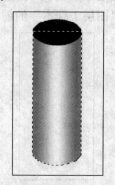

图 T2.6　产生渐变效果　　　　　　　　　图 T2.7　设置不透明度

（7）复制"图层 2"，得到"图层 2 副本"，再使用移动工具向上调整图形的位置，如图 T2.8 所示。

（8）新建图层，生成"图层 3"，使用矩形选框工具绘制一个矩形，将其移到两个椭圆形的中间，如图 T2.9 所示。

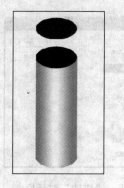
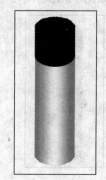

图 T2.8　复制图形　　　　　　　　　　图 T2.9　绘制矩形

（9）此时选择的是图层 3，按 Ctrl+E 组合键合并图层 3 及图层 2 副本，再按 Ctrl+E 组合键合并图层 2 副本和图层 2，如图 T2.10 所示。

（10）载入选区，单击工具箱中的渐变工具，同样对图层 2 应用渐变效果，如图 T2.11 所示。

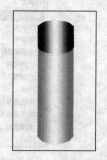

图 T2.10　合并图层　　　　　　　　　图 T2.11　渐变设置

（11）不要取消选区，新建一个图层，生成"图层3"，填充白色，将其不透明度设为40%，如图 T2.12 所示。

（12）复制"图层1"，得到"图层1副本"，设置其混合模式为"滤镜"，不透明度为60%，按住 Ctrl 键单击"图层1副本"的缩略图，载入选区，如图 T2.13 所示。

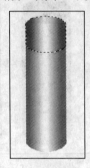
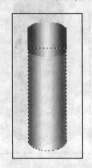

图 T2.12　设置填充的图层　　　　　图 T2.13　复制并载入图层选区

（13）再使用渐变工具从左到右对选区进行渐变填充，对瓶体部分的图层进行合并，如图 T2.14 所示。

（14）新建图层，生成"图层4"，执行"编辑"→"描边"命令，弹出"描边"对话框，设置宽度为2px，如图 T2.15 所示。

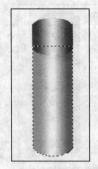

图 T2.14　渐变填充　　　　　图 T2.15　"描边"对话框

（15）双击"图层4"，弹出"图层样式"对话框，选择"内阴影"选项，从中设置各项参数，如图 T2.16 所示。

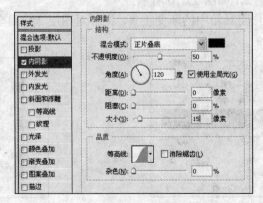

图 T2.16　设置内阴影样式

（16）再选择"外发光"和"内发光"选项，同样在对话框的右侧设置参数，如图 T2.17 和图 T2.18 所示。

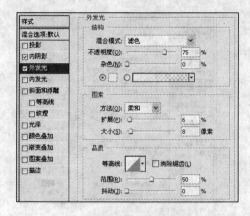

图 T2.17　设置外发光样式

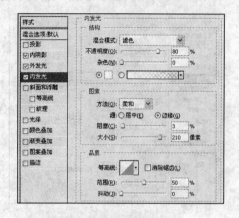

图 T2.18　设置内发光样式

（17）按住 Shift 键选择除背景层以外的所有图层，按 Ctrl+T 组合键进入自由变换状态，拖动节点更改瓶体的形状，如图 T2.19 所示。

（18）新建图层，然后使用钢笔工具在瓶体的上方绘制路径，并填充路径为黑色，如图 T2.20 所示。

图 T2.19　自由变换　　　　　　　　图 T2.20　绘制路径

（19）再新建一个图层，使用钢笔工具在瓶体和瓶盖之间绘制一个路径，然后填充黑色，如图 T2.21 所示。

（20）双击此图层，弹出"图层样式"对话框，选择"外发光"选项，设置各项参数，如图 T2.22 所示。

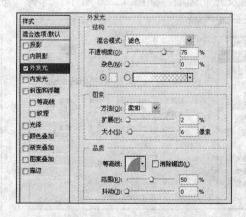

图 T2.21　填充路径　　　　　　　　图 T2.22　设置外发光样式

（21）选择"内发光"选项，设置各项参数，如图 T2.23 所示。

（22）选择"斜面和浮雕"选项，设置各项参数，如图 T2.24 所示。

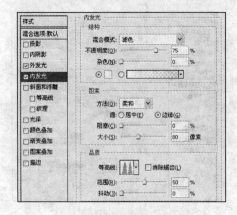

图 T2.23　设置内发光样式

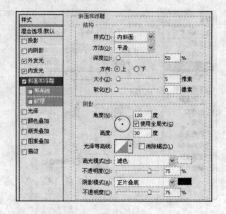

图 T2.24　设置斜面和浮雕样式

（23）选择"渐变叠加"选项，设置由黑到白再到黑的渐变颜色，具体参数设置如图 T2.25 所示。

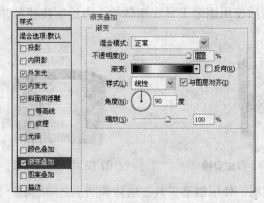

图 T2.25　设置渐变叠加样式

（24）双击瓶体与瓶盖之间区域的图层，弹出"图层样式"对话框，选择"投影"选项，再选择"内发光"选项，如图 T2.26 所示。选择"渐变叠加"选项，如图 T2.27 所示。

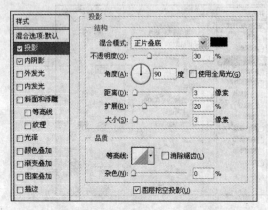

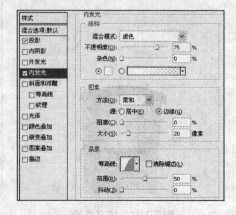

图 T2.26　设置投影和内发光样式

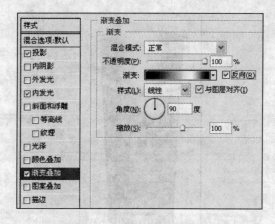

图 T2.27 设置渐变叠加样式

（25）执行"图层"→"新建调整图层"→"色相/饱和度"命令，弹出"色相/饱和度"
对话框，各项设置如图 T2.28 所示。

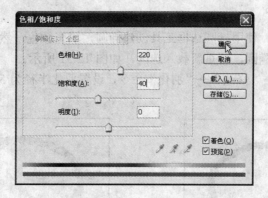

图 T2.28 设置色相/饱和度

（26）使用文字工具输入文本"LAVE"，在"字符"面板中设置文字的属性，使用移动
工具调整字符位置，如图 T2.29 所示。

图 T2.29 设置字符格式

（27）再使用横排文字工具输入其他字符，使用自由变换方式顺时针旋转 90 度，如图 T2.30
所示。

图 T2.30 输入其他字符

2. 制作小瓶化妆品

（1）新建一个图层，使用椭圆选框工具创建椭圆，填充颜色，然后收缩选缩，收缩量设为 8 像素，删除收缩的椭圆，再重新载入选区，如图 T2.31 所示。

（2）执行"选择"→"修改"→"羽化"命令，设置羽化半径为 5 像素，反选后按 Delete 键，如图 T2.32 所示。

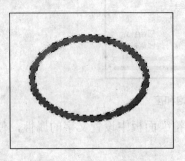

图 T2.31 建立瓶体轮廓

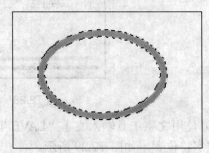

图 T2.32 制作羽化效果

（3）复制图层，产生多个图形，使用移动工具向上拖动图形产生的效果如图 T2.33 所示。

（4）新建一个图层，使用钢笔工具创建一个不规则的路径，然后将此路径转化为选区，如图 T2.34 所示。

图 T2.33 复制多个图层

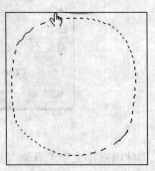

图 T2.34 创建不规则选区

（5）单击工具箱中的渐变工具，在属性栏中单击"渐变编辑器"，在弹出的对话框中设置渐变颜色，如图 T2.35 所示。然后对选区进行渐变填充，如图 T2.36 所示。

图 T2.35　设置渐变颜色

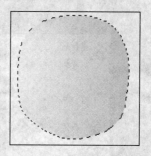

图 T2.36　使用渐变填充

（6）同时选中前面的所有椭圆形，拖动其至"图层"面板下的　　按钮上，复制后按 Ctrl+T 组合键进入自由变换，适当缩小，如图 T2.37 所示。

（7）再使用减淡工具在填充的图形上拖动鼠标，在属性栏的"范围"中选择"高光"，将笔触设为 35px，经过在瓶体上的多次涂抹，产生高光的边缘效果，使其更逼真，如图 T2.38 所示。

图 T2.37　制作瓶口

图 T2.38　使用涂抹工具

（8）再新建一个图层，使用椭圆工具，在瓶口中创建选区，然后填充白色，如图 T2.39 所示。

（9）再使用加深或减淡工具对选区进行涂抹，使其产生更具有立体感的效果，如图 T2.40 所示。

图 T2.39　填充选区

图 T2.40　创造立体感效果

（10）执行"滤镜"→"艺术效果"→"塑料包装"命令，弹出"塑料包装"对话框，设置各项参数，如图 T2.41 所示。

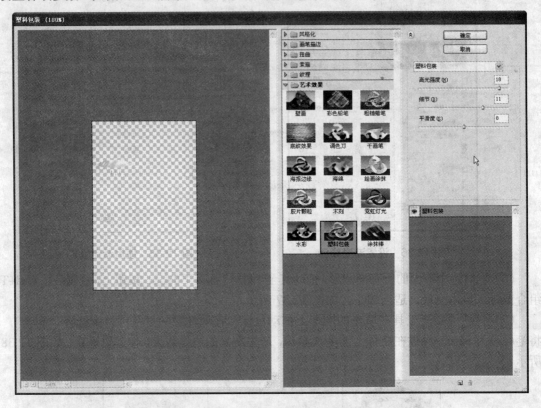

图 T2.41　使用塑料包装滤镜

（11）新建图层，建立一个椭圆选区，设置由黑色到白色的渐变颜色，对选区进行填充，如图 T2.42 所示。

（12）再绘制一个矩形，单击渐变工具，在属性栏中调整渐变的颜色，对矩形进行填充，如图 T2.43 所示。

图 T2.42　创建椭圆形

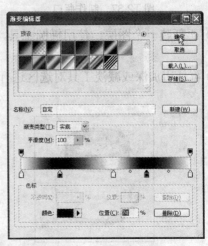

图 T2.43　设置渐变颜色

（13）将两个图形的图层合并，然后只选取作为瓶盖的部分，剩余的部分删除，如图 T2.44 所示。

（14）使用钢笔工具绘制路径，将后将画笔设为 3 像素，然后使用画笔对路径进行描边，如图 T2.45 所示。

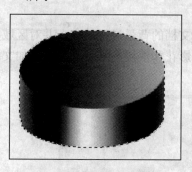

图 T2.44　裁掉多余的部分

图 T2.45　设置渐变颜色

（15）按 Ctrl+T 组合键进入自由变换状态，对瓶盖进行旋转，并移至瓶体的右侧，如图 T2.46 所示。

图 T2.46　移动瓶盖

实验 2　制 作 贺 卡

本实验针对第 3 章中的绘图工具的应用制作贺卡，贺卡作为人们表达心意、传达信息的重要手段，已经受到人们的广泛应用，通过 Photoshop 可制作出各种图像效果的贺卡。

【目的和要求】

（1）通过画笔等绘图工具制作出自定义路径的形状。

（2）本实验首先要制作贺卡的背景，然后制作绽放的花朵形状，接着制作背景的文字及水泡特效图形、文本的投影及斜面和浮雕效果，最后是图片的添加。

【上机准备】

本实验复习的知识点包括：

- 设置画笔属性
- 使用画笔描边
- 设置渐变颜色

【上机操作】

首先要新建一个空白文档，然后通过填充命令对文档的背景进行填充，并对区域大小进行划分，制作出贺卡的背景效果，然后制作绽放的光影花和浪漫的水泡效果，添加文字及图片，效果如图 T3.1 所示。

图 T3.1 效果图

1．制作贺卡背景

（1）执行"文件"→"新建"命令，弹出"新建"对话框，新建一个文档，设置高度为 800 像素，宽度为 1300 像素，分辨率为 72 像素/英寸，如图 T3.2 所示。

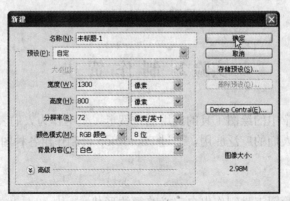

图 T3.2 新建文档

（2）新建一个图层，单击工具箱中的 （矩形选区）按钮，在文件周围拖动鼠标绘制一个矩形选区，如图 T3.3 所示。

（3）将前景色设为粉色，对矩形选区进行填充，执行"选择"→"修改"→"收缩"命令，弹出"收缩选区"对话框，设置收缩量为 30 像素，如图 T3.4 所示。

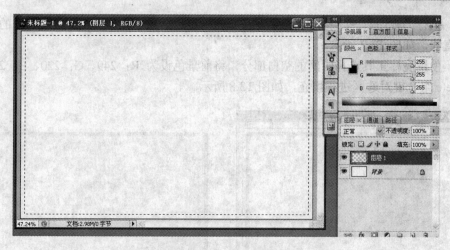

图 T3.3　创建矩形选区

（4）执行"选择"→"调整边缘"命令，弹出"调整边缘"对话框，将半径设为 3 像素，羽化设为 5 像素，如图 T3.5 所示。

（5）按 Delete 键将选区内的颜色删除，再重复按 Delete 键产生羽化的边缘效果，按 Ctrl+D 组合键取消选区，如图 T3.6 所示。

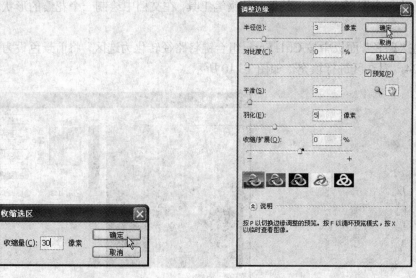

图 T3.4　收缩选区　　　　　　　　　　图 T3.5　调整边缘

图 T3.6　绘制白色矩形

（6）执行"视图"→"标尺"命令，在文档中显示标尺，使用直线工具在中间的位置绘制一条直线，如图 T3.7 所示。

（7）使用魔棒工具选择中间的空白部分，将前景色设为 R：249、G：220、B：249，按 Alt+Delete 组合键对选区进行填充，如图 T3.8 所示。

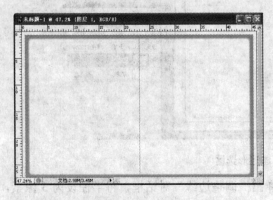

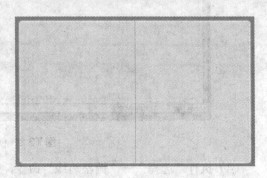

图 T3.7　绘制中线　　　　　　　　　　　　图 T3.8　填充选区

2．制作绽放的光影花

（1）新建一个图层，单击工具箱中的钢笔工具，在文档中绘制一个花瓣的形状，如图 T3.9 所示。

（2）在"路径"面板中按 Ctrl+Enter 组合键将路径转化为选区，将前景色设为 R：50、G：246、B：24，对选区进行填充，如图 T3.10 所示。

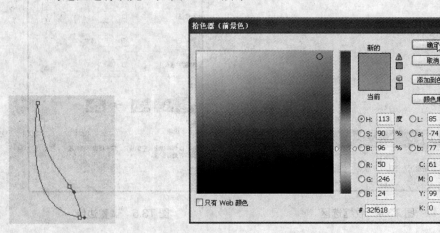

图 T3.9　绘制花瓣形状　　　　　　　　　　图 T3.10　填充选区

（3）执行"选择"→"修改"→"羽化"命令，弹出"羽化选区"对话框，将"羽化半径"设为 12 像素，单击"确定"按钮，如图 T3.11 所示。

（4）按 Delete 键将羽化的选区部分删除，效果如图 T3.12 所示。

（5）按 Ctrl+T 组合键进入变换状态，适当调整图形的大小，并对其进行旋转，得到的效果如图 T3.13 所示。

（6）重制多个图形，并对复制的图形进行旋转移动，如图 T3.14 所示。

图 T3.11　设置羽化效果　　　　　　　图 T3.12　产生羽化效果

图 T3.13　旋转图形　　　　　　　　图 T3.14　复制的图形

（7）再复制图形，执行"编辑"→"变换"→"水平翻转"命令，对图形进行翻转，然后再调整其角度，如图 T3.15 所示。

（8）复制已经翻转过的图形，并进行调整，如图 T3.16 所示。

图 T3.15　翻转图形　　　　　　　　图 T3.16　再复制翻转的花瓣

（9）将所有的花瓣图层选中，并进行合并，然后命名合并的图层为"花朵"，如图 T3.17 所示。

（10）复制"花朵"图层，执行"滤镜"→"模糊"→"径向模糊"命令，弹出"径向模糊"对话框，设置如图 T3.18 所示。

图 T3.17　合并图层　　　　　　　　图 T3.18　设置径向模糊

211

（11）执行"滤镜"→"扭曲"→"旋转扭曲"命令，弹出"旋转扭曲"对话框，设置如图 T3.19 所示。

（12）在"图层"面板中单击  按钮，在弹出的菜单中选择"渐变映射"命令，如图 T3.20 所示。

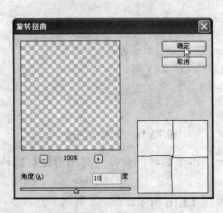

图 T3.19　扭曲图形

图 T3.20　选择"渐变映射"命令

（13）弹出"渐变映射"对话框，设置渐变颜色，单击"确定"按钮，如图 T3.21 所示。

（14）执行"图像"→"应用图像"命令，弹出"应用图像"对话框，单击"确定"按钮，如图 T3.22 所示。

图 T3.21　设置渐变映射效果

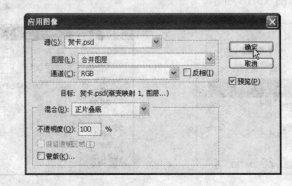

图 T3.22　应用图像

（15）将"花朵"和"花朵副本"图层进行合并，然后复制合并的图层，如图 T3.23 所示。

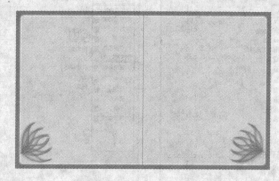

图 T3.23　合并复制图层

（16）选择"花朵"图层，按 Ctrl+T 组合键进入变换状态，拖动更改图形的位置，旋转图形的角度。

（17）再选择钢笔工具，在花朵上方绘制一些路径，如图 T3.24 所示。

（18）选择画笔工具，在其属性栏中设置粗细为 3px，单击 按钮，弹出"画笔"对话框，设置如图 T3.25 所示。

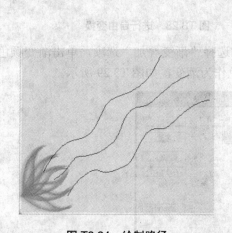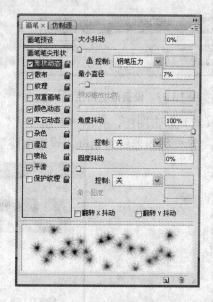

图 T3.24　绘制路径　　　　　　　图 T3.25　设置画笔属性

（19）选择"散布"、"颜色动态"以及"其他动态"选项，分别设置参数，如图 T3.26 所示，最后选择"平滑"选项。

（20）将前景色设为 R：246、G：108、B：241，在"路径"面板中右击绘制的路径，在弹出的快捷菜单中选择"描边路径"命令，弹出"描边路径"对话框，在下拉列表框中选择"画笔"，单击"确定"按钮，如图 T3.27 所示。

（21）将"路径"面板中的工作路径删除，然后复制"图层 2"，对"图层 2 副本"进行自由变换，如图 T3.28 所示。

 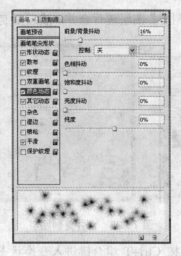 

图 T3.26　设置画笔选项

图 T3.27　设置描边路径

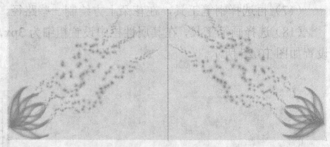

图 T3.28　进行自由变换

（22）双击图层，弹出"图层样式"对话框，选择"渐变叠加"选项，单击渐变颜色，弹出"渐变编辑器"对话框，设置由前景色到白色作为渐变，如图 T3.29 所示。

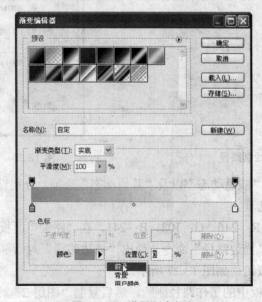

图 T3.29　设置渐变颜色

（23）设置渐变颜色后，将角度设为 74 度，缩放 119%，单击"确定"按钮，右击图层，选择"拷贝图层样式"命令，右击"图层 2 副本"，选择"粘贴图层样式"命令，如图 T3.30 所示。

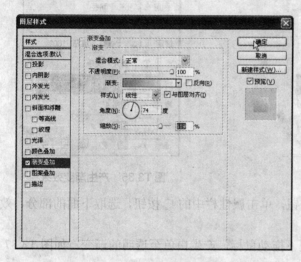

图 T3.30　设置图层样式

3．输入"情人节快乐"

（1）将前景色设为黑色，单击工具箱中的文字工具，输入文本"情人节快乐"，将字体设为雅坊美工，字号设为 80 点，效果如图 T3.31 所示。

（2）再新建一个图层，单击工具箱中的 ◯ 按钮，在其属性栏中单击 ▣ 按钮，然后绘制选区如图 T3.32 所示。

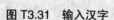

图 T3.31　输入汉字　　　　　　　　　　　图 T3.32　创建不规则的选区

（3）将前景色设为 R：198、G：244、B：251，对选区进行填充，将此图层移到文字图层的下方，效果如图 T3.33 所示。

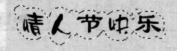

图 T3.33　填充选区

（4）按住 Ctrl 键单击绘制的选区图层，载入选区后，新建一个图层，再将此图层拖到文字图层的下方，将前景色设为白色，单击渐变工具，将渐变颜色设为由前景到透明，如图 T3.34 所示。

（5）在新建的图层 4 中，由下至上拖动鼠标，产生渐变效果，将图层模式设为"柔光"，复制图层 4，将模式改为"叠加"，如图 T3.35 所示。

图 T3.34　设置渐变颜色　　　　　　　　　图 T3.35　产生渐变效果

（6）再选择按钮，单击属性栏中的![]按钮，选取下面的部分，效果如图 T3.36 所示。

（7）再选择渐变工具，由上至下拖动鼠标，产生白色至透明的渐变，如图 T3.37 所示。

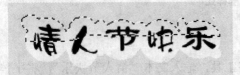

图 T3.36　选取下面的部分　　　　　　　　　图 T3.37　更改上部分的渐变

（8）合并图层 3、图层 4、图层 4 副本，双击合并后的图层，弹出"图层样式"对话框，选择"投影"选项，设置如图 T3.38 所示。

（9）选择"描边"选项，在右边的对话框中设置参数，如图 T3.39 所示。

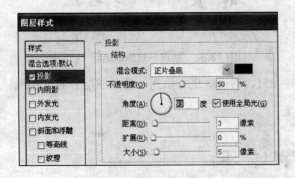

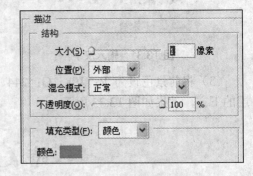

图 T3.38　设置投影选项　　　　　　　　　图 T3.39　设置描边选项

4．制作浪漫的水泡效果

（1）新建一个图层，单击工具箱中的按钮，在其属性栏中单击"形状"下拉按钮，选择圆形画框，如图 T3.40 所示。

（2）将前景色设为白色，在画面中绘制大小不同的圆环，效果如图 T3.41 所示。

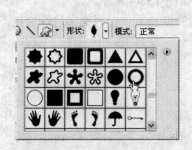

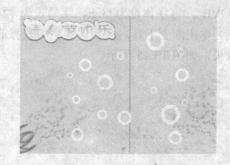

图 T3.40　选择自定形状　　　　　　　　　　图 T3.41　绘制圆环

（3）将"图层 3"的混合模式设为"正片叠底"，双击图层，弹出"图层样式"对话框，选择"投影"选项，设置如图 T3.42 所示。

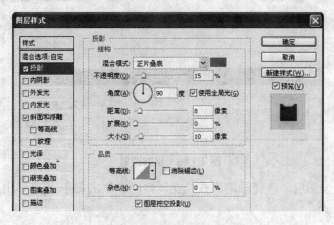

图 T3.42　设置投影选项

（4）选择"斜面和浮雕"选项，从中设置参数，如图 T3.43 所示。

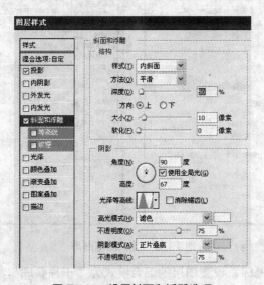

图 T3.43　设置斜面和浮雕选项

217

（5）再新建一个图层，单击工具箱中的 （横排文字蒙版工具）按钮，然后在文档中输入 "LOVE"，将字体设为 Gigi，字号设为 72 点，效果如图 T3.44 所示。

（6）单击渐变工具，在其属性栏中选择前景到透明的渐变方式，对文字进行填充，产生渐变效果，如图 T3.45 所示。

图 T3.44　输入文本　　　　　　　　　　　图 T3.45　设置渐变效果

（7）执行"编辑"→"定义画笔预设"命令，弹出"画笔名称"对话框，命名为"文字"，如图 T3.46 所示。

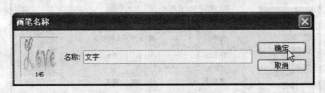

图 T3.46　保存画笔

（8）再新建一个图层，选择画笔工具，在属性栏中单击 按钮，弹出"画笔"对话框，设置如图 T3.47 所示。

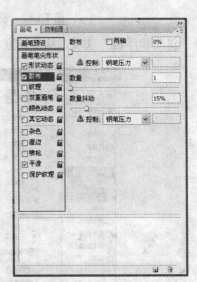

图 T3.47　定义画笔形态

（9）在画面中拖动鼠标，设置图层的混合模式为"正片叠底"，双击图层，弹出"图层样式"对话框，设置"投影"和"斜面和浮雕"选项，如图 T3.48 所示。

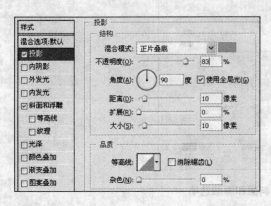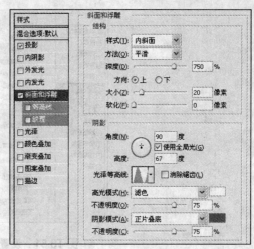

图 T3.48 设置图层样式

5. 输入文字

（1）单击文字工具，输入文本"人生的路上 但愿有你一直相伴……"，将字体设为汉仪中楷简，字号设为 72 点，效果如图 T3.49 所示。

图 T3.49 输入文字

（2）右击图层，选择"栅格化文字"命令，将文字图层转换为普通图层，双击图层，弹出"图层样式"对话框，选择"投影"选项，设置参数，如图 T3.50 所示。

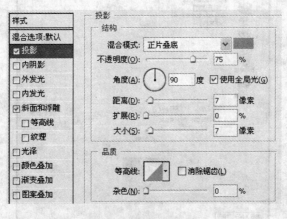

图 T3.50 设置投影选项

（3）选择"斜面和浮雕"选项，从中设置各项参数，如图 T3.51 所示。

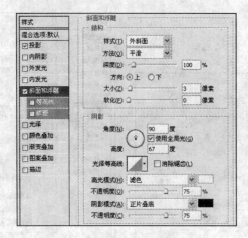

图 T3.51　设置斜面和浮雕选项

（4）右击图层，在弹出的快捷菜单中选择"拷贝图层样式"命令，在另一个文字图层中右击，选择"粘贴图层样式"命令，效果如图 T3.52 所示。

图 T3.52　复制图层样式

6. 插入图片

（1）执行"文件"→"打开"命令，弹出"打开"对话框，选择所需的图片，如图 T3.53 所示。

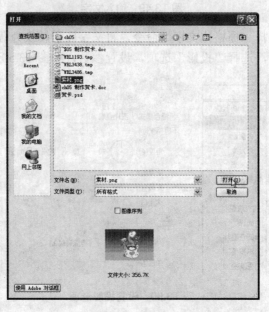

图 T3.53　添加图片

（2）单击魔棒工具，在属性栏中通过调整容差先选中背景部分，然后执行"选择"→"反向"命令，然后将其拖到文档中，按 Ctrl+T 组合键调整其大小及位置，效果如图 T3.54 所示。

图 T3.54　导入图片

（3）按住 Ctrl 键单击图层，载入选区，执行"选择"→"调整边缘"命令，弹出"调整边缘"对话框，设置如图 T3.55 所示。

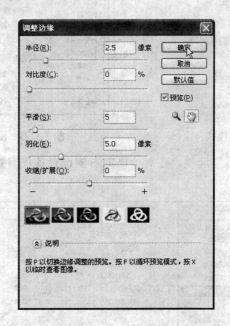

图 T3.55　调整边缘

（4）执行"选择"→"反向"命令，反选之后按 Delete 键删除多余的部分，重复操作即可得到更大的羽化效果，效果如图 T3.56 所示。

（5）在"图层"面板中将当前图层的混合模式设为"正片叠底"，将不透明度设为 60%，效果如图 T3.57 所示。

（6）双击图层，弹出"图层样式"对话框，选择"外发光"选项，各项参数设置如图 T3.58 所示。

图 T3.56　羽化效果

图 T3.57　设置图层模式

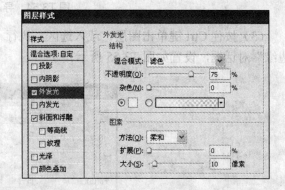

图 T3.58　设置外发光选项

（7）选择"斜面和浮雕"选项，在对话框的右侧设置各项参数后，单击"确定"按钮，如图 T3.59 所示。

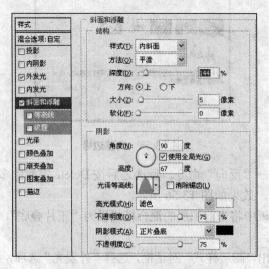

图 T3.59　设置斜面和浮雕选项

实验 3　制作网站首页

本实验针对第 4 章中修图工具的应用制作网站首页，如今互联网的普及已经很广泛，网页成为互联网中为人们传达信息的窗口，通过本实验的学习可掌握如何使用 Photoshop 制作出网站首页。

【目的和要求】

（1）掌握修图工具在制作效果中的运用，如橡皮擦工具、涂抹工具等。

（2）首先要制作网站的背景图形，然后制作出网页的导航条部分，接着制作网页的标题以及登录界面，最后制作网页的内容以及版权页。

【上机准备】

本实验复习的知识点包括：

- 橡皮擦工具
- 涂抹工具
- 文字工具
- 图层样式

【上机操作】

首先要新建一个空白文档，然后通过路径工具填充颜色制作出网页的背景图形，在网页左侧制作网页的导航条，制作网页的标题、名称以及标志，添加网页中的会员登录区域，最后添加网页的内容及版权页，效果如图 T4.1 所示。

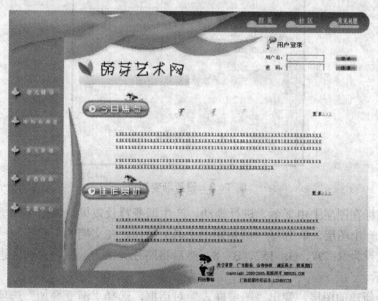

图 T4.1　效果图

1．创建网页的文档

（1）执行"文件"→"新建"命令，弹出"新建"对话框，设置新建文档的高度和宽度，如图 T4.2 所示。

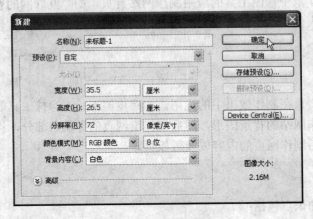

图 T4.2　新建文档

（2）单击工具箱中的渐变工具，单击属性栏上的"渐变编辑框"，弹出"渐变编辑器"对话框，设置渐变颜色为 R：185、G：218、B：114 和白色，如图 T4.3 所示。

图 T4.3　设置渐变颜色

（3）用鼠标在图层上由下至上进行拖动，产生渐变背景效果，如图 T4.4 所示。

（4）新建一个图层，单击 （圆角矩形工具）按钮，在文档的上部绘制一个圆角矩形路径，将前景色设为 R：97、G：152、B：8，然后将路径转换为选区，对选区进行填充，效果如图 T4.5 所示。

（5）双击新建的图层，弹出"图层样式"对话框，选择"渐变叠加"选项，设置渐变参数，单击"确定"按钮，如图 T4.6 所示。

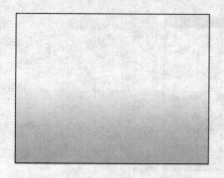

图 T4.4　制作渐变颜色背景

图 T4.5　绘制圆角矩形

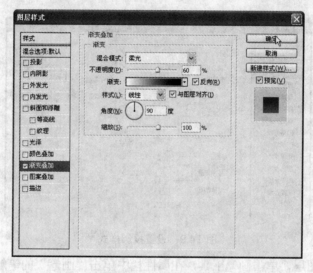

图 T4.6　渐变叠加样式

（6）新建一个图层，单击钢笔工具，在文档的左侧绘制一个封闭的路径，然后将路径转换为选区，设置前景色为 R：122、G：200、B：10，对选区进行填充，效果如图 T4.7 所示。

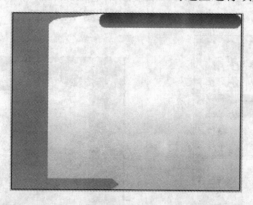

图 T4.7　通过路径创建不规则选区

（7）再新建一个图层，使用钢笔工具再绘制出一个绿叶的路径，将其转换为选区，然后进行填充，如图 T4.8 所示。

（8）双击图层，弹出"图层样式"对话框，选择"投影"选项，设置如图 T4.9 所示。

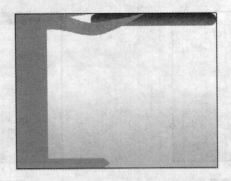

图 T4.8　再绘制路径

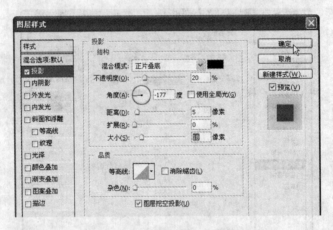

图 T4.9　设置投影样式

（9）新建一个图层，单击画笔工具，在属性栏中单击"画笔"的笔触下拉框，选择"柔化"样式，然后在图层上绘制出高光部分，调整"图层"的混合模式为"叠加"，将不透明度设为 50%，如图 T4.10 所示。

（10）新建一个图层，按照上面的方法使用钢笔工具绘制一个路径，同样转换成选区，将填充颜色设为 R：120、G：170、B：10，效果如图 T4.11 所示。

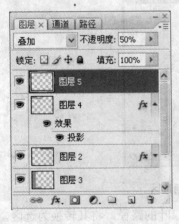

图 T4.10　调整图层

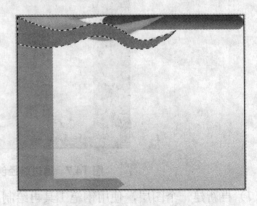

图 T4.11　填充选区

（11）复制前面图形所使用的图层样式，然后再双击打开"图层样式"对话框，设置"斜面和浮雕"选项,如图 T4.12 所示。

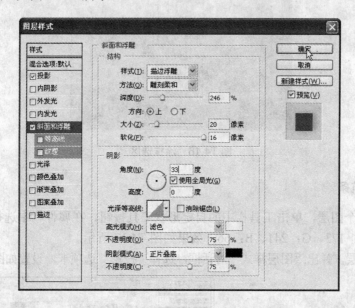

图 T4.12　添加斜面和浮雕样式

(12)使用橡皮擦工具擦除部分区域,使其产生打光的效果,再使用画笔工具制作出打光的效果,如图 T4.13 所示。

图 T4.13　制作打光效果

(13)使用套索工具选择下方图形的部分并复制到新的图层中,将此图层置于最上方,如图 T4.14 所示。

(14)复制前面所绘制的图形,进行旋转及更改位置,如图 T4.15 所示。

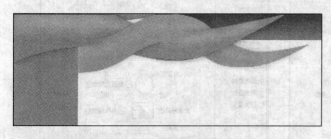

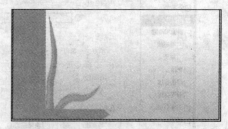

图 T4.14　复制生成图形　　　　图 T4.15　旋转及更改图形位置

(15)选择工具箱中的涂抹工具,在属性栏中设置不同的笔触大小,选择"图层 3",进行涂抹后的效果如图 T4.16 所示。

图 T4.16　涂抹选区

2. 制作导航条

（1）新建一个图层，单击工具栏中的自定形状工具按钮，在属性栏中选择所需的形状，填充前景色为 R：173、G：241、B：66，效果如图 T4.17 所示。

（2）双击图层，弹出"图层样式"对话框，选择"投影"选项卡，设置如图 T4.18 所示。

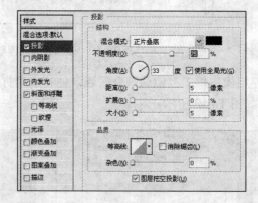

图 T4.17　绘制一个绿叶　　　　　　　　　　图 T4.18　添加投影样式

（3）选择"内发光"和"斜面和浮雕"选项，在对话框的右侧设置相关的参数，如图 T4.19 所示。

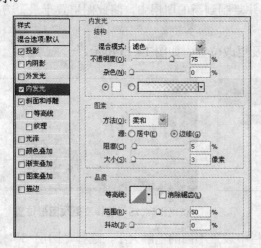

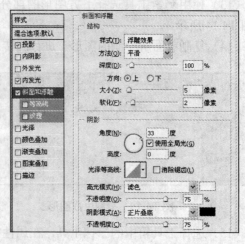

图 T4.19　设置图层样式

（4）复制图层，得到多个树叶形状，移动每个形状至适当的位置，然后全选所有树叶图层，单击属性栏中的 📇（垂直居中分布）按钮，效果如图 T4.20 所示。

（5）新建一个图层，单击矩形选框工具，在文件中绘制一个矩形选区，使用画笔工具在选区的上方拖动，制作出绿色的笔触，对于一些比较细小的部位可以通过加深或减淡工具来调整，效果如图 T4.21 所示。

图 T4.20　绘制多个树叶形状

（6）执行"滤镜"→"模糊"→"高斯模糊"命令，弹出"高斯模糊"对话框，设置半径为 5 像素，效果如图 T4.22 所示。

图 T4.21　绘制矩形选区

图 T4.22　设置高斯模糊

（7）复制多个图形，在每个树叶形状的后面都添加上渐变图形，效果如图 T4.23 所示。

（8）单击横排文字工具，在左侧的导航条中输入文本内容，效果如图 T4.24 所示。

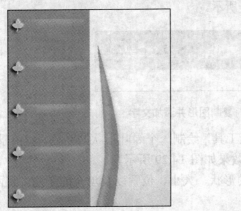

图 T4.23　复制图形

图 T4.24　添加文字内容

3．制作网页标题

（1）新建一个文档，使用椭圆选框工具绘制一个正圆，然后再使用矩形选框工具删除正圆的下半部分，形成半圆，效果如图 T4.25 所示。

（2）使用圆角矩形工具绘制一个圆角矩形，将半径设为 30 像素，在半圆的下方绘制一个圆角矩形，效果如图 T4.26 所示。

图 T4.25　制作半圆图形

图 T4.26　添加圆角矩形

（3）双击图层，弹出"图层样式"对话框，选择"外发光"选项，在对话框中设置参数，如图 T4.27 所示。

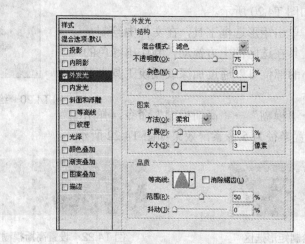

图 T4.27　设置外发光样式

（4）复制前面的图形，移到相应的位置，然后使用文字工具输入文本内容，在"字符"面板中可以调整其格式，效果如图 T4.28 所示。

图 T4.28　复制图形并添加文字

（5）新建图层，单击工具箱中的钢笔工具，绘制一个绿叶形状的路径，将前景色设为 R：75、G：120、B：5，对路径进行填充，效果如图 T4.29 所示。

（6）复制绿叶图层，适当更改绿叶的形状、大小、位置以及填充的颜色，将两片绿叶叠加，如图 T4.30 所示。

（7）使用文字工具输入文本"萌芽艺术网"，字体设为汉仪丫丫简体，字号为 48 点，如图 T4.31 所示。

图 T4.29　绘制一个绿叶路径　　　图 T4.30　复制绿叶形状　　　图 T4.31　输入文本内容

4．制作会员登录区域

（1）新建一个图层，使用文字工具输入"用户登录"，将字体设为黑体，字号设为 18 点，如图 T4.32 所示。

（2）在下方输入"用户名："和"密码："，将字体设为宋体，字号设为 14 点，如图 T4.33 所示。

图 T4.32 输入"用户登录"

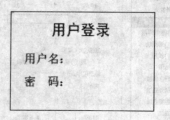

图 T4.33 输入其他文字

（3）单击工具箱中的矩形工具，绘制一个矩形，将图层转换为普通图层，执行"编辑"→"描边"命令，对其进行 1 像素的黑色描边，复制此图形并移至"密码："的右侧，如图 T4.34 所示。

（4）新建一个图层，使用矩形选框工具绘制一个选区，按 Alt+Delete 组合键填充前景色，如图 T4.35 所示。

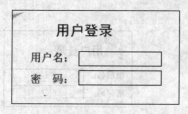

图 T4.34 绘制矩形框

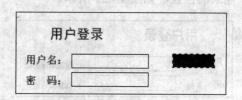

图 T4.35 绘制一个选区

（5）双击图层，弹出"图层样式"对话框，选择"渐变叠加"选项，单击渐变颜色编辑框，调整渐变颜色，如图 T4.36 所示。

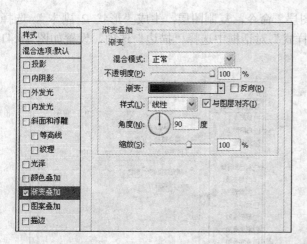
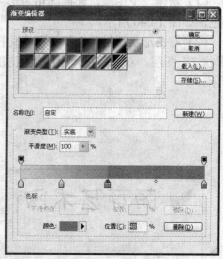

图 T4.36 设置渐变叠加

（6）再选择"内发光"及"描边"选项，在对话框中设置其参数，如图 T4.37 所示。

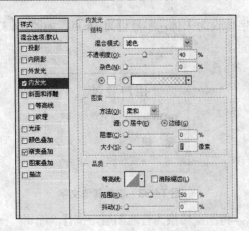

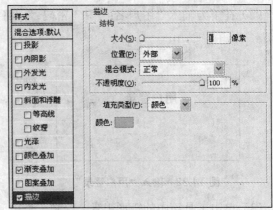

图 T4.37　设置图层样式

（7）复制制作好的按钮，然后使用横排文字工具在按钮上添加文字，包括"登录"和"注册"，如图 T4.38 所示。

（8）打开所需的素材，将人物部分选中并通过移动工具将其拖到文档中，适当缩小后放在用户登录的位置，如图 T4.39 所示。

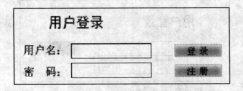

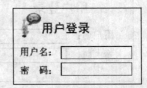

图 T4.38　输入文本　　　　　　　　　　　图 T4.39　插入素材图片

5．制作网站内容

（1）新建一个图层，选择圆角矩形工具，在属性栏中将半径设为 25 像素，前景色设为白色，如图 T4.40 所示。

（2）右击形状图层，选择"栅格化图层"命令，复制图层，生成"形状 2 副本"，选择"形状 2"图层，双击后在弹出的"图层样式"对话框中选择"描边"选项，设置如图 T4.41 所示。

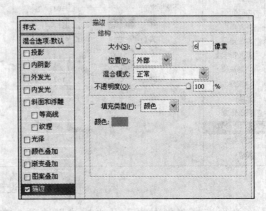

图 T4.40　绘制圆角矩形　　　　　　　　　图 T4.41　描边圆角矩形

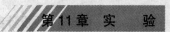

（3）选择"形状2副本"图层，双击弹出"图层样式"对话框，选择"投影"选项，参数设置如图 T4.42 所示。

（4）选择"描边"选项，参数设置如图 T4.43 所示。

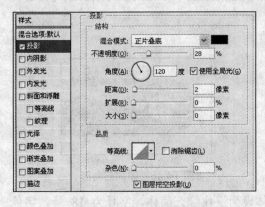

图 T4.42　设置投影样式

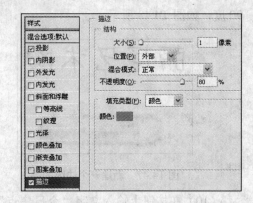

图 T4.43　设置描边样式

（5）新建一个图层，使用椭圆选框工具绘制一个正圆选区，填充颜色后复制前面的图层样式，如图 T4.44 所示。

（6）锁定图层的透明像素后，使用矩形选框工具选择圆角矩形的下半部分，使用渐变工具进行渐变，渐变完成后执行"选择"→"反向"命令，如图 T4.45 所示。

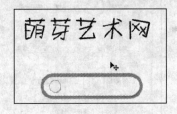

图 T4.44　复制图层样式

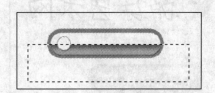

图 T4.45　填充部分图形

（7）再设置渐变的颜色，对上半部分进行填充，如图 T4.46 所示。

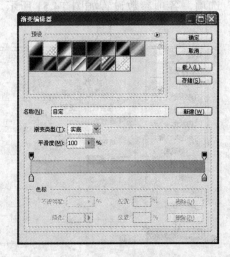

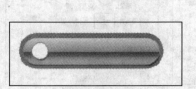

图 T4.46　填充上半部分

（8）按住 Ctrl 键单击圆角矩形，载入选区后新建一个图层，填充白色，然后向下移动 3 像素，然后按 Delete 键，将图层不透明度设为 15%，如图 T4.47 所示。

（9）单击工具箱中的自定形状工具，新建一个图层后绘制一个三角形，然后顺时针旋转 90 度，如图 T4.48 所示。

图 T4.47　新建一个边缘图层

图 T4.48　添加三角形

（10）在按钮上输入文字"今日焦点"，将字体设为汉仪综艺简体，字号为 18 号，字色为白色，如图 T4.49 所示。

（11）双击图层，弹出"图层样式"对话框，选择"投影"选项，设置如图 T4.50 所示。

图 T4.49　输入文本

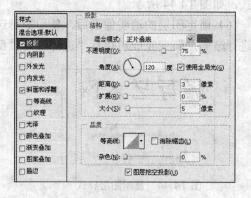

图 T4.50　设置投影样式

（12）再选择"斜面和浮雕"和"描边"选项，各项参数设置如图 T4.51 所示。

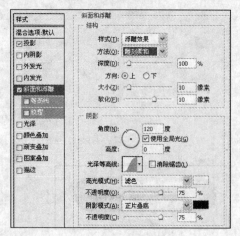

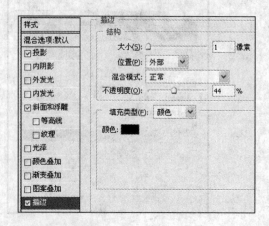

图 T4.51　设置斜面和浮雕、描边样式

（13）新建一个图层，在上方绘制一个矩形选框，使用画笔描边，然后将调整的混合模式设为"正片叠底"，不透明度设为 50%，如图 T4.52 所示。

（14）复制一个按钮，更改为"佳作赏析"，然后打开蚂蚁素材图片，使用魔棒工具选择白色背景后反选，使用移动工具将其拖到当前文档中，如图 T4.53 所示。

图 T4.52　添加渐变区域　　　　　　　　　　图 T4.53　添加蚂蚁图案

（15）将蚂蚁适当缩小并置于按钮图层的下方，如图 T4.54 所示。

（16）再复制一个蚂蚁，进入自由变换状态，使用斜切的方式适当修改其姿态，然后执行"编辑"→"变换"→"水平翻转"命令，对蚂蚁图片进行翻转，如图 T4.55 所示。

图 T4.54　修改图片大小及位置　　　　　　　图 T4.55　翻转蚂蚁

（17）再复制一个翻转后的蚂蚁，并向右移动，将图层的不透明度设为 60%，如图 T4.56 所示。

（18）按照上面的方法逐个复制图片，同时逐渐减小图层的不透明度，同样在另一个按钮的右侧也添加这样的蚂蚁渐变效果，如图 T4.57 所示。

（19）使用文字工具在右侧输入文本"更多>>>"，将字体设为宋体，字号为 11 点，字色为黑色，添加下划线，如图 T4.58 所示。

（20）在其他位置添加补充相应的文字内容，使网页的版面更加丰富多彩，如图 T4.59 所示。

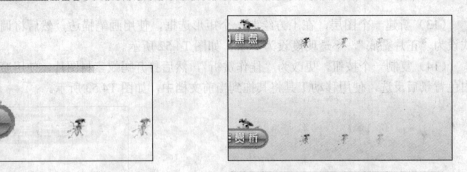

图 T4.56　更改不透明度　　　　　　　　　　图 T4.57　复制更多蚂蚁

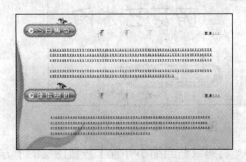

图 T4.58　输入文本　　　　　　　　　　图 T4.59　补充相应的文字内容

6. 制作版权内容

（1）单击文字工具，在文档的右下方输入版权页中的网页链接部分，将字体设为宋体，字号设为 11 点，字色设为 R：15、G：15、B：15，在输入每个词组之后按两个空格，如图 T4.60 所示。

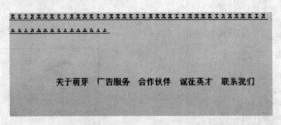

图 T4.60　输入文字部分

（2）再使用文字工具输入其他文本，因为在前面已经设置了字符属性，因此不需要再设置，直接输入即可，如图 T4.61 所示。

（3）打开所需的素材图片，使用魔棒工具选择白色的背景部分，执行"选择"→"反向"命令，将选区反选，然后使用移动工具将其拖到当前文件中，如图 T4.62 所示。

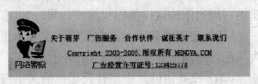

图 T4.61　输入其他文字　　　　　　　　　图 T4.62　插入素材图片

实验 4　制作结婚请柬

本实验针对第 5 章中编辑图像与色彩调整制作结婚请柬，结婚请柬是结婚过程中很重要的一个环节，亲自设计的请柬更能体现出心意。

【目的和要求】

（1）掌握编辑图像在制作效果中的运用，如修改图像大小、变换图像、移动图像等。

（2）首先要制作请柬的背景颜色，然后制作出文字的卷边效果，接着制作具有艺术效果的相框效果，包括从素材图中抠取图像，最后添加一些其他的文字。

【上机准备】

本实验复习的知识点包括：

- 复制图像
- 修改图像大小
- 变换图像
- 移动图像

【上机操作】

首先要新建一个空白文档，然后在文档的下方填充红色，在上方则通过渐变以及加深线条的颜色制作出旋涡形状，在红色及旋涡区域中分别添加不同的图案，然后通过文字路径的更改制作出卷边的文字，接着通过路径与图形工具制作出具有艺术效果的相框，最后在请柬中添加各类文字，效果如图 T5.1 所示。

图 T5.1　效果图

1．创建请柬文件

（1）执行"文件"→"新建"命令，弹出"新建"对话框，设置新建文档的高度和宽度，如图 T5.2 所示。

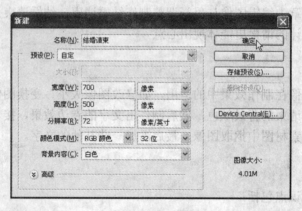

图 T5.2　新建文档

（2）将前景色设为红色，新建一个图层，使用矩形选框工具在下方创建一个选区，使用前景色进行填充，如图 T5.3 所示。

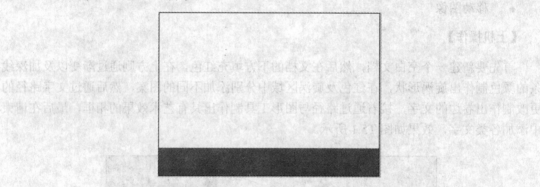

图 T5.3　填充选区的颜色

（3）单击工具箱中的钢笔工具按钮，绘制一个心形的路径，将其转换为选区，将前景色设为 R：243、G：131、B：131，填充后的效果如图 T5.4 所示。

（4）按 Ctrl+T 组合键对其进行旋转，然后选择画笔工具，在心形的下方按住鼠标并拖动鼠标，制作出带圈的效果，如图 T5.5 所示。

图 T5.4　制作墙面效果

图 T5.5　拖动鼠标产生圈

（5）首先单击画笔工具，在属性栏中将在画笔的笔触大小设为 1px，将不透明度设为100%，在"路径"面板中右击路径，选择"描边路径"命令，在弹出的对话框中选择"画笔"，如图 T5.6 所示。

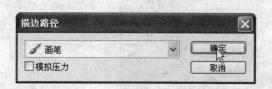 

图 T5.6 描边路径

（6）复制前面绘制的路径，进行翻转后置于心形的左侧，将这两个图形与心形图层合并，然后复制多个图层，将图层的不透明度设为 50%，如图 T5.7 所示。

图 T5.7 复制多个图形

2. 制作彩色旋涡背景

（1）新建一个图层，将前景色设为白色，背景色设为 R：251、G：146、B：223，使用渐变工具，选择"径向渐变方式"，在选区中拖曳，产生渐变颜色，如图 T5.8 所示。

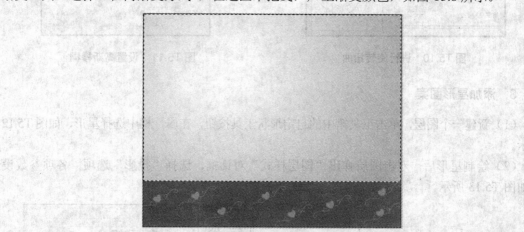

图 T5.8 产生渐变颜色

（2）为了增强效果，需要使用加深工具对部分进行加深处理，将前景色设为 R：248、G：80、B：187，然后在工具箱中选择加深工具，在属性栏中设置 65px 的笔触，然后按鼠标拖动进行加深，如图 T5.9 所示。

（3）执行"滤镜"→"扭曲"→"旋转扭曲"命令，弹出"旋转扭曲"对话框，设置旋转的角度为 350 度，如图 T5.10 所示。

（4）执行"滤镜"→"模糊"→"高斯模糊"命令，弹出"高斯模糊"对话框，设置半径为 4 像素，如图 T5.11 所示。

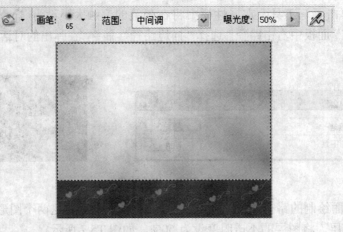

图 T5.9　设置加深效果

图 T5.10　进行旋转扭曲

图 T5.11　设置高斯模糊

3．添加星形图案

（1）新建一个图层，单击工具箱中的自定形状工具按钮，在属性栏中选择星形，如图 T5.12 所示。

（2）绘制星形后，双击图层弹出"图层样式"对话框，选择"投影"选项，各项参数设置如图 T5.13 所示。

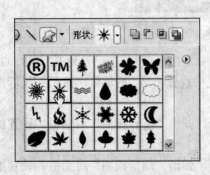

图 T5.12　选择星形形状

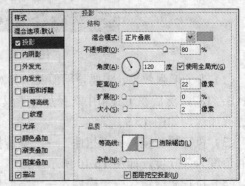

图 T5.13　添加投影样式

（3）再选择"颜色叠加"和"描边"选项，叠加的颜色设为 R：250、G：220、B：246，描边的颜色为 R：230、G：230、B：230，如图 T5.14 所示。

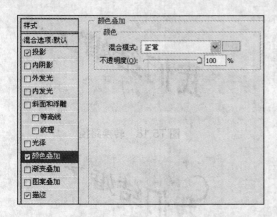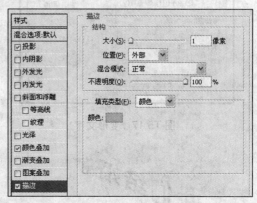

图 T5.14　设置图层样式

（4）在"图层"面板中将混合模式设为"正片叠底"，将不透明度设为 40%，如图 T5.15 所示。

（5）复制图层 4，再双击图层，弹出"图层样式"对话框，在"投影"选项中更改投影的角度，并且取消"全局光"选项，效果如图 T5.16 所示。

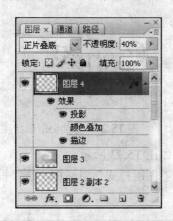

图 T5.15　设置图层效果　　　　　图 T5.16　更改图形的投影样式

4．制作卷边字

（1）新建一个图层，单击工具箱中的文字工具按钮，输入文字"我们结婚了"，将字体设为黑体，字号设为 36 点，单击　按钮，弹出"变形文字"对话框，设置如图 T5.17 所示。

（2）右击文字图层，在弹出的快捷菜单中选择"创建工作路径"命令，将文字转换为路径，如图 T5.18 所示。

（3）使用直接选择工具，对生成的路径锚点进拖曳，在需要添加锚点的位置右击，选择"添加锚点"命令，如图 T5.19 所示。

（4）按 Ctrl+Enter 组合键将路径转换为选区，新建一个图层，执行"编辑"→"填充"命令，对拖曳出的路径部分进行填充，如图 T5.20 所示。

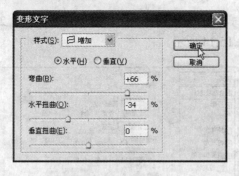

图 T5.17　变形文字

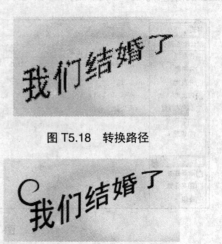

图 T5.18　转换路径

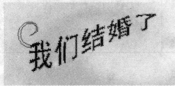

图 T5.19　更改路径

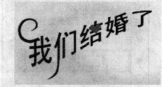

图 T5.20　填充路径

（5）下面对"们"字的笔画路径进行更改，然后填充颜色，如图 T5.21 所示。

（6）将"结"字中的"士"部分删除，新建一个图层，再绘制一个心形，如图 T5.22 所示。

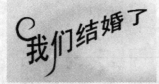

图 T5.21　更改"们"字的路径

图 T5.22　添加心形形状

（7）再更改"结"字上方的路径，对其进行填充，如图 T5.23 所示。

（8）将文字部分的图层合并，然后双击图层，弹出"图层样式"对话框，选"投影"选项，设置如图 T5.24 所示。

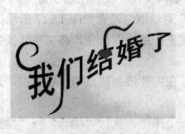

图 T5.23　再更改文字路径

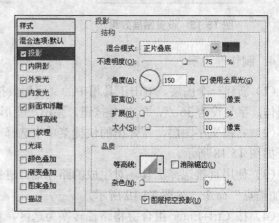

图 T5.24　设置文字的投影样式

（9）再选择"外发光"和"斜面和浮雕"选项，各项参数设置如图 T5.25 所示。

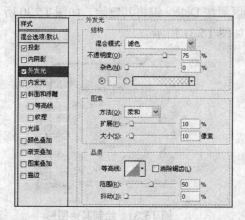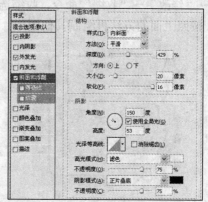

图 T5.25　设置其他图层样式

（10）设置前景色为 R：253、G：203、B：239，背景色为 R：250、G：144、B：220，按住 Ctrl 键单击图层缩略图，载入选区后使用渐变工具对选区进行填充，如图 T5.26 所示。

（11）双击心形图层，弹出"图层样式"对话框，选择"颜色叠加"和"描边"选项，设置效果如图 T5.27 所示。

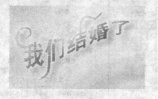

图 T5.26　渐变填充颜色　　　　　　　图 T5.27　设置心形样式

5. 制作放照片的相框效果

（1）新建图层，单击工具箱中的圆角矩形工具，绘制一个圆角矩形路径，使用直接选择工具修改形状，如图 T5.28 所示。

（2）将路径转换为选区，对其进行填充，然后双击图层，弹出"图层样式"对话框，选择"内发光"选项，设置参数，如图 T5.29 所示。

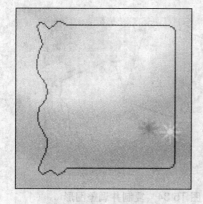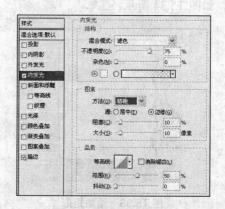

图 T5.28　创建路径　　　　　　　　　图 T5.29　添加图层样式

（3）使用自定形状工具绘制心形的形状，然后将其转换为选区，将选区填充白色，执行"选择"→"修改"→"收缩"命令，收缩选区后按 Delete 键将其删除，如图 T5.30 所示。

（4）按照上面的方法再绘制其他图形，如图 T5.31 所示。

图 T5.30　创建镂空的图形

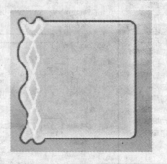
图 T5.31　绘制其他图形

（5）将前面的形状图层合并，双击合并后的图层，弹出"图层样式"对话框，选择"投影"以及"斜面和浮雕"选项，设置参数，如图 T5.32 所示。

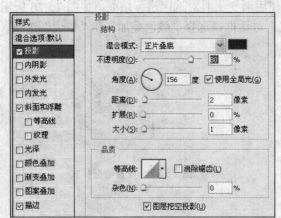
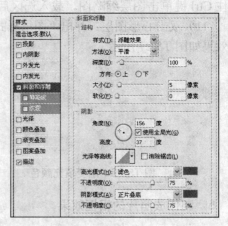

图 T5.32　设置图层样式

（6）再绘制一个矩形，填充白色，将其置入下方，如图 T5.33 所示。

（7）合并相框所用的图层，复制合并的图层，执行"编辑"→"变换"→"水平翻转"命令，如图 T5.34 所示。

图 T5.33　添加矩形

图 T5.34　复制并调整图形

（8）打开所需的素材图片，选中后复制并贴入到白色部分的选区中，进入自由变换状态后适当更改其大小及位置，如图 T5.35 所示。

（9）再打开另一幅素材图片，此图片因为有背景所以需要抽选出人物部分，双击背景图层，将其转换为普通图层，如图 T5.36 所示。

图 T5.35 在选区内添加图片

（10）执行"图像"→"调整"→"曲线"命令，或直接按 Ctrl+M 组合键，弹出"曲线"对话框，设置如图 T5.37 所示。

图 T5.36 转换图层

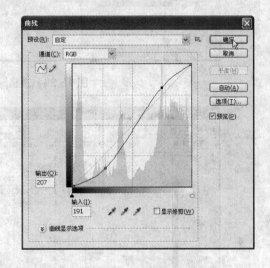

图 T5.37 调整曲线

（11）再次执行"曲线"命令，此时在"通道"下拉列表框中分别选择红、绿、蓝，曲线调整如图 T5.38、图 T5.39 和图 T5.40 所示。

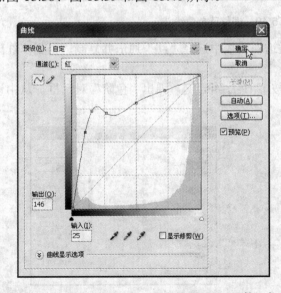

图 T5.38 调整红色曲线

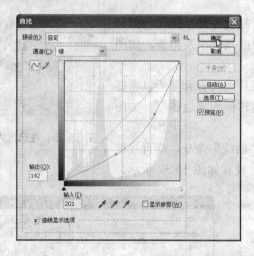

图 T5.39　调整绿色曲线

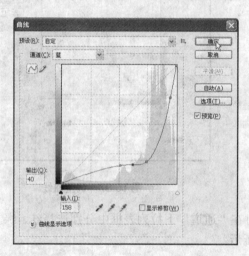

图 T5.40　调整蓝色曲线

（12）复制"图层 0"，然后在"通道"面板中选择"红"通道并复制，得到"红副本"通道，如图 T5.41 所示。

（13）然后选择"红副本"通道，按 Ctrl+L 组合键，弹出"色阶"对话框，从中设置参数，如图 T5.42 所示。

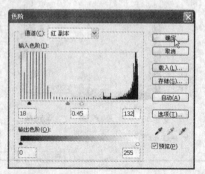

图 T5.41　复制通道　　　　　　图 T5.42　调整通道的色阶

（14）将前景色设为白色，单击工具箱中的画笔工具，在属性栏中设置笔触的大小，对人物中的黑色部分进行涂抹，如图 T5.43 所示。

（15）在"通道"面板中按住 Ctrl 键单击"红副本"缩略图，将通道载入选区，如图 T5.44 所示。

图 T5.43　填充白色　　　　　　　　　　　图 T5.44　载入通道

（16）回到"图层"面板，选择"图层 0"，即可选择人物部分，复制选区部分并将其贴入到请柬文档中，如图 T5.45 所示。

（17）载入人物选区部分，再次执行"曲线"命令，调整图像的颜色，效果如图 T5.46 所示。

图 T5.45　贴入图像　　　　　　　　　　　图 T5.46　调整图像

（18）双击人物图片的图层，弹出"图层样式"对话框，选择"外发光"选项，各项参数设置如图 T5.47 所示。

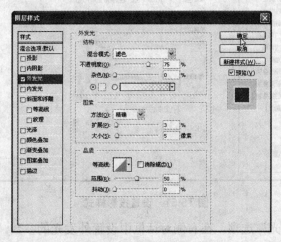

图 T5.47　设置外发光样式

（19）载入人物图片的选区，执行"选择"→"修改"→"羽化"命令，弹出"羽化选区"对话框，设置羽化半径为 3 像素，然后执行"选择"→"反向"命令，反选后按两次 Delete 键删除，如图 T5.48 所示。

图 T5.48　设置羽化半径

6. 添加文字内容

（1）使用文字工具在文档的下方添加文本"结婚请柬"，然后在"字符"面板中设置字符属性，如图 T5.49 所示。

（2）将文字移至文档的下方，如图 T5.50 所示。

图 T5.49　设置文字格式

图 T5.50　移动文字位置

（3）双击文字图层，弹出"图层样式"对话框，选择"投影"选项，设置投影的颜色及大小，如图 T5.51 所示。

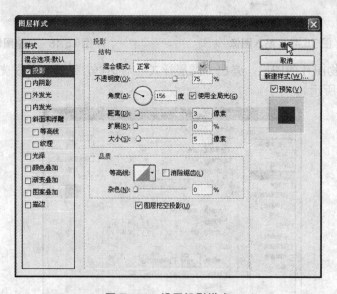

图 T5.51　设置投影样式

（4）再选择"外发光"选项，在右侧对话框中设置外发光的参数，如图 T5.52 所示。

（5）选择"斜面和浮雕"选项，各项参数的设置如图 T5.53 所示。

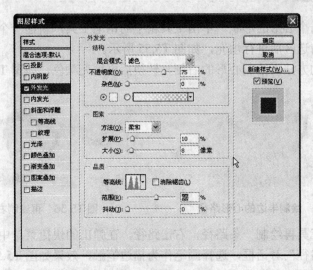

图 T5.52　设置外发光样式

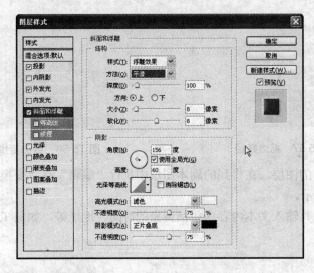

图 T5.53　设置斜面和浮雕样式

7. 添加其他部分

（1）打开素材文件，使用魔棒工具选取背景颜色部分，然后反向选择，将其移到文档中的适当位置，更改大小并将不透明度设为 40%，如图 T5.54 所示。

图 T5.54　添加图片

（2）下面绘制一个心形的形状，单击工具箱中的钢笔工具，新建一个图层，绘制一个心形的左半边，转换为选区后进行填充，如图 T5.55 所示。

（3）按照上面的方法再绘制心形的右侧，转换后再填充颜色，如图 T5.56 所示。

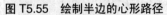

图 T5.55　绘制半边的心形路径　　　　　　　图 T5.56　再绘制右侧的心形

（4）使用钢笔工具再绘制一条路径，右击路径，在弹出的快捷菜单中选择"描边路径"命令，弹出"描边路径"对话框，选择画笔作为描边笔触，效果如图 T5.57 所示。

（5）将心形的图层合并，然后进入自由变换状态，更改图形的大小及位置，如图 T5.58 所示。

图 T5.57　描边路径　　　　　　　　　　　图 T5.58　自由变换

（6）复制合并后的图层，在得到的副本图层中执行"编辑"→"变换"→"水平翻转"命令，如图 T5.59 所示。

（7）使用文字工具输入文本内容，包括请柬的时间、地址等，如图 T5.60 所示。

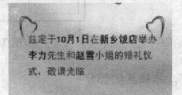

图 T5.59　翻转图形　　　　　　　　　　　图 T5.60　输入文本内容

（8）新建一个图层，使用椭圆选框工具绘制一个正圆，填充白色，复制多个图层，单击 按钮，将这些正圆水平居中分布，如图 T5.61 所示。

（9）使用文字工具分别在每个正圆的上方添加文字，如图 T5.62 所示。

图 T5.61　制作多个正圆　　　　　　　　　图 T5.62　在正圆上添加文字

（10）在下方输入文本内容，设置字体、字号及字色后，本实验制作完成。

实验5 手机宣传广告

本实验针对第6章中图层的应用制作手机宣传广告，手机作为现代通讯的主要工具，在手机产品销售之前做好宣传广告才能确保销量。

【目的和要求】

（1）掌握图层在制作效果中的运用，如新建图层、复制图层、图层样式等。

（2）首先介绍如何制作复杂的背景效果，然后用钢笔工具、图形工具来绘制手机，接着制作手机的产品特性，最后整理广告中的其他相关内容，如公司 LOGO 等。

【上机准备】

本实验复习的知识点包括：

- 新建图层
- 复制图层
- 图层样式
- 调整图层

【上机操作】

首先要使用现有素材制作出背景的基本色调，然后通过图形来划分区域，绘制手机，对广告的整体摆放及位置调整，效果如图 T6.1 所示。

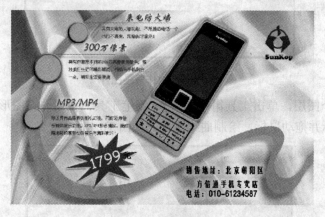

图 T6.1 效果图

1．新建文档

（1）启动程序，执行"文件"→"新建"命令，或者按 Ctrl+N 组合键，弹出"新建"对话框。

（2）输入文件名称，设置宽度和高度分别为 800 和 500 像素，设置分辨率为 72 像素/英寸，单击"确定"按钮，如图 T6.2 所示。

图 T6.2　"新建"对话框

2．置入图片

（1）执行"文件"→"打开"命令，弹出"打开"对话框，选择所需的素材图片，打开素材图片后将其拖到新建的文档中，如图 T6.3 所示。

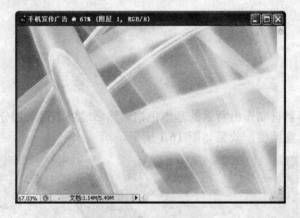

图 T6.3　制作背景图片

（2）新建一个图层，单击工具箱中的 （钢笔工具）按钮，在图形的起始位置单击，在第二点按住鼠标并拖动鼠标，绘制曲线路径，如图 T6.4 所示。

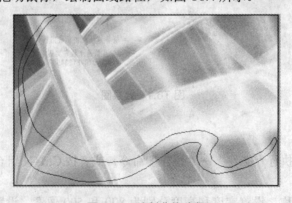

图 T6.4　绘制曲线路径

（3）在工具箱中选择 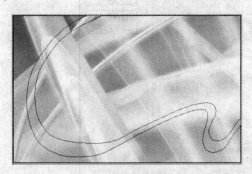（直接选择工具）按钮，选中前面所绘制的路径，并对其进行修饰，如图 T6.5 所示。

（4）右击路径，在弹出的快捷菜单中选择"建立选区"命令，将路径转化为选区，如图 T6.6 所示。

图 T6.5　调整路径

图 T6.6　转换选区

（5）弹出"建立选区"对话框，设置"羽化半径"为 0 像素，单击"确定"按钮，如图 T6.7 所示。

（6）单击前景色按钮，在弹出的"拾色器"对话框中设置前景色为 R：232、G：134、B：219，如图 T6.8 所示。

图 T6.7　建立选区羽化

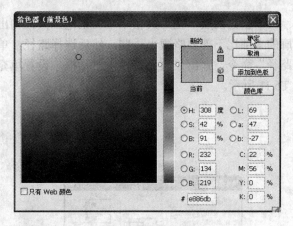

图 T6.8　设置前景色

（7）按 Alt+Delete 组合键使用前景色对选区进行填充，如图 T6.9 所示。

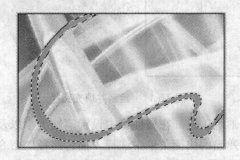

图 T6.9　使用前景色填充选区

（8）按 Ctrl+D 组合键取消选区，双击"图层 2"，弹出"图层样式"对话框，选择"投影"选项，设置参数，如图 T6.10 所示。

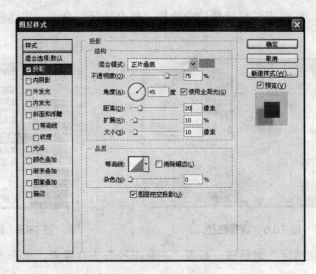

图 T6.10　设置投影样式

3．绘制手机

（1）新建图层，在工具箱中单击钢笔工具，勾出手机轮廓的路径，需要注意一点，手机轮廓的上部比下部要略微小一些，然后选择路径，单击右键，在弹出的快捷菜单中选择"填充路径"命令，弹出"填充路径"对话框，设置填充颜色为 R：203、G：196、B：202，如图 T6.11 所示。

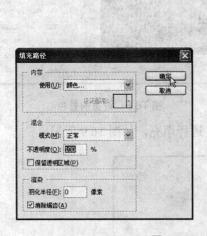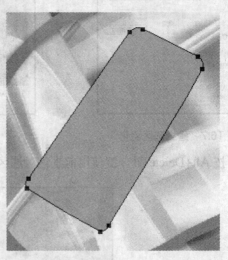

图 T6.11　绘制并填充路径

（2）单击工具箱中的画笔工具，在属性栏中设置笔触大小以及笔触类型，然后选择直接选择工具，右击路径，在弹出的快捷菜单中选择"描边路径"命令，弹出"描边路径"对话框，在下拉列表框中选择"画笔"，单击"确定"按钮，如图 T6.12 所示。

图 T6.12　"描边路径"对话框

（3）新建一个图层，使用圆角矩形工具绘制一个半径为 8 像素的圆角矩形，然后按 Ctrl+T 组合键进入自由变换状态，对矩形进行变形处理，然后按 Ctrl+Enter 组合键形成选区，如图 T6.13 所示。

（4）将前景色设为 R：115、G：115、B：115，并对选区进行填充，如图 T6.14 所示。

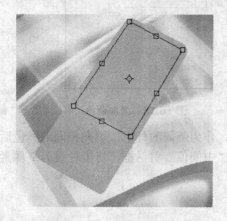

图 T6.13　绘制并调整路径

图 T6.14　设置前景色并填充选区

（5）复制前面的图层，载入选区后按 Ctrl+T 组合键进入自由变换状态，适当缩小，并填充黑色，如图 T6.15 所示。

（6）双击图层，弹出"图层样式"对话框，从中选择"外发光"选项，各项参数设置如图 T6.16 所示。

图 T6.15　缩小选区

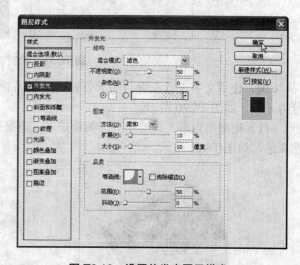

图 T6.16　设置外发光图层样式

（7）单击工具箱中的圆角矩形工具，新建一个图层，绘制一个圆角矩形，适当调整大小，填充前景色为 R：90、G：90、B：90，如图 T6.17 所示。

（8）执行"滤镜"→"杂色"→"添加杂色"命令，弹出"添加杂色"对话框，将数量设为 3%，如图 T6.18 所示。

图 T6.17　再绘制一个圆角矩形并填充　　　　　图 T6.18　添加杂色

（9）在此圆角矩形的上方再绘制一个圆角矩形，作为听筒的外形，填充相同的颜色后，执行"滤镜"→"杂色"→"中间值"命令，弹出"中间值"对话框，将半径设为 2 像素，单击"确定"按钮，如图 T6.19 所示。

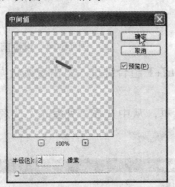

图 T6.19　绘制听筒

（10）使用文字工具在听筒的下方输入手机品牌名称"SunKop"，将字体设为 Arial，字号为 8 点，如图 T6.20 所示。

（11）用圆角矩形工具绘制三个圆角矩形，将最外的一个填充机身的颜色，里面的两个填充黑色，如图 T6.21 所示。

图 T6.20　添加手机品牌　　　　　　　　　　图 T6.21　绘制圆角矩形

（12）单击工具箱中的 （减淡工具）按钮，将外层的黑色部分减淡，然后选择最内层的路径，描出高灰的边，然后用柔边的橡皮擦删除多余的部分，如图 T6.22 所示。

（13）用圆角矩形工具绘制出一个圆角半径为 6 像素的圆角矩形，复制出三个，对四个圆角矩形进行排列，如图 T6.23 所示。

图 T6.22　调整阴影效果

图 T6.23　制作左右的按键

（14）双击其中一个圆角矩形所在的图层，弹出"图层样式"对话框，选择"斜面和浮雕"选项，设置后，单击"确定"按钮，如图 T6.24 所示。复制图层样式至其他的圆角矩形图层，效果如图 T6.25 所示。

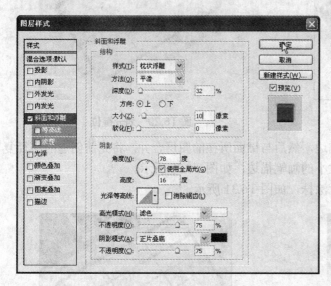

图 T6.24　设置图层样式

图 T6.25　复制样式效果

（15）再用圆角矩形工具绘制一个圆角矩形，半径设为 10 像素，然后按 Ctrl+T 组合键进入自由变换状态，旋转圆角矩形工具，最后填充黑色，如图 T6.26 所示。

（16）最后选择"图层 3"，双击后弹出"图层样式"对话框，选择"投影"选项，设置参数，如图 T6.27 所示。

4．绘制手机键位置部分

（1）将黑色的部分复制一份并缩小用曲线工具调整，使用亮灰色对键面进行填充，如图 T6.28 所示，然后用钢笔工具勾出按键之间的细缝，如图 T6.29 所示。

图 T6.26　绘制键盘区域

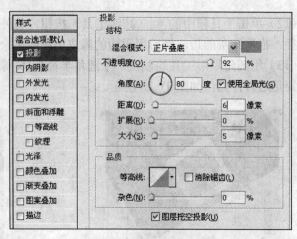

图 T6.27　设置手机的阴影效果

图 T6.28　制作手机的键面

图 T6.29　划分键位

（2）选中细缝的路径对其进行描边，然后与键面所在的图层合并，将先前创建的路径复制一份然后缩小一些，使用 1 像素大小的画笔描边，如图 T6.30 所示。

（3）用减淡工具对边缘部分进行涂抹，如图 T6.31 所示。

图 T6.30　描边键位

图 T6.31　减淡颜色

（4）用圆角矩形工具绘制一个狭长的圆角矩形，然后用自由变换工具进行调整，用减淡工具对中间部分进行涂抹，然后再复制两个，如图 T6.32 所示。

（5）用文字工具在按键表面添加数字，并按顺序排列好，如图 T6.33 所示。

图 T6.32 制作中间的加深效果

图 T6.33 输入数字

（6）继续用文字工具添加其他的部分，有些符号可以用路径工具来创建，如图 T6.34 所示。

（7）用加深/减淡工具对整个手机进行调整，添加高斯模糊滤镜做出柔和的阴影，最终效果如图 T6.35 所示。

图 T6.34 添加其他字符

图 T6.35 手机绘制完成

5．制作其他广告部分

（1）新建一个图层，单击工具箱中的 ⬭（椭圆选框工具）按钮，按住 Shift 键绘制一个正圆选区，如图 T6.36 所示。

（2）执行"编辑"→"描边"命令，弹出"描边"对话框，设置描边颜色为 R：244、G：118、B：240，如图 T6.37 所示。

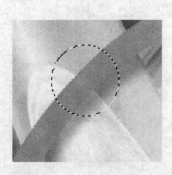

图 T6.36 绘制正圆选区

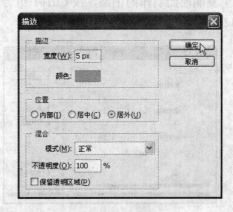

图 T6.37 设置描边

（3）执行"编辑"→"填充"命令，弹出"填充"对话框，使用白色进行填充，单击"确定"按钮，如图 T6.38 所示。

图 T6.38　使用白色填充

（4）双击图层，弹出"图层样式"对话框，选择"投影"选项，设置投影的参数，如图 T6.39 所示。

（5）选择"斜面和浮雕"选项，设置斜面和浮雕的参数，如图 T6.40 所示。

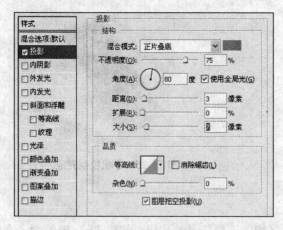

图 T6.39　设置投影样式　　　　　　　　图 T6.40　设置斜面和浮雕样式

（6）执行"图像"→"调整"→"色相/饱和度"命令，弹出"色相/饱和度"对话框，设置参数，如图 T6.41 所示。

（7）复制前面制作的正圆，按 Ctrl+T 组合键进入变换状态，适当缩放并修改其位置，如图 T6.42 所示。

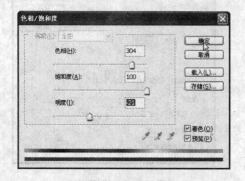

图 T6.41　调整颜色　　　　　　　　　　图 T6.42　复制图形

（8）新建一个图层，将前景色设为 R：185、G：42、B：244，单击工具箱中的直线工具按钮，在属性栏中单击 □ 按钮，绘制直线路径，复制并移动线条，如图 T6.43 所示。

（9）单击文字工具，在线条的右侧输入文本"来电防火墙"，将字体设为华文新魏，字号设为 24 点，如图 T6.44 所示。

图 T6.43　添加线条

图 T6.44　输入文本

（10）双击图层，弹出"图层样式"对话框，选择"投影"选项，设置参数，如图 T6.45 所示。

（11）选择"外发光"选项，各项参数设置如图 T6.46 所示。

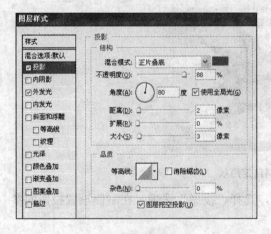

图 T6.45　设置投影样式

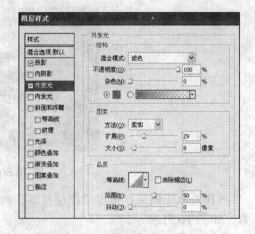

图 T6.46　设置外发光样式

（12）复制前面的文字图层，更改其位置，并修改文本的内容，如图 T6.47 所示。

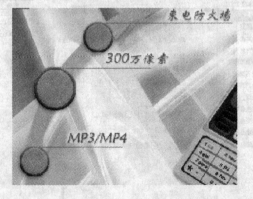

图 T6.47　添加其他文本内容

（13）使用文字工具绘制一个文本框，并输入相关功能的详细介绍，如图 T6.48 所示。

（14）单击工具箱中的 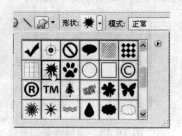 按钮，在属性栏中选择星形形状，如图 T6.49 所示。

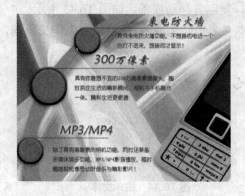

图 T6.48　输入详细功能

图 T6.49　选择形状

（15）将前景色设为 R：242、G：26、B：199，在界面中拖动鼠标创建星形放射状的形状，适当调整其大小及位置，如图 T6.50 所示。

图 T6.50　绘制自定形状

（16）双击图层，弹出"图层样式"对话框，选择"投影"选项，在右侧设置投影的参数，如图 T6.51 所示。

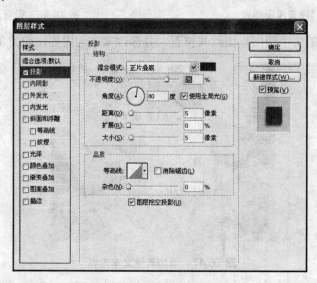

图 T6.51　设置投影样式

（17）选择"外发光"选项，在右侧设置外发光的参数设置，如图 T6.52 所示。

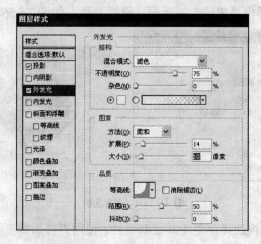

图 T6.52 设置外发光样式

（18）使用文字工具在图形上方输入文本"1799"，字体设为 Comic Sans MS，字号设为 36 点，颜色设为白色，按 Ctrl+T 组合键，对文字进行旋转，再输入文本"元"，将字体设为仿宋，字号设为 24 点，如图 T6.53 所示。

图 T6.53 输入价格

6．制作 LOGO

（1）单击工具箱中的钢笔工具按钮，新建一个图层，绘制路径，然后将路径转换为选区，填充红色，如图 T6.54 所示。

（2）复制图层，执行"图像"→"变换"→"水平翻转"命令，调整两个图形之间的距离，如图 T6.55 所示。

图 T6.54 绘制选区并填充

图 T6.55 复制图形

（3）将两个图层合并，然后再新建一个图层，使用椭圆选框工具绘制一个正圆，执行"编辑"→"描边"命令，弹出"描边"对话框，设置参数，如图 T6.56 所示。

图 T6.56　描边选区

（4）新建一个图层，再选择钢笔工具绘制路径，使用直接选择工具适当修改路径的形状，转换为选区为填充颜色，如图 T6.57 所示。

（5）使用文字工具在下方输入文本"SunKop"，将字体设为 Cooper Black，字号设为 18 点，如图 T6.58 所示。

图 T6.57　绘制路径　　　　　　　　　　　图 T6.58　输入文字

（6）双击文字图层，弹出"图层样式"对话框，选择"斜面和浮雕"选项，从中设置斜面和浮雕的参数，如图 T6.59 所示。单击"确定"按钮，适当调整文字与图形的位置，效果如图 T6.60 所示。

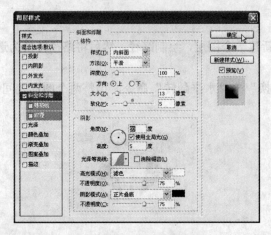

图 T6.59　设置图层样式　　　　　　　　　图 T6.60　文字效果

（7）再选择文字工具，在右下方输入销售地址等相关信息，如图 T6.61 所示。

（8）双击输入的文字图层，弹出"图层样式"对话框，选择"外发光"选项，参数设置如图 T6.62 所示。

图 T6.61　输入文本

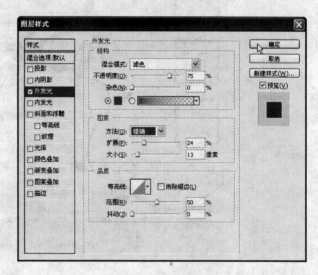

图 T6.62　设置图层样式

实验 6　珠宝首饰广告

本实验针对第 7 章中路径的应用制作珠宝首饰广告，珠宝首饰广告是商场中经常要用到的广告类型，本实验通过 Photoshop 制作出广告效果。

【目的和要求】

（1）掌握路径与形状制作广告效果，如钢笔工具、路径选择工具、路径的描边、形状工具等。

（2）首先制作珠宝广告的背景，然后制作出宝石的倒影效果，接着制作缠绕戒指的花朵、广告中其他的首饰、广告宣传语等，上半部分完成后，最后制作厂家相关信息的内容。

【上机准备】

本实验复习的知识点包括：

- 钢笔工具
- 选择工具
- 路径描边
- 形状工具

【上机操作】

首先要新建一个空白文档，然后绘制两个区域并通过渐变颜色进行填充，制作首饰的倒影效果，制作花茎缠绕戒指的效果，最后添加相关的图形或文字，最终效果如图 T7.1 所示。

图 T7.1　效果图

1．制作背景

（1）单击"文件"→"新建"命令，或者按 Ctrl+N 组合键，弹出"新建"对话框，设置高度为 500 像素，宽度为 600 像素，单击"确定"按钮，如图 T7.2 所示。

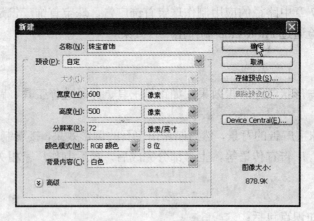

图 T7.2　新建文档

（2）新建一个图层，单击渐变工具，在属性栏中单击渐变编辑器，弹出"渐变编辑器"对话框，设置绿色（R：175、G：238、B：211）至白色的渐变效果，如图 T7.3 所示。

（3）单击"确定"按钮，新建一个图层，然后在上面创建一个矩形选区，然后在文档中拖动鼠标，对背景填充渐变效果，如图 T7.4 所示。

（4）双击新建的图层，弹出"图层样式"对话框，选择"投影"选项，将"距离"设为 6 像素，"大小"设为 8 像素，单击"确定"按钮，如图 T7.5 所示。

图 T7.3　设置渐变颜色

图 T7.4　填充渐变

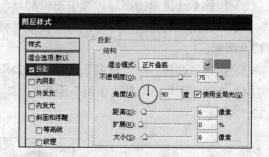

图 T7.5　设置投影样式

（5）新建一个图层，在文档的下方创建一个矩形选区，单击 ■ （渐变工具）按钮，在属性栏的渐变编辑器中编辑渐变颜色，如图 T7.6 所示。

（6）直接在创建的选区中由上至下拖动鼠标，产生渐变效果，如图 T7.7 所示。

图 T7.6　编辑渐变颜色

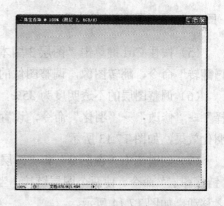

图 T7.7　在下方创建渐变

2. 制作戒指图像

（1）执行"文件"→"打开"命令，弹出"打开"对话框，打开所需的素材图片，并将其拖到文档中，适当缩放图片，如图 T7.8 所示。

图 T7.8　更改图片大小及位置

（2）按住 Ctrl 键单击图层，选中图像部分，载入选区，执行"选择"→"修改"→"羽化"命令，弹出"羽化选区"对话框，设置"羽化半径"为 6 像素，单击"确定"按钮，如图 T7.9 所示。

（3）执行"选择"→"反向"命令，按 Delete 键产生羽化效果，如图 T7.10 所示。

（4）拖动"图层 3"至"图层"面板的 按钮上，复制得到"图层 3 副本"图层，如图 T7.11 所示。

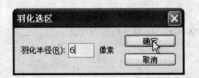

图 T7.9　更改图片大小及位置　　图 T7.10　羽化图片　　图 T7.11　复制图层

（5）按住 Ctrl 键单击"图层 3 副本"图层，载入选区，执行"编辑"→"变换"→"垂直翻转"命令，翻转图像，调整图像的大小及位置，如图 T7.12 所示。

（6）调整图层的不透明度为 35%，然后绘制一个椭圆形选区，选取部分，然后执行"选择"→"修改"→"羽化"命令，设置羽化半径为 6 像素，然后反选选区，按 Delete 键产生羽化效果，如图 T7.13 所示。

（7）同时选中"图层 3"和"图层 3 副本"两个图层，右击图层，在弹出的菜单中选择"链接图层"命令，使两个图层链接，当拖动其中任意一个图像时，另一个图层的图像也会随之移动，如图 T7.14 所示。

图 T7.12 翻转图像

图 T7.13 制作羽化效果

图 T7.14 链接图层

3. 制作玫瑰花

（1）单击工具栏中的 按钮，在起点单击定位一个点，然后在第二点处按住鼠标并拖动绘制曲线路径。按照上面的方法连续绘制路径，选择 （直接选择工具）按钮修改路径，如图 T7.15 所示。

（2）选择画笔工具，在属性栏中设置画笔粗细为 3px，如图 T7.16 所示。

（3）右击路径，在弹出的快捷菜单中选择"描边路径"命令，弹出"描边路径"对话框，设置"画笔"为描边笔触，如图 T7.17 所示。

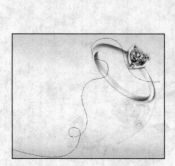

图 T7.15 绘制路径

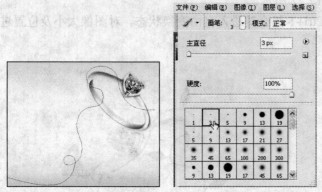

图 T7.16 选择画笔大小

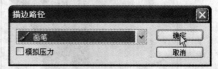

图 T7.17 描边路径

（4）对路径进行描边，然后使用直接选择工具选择路径，删除原来绘制的路径，如图 T7.18 所示。

图 T7.18 描边并删除原路径

（5）使用套索工具选取玫瑰花枝的一部分，然后按 Delete 键将其删除，制作出环绕的效果，如图 T7.19 所示。

（6）单击工具箱中的 （自定形状工具）按钮，在属性栏的"形状"下拉列表中选择叶子形状，如图 T7.20 所示。

（7）新建一个图层，生成"图层 5"，拖动鼠标绘制叶子形状，复制图层得到多个形状，按 Ctrl+T 组合键进入自由变换状态，旋转形状并调整位置，如图 T7.21 所示。

图 T7.19　删除部分路径

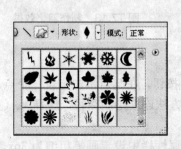
图 T7.20　选择叶子形状

图 T7.21　绘制叶子形状

（8）打开素材图片，使用魔棒工具选择白色背景，然后反选其中的玫瑰花，选择套索工具，将花柄部分从选区中减去，如图 T7.22 所示。

（9）将花朵部分移至文档内，按 Ctrl+T 组合键进入自由变换状态，对图像大小及位置进行调整，如图 T7.23 所示。

图 T7.22　选择玫瑰花朵

图 T7.23　调整图像大小及位置

（10）双击"图层 4"，弹出"图层样式"对话框，选择"外发光"选项，设置外发光效果，如图 T7.24 所示。

（11）双击"图层 6"，弹出"图层样式"对话框，选择"投影"选项，设置投影的颜色为 R：156、G：156、B：156，直接单击"确定"按钮，如图 T7.25 所示。

4．制作厂家商标

（1）新建一个图层，将前景色设为 R：200、G：172、B：85，单击工具箱中的 （自定形状工具）按钮，在属性栏中单击"形状"下拉按钮，选择"饰件 6"，如图 T7.26 所示。

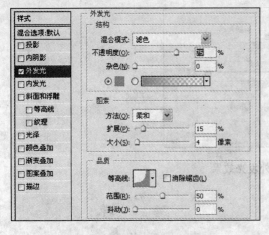

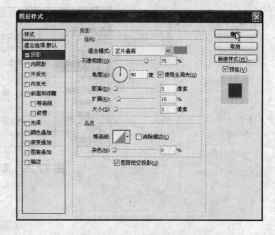

图 T7.24　设置外发光样式　　　　　　　　图 T7.25　设置投影样式

（2）在图层中按住 Shift 键的同时，按住鼠标并拖动鼠标，在文档右上角绘制出图形，如图 T7.27 所示。

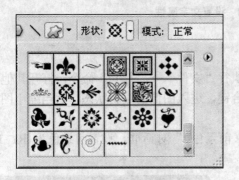

图 T7.26　选择图形　　　　　　　　　　　　图 T7.27　绘制形状

（3）双击新建的"图层 7"，在弹出的"图层样式"对话框中，选择"投影"选项，设置参数如图 T7.28 所示。

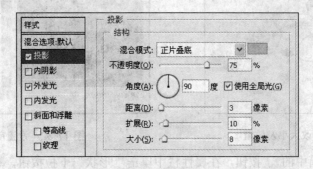

图 T7.28　制作投影效果

（4）再选择"外发光"选项，设置发光的颜色为白色，扩展为 10%，大小为 8 像素，如图 T7.29 所示。

（5）在工具箱中单击 T（横排文字工具）按钮，在前面所绘图形的四角分别单击，并添加文字"大生珠宝"，并在属性栏中设置文字属性，如图 T7.30 所示。

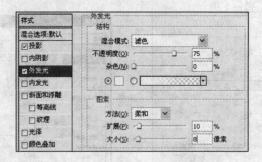

图 T7.29　制作外发光效果

图 T7.30　设置文字属性

5. 添加其他首饰

（1）新建一个图层，生成"图层 8"，执行"文件"→"打开"命令，打开其他的首饰图片，并将其拖到当前文档中，按 Ctrl+T 组合键，进入图像的编辑状态，适当缩小图像，并移至相应的位置，如图 T7.31 所示。

（2）单击前景色按钮，弹出"拾色器（前景色）"对话框，设置前景色为 R：108、G：90、B：244，如图 T7.32 所示。

图 T7.31　更改大小及位置

图 T7.32　设置前景色

（3）单击工具箱中的 按钮，在属性栏中单击"形状"下拉按钮，单击右侧的 按钮，选择"画框"命令，弹出提示框，单击"追加"按钮。

（4）在"形状"下拉列表框中选择追加的画框类型，如图 T7.33 所示。

（5）新建一个图层，按住 Shift 键在图层中拖动鼠标，绘制形状，如图 T7.34 所示。

（6）按住 Ctrl 键并单击图层，载入选区后执行"选择"→"修改"→"收缩"命令，弹出"收缩选区"对话框，设置收缩量为 1 像素，单击"确定"按钮，如图 T7.35 所示。

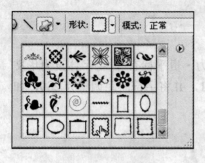

图 T7.33　单击形状　　　　　图 T7.34　绘制正方形的形状　　　　图 T7.35　收缩选区

（7）执行"选择"→"反向"命令，然后按 Delete 键清除选区中的内容，如图 T7.36 所示。

（8）双击图层，弹出"图层样式"对话框，选择"投影"选项，在右侧设置投影的参数，如图 T7.37 所示。

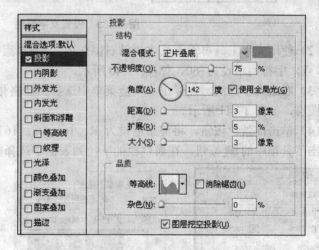

图 T7.36　消除选区中的内容　　　　　　　　图 T7.37　设置投影样式

（9）单击"确定"按钮完成设置，然后复制"图层 11"，得到 2 个副本图层，将其移到另外两个图片上，如图 T7.38 所示。

图 T7.38　复制得到其他外框

6. 添加文字

（1）单击工具箱中的 T 按钮，在文档中输入文字"魅力·贵乎稀有"，将字体设为华文行楷，字号设为 30 点，字色设为 R：169、G：168、B：171，并将字符间距调整为 200，如图 T7.39 所示。

图 T7.39　设置文字属性

（2）使用文字工具再输入文本"钻石恒久远 一颗永流行"，将字体设为方正姚体，字号为 36 点，字符间距设为 –60，如图 T7.40 所示。

（3）右击文字图层，在弹出的快捷菜单中选择"栅格化文字"命令，将文字图层转换为普通图层，如图 T7.41 所示。

（4）单击前景色按钮，将前景色设为 R：161、G：161、B：163，背景色设为白色，然后单击工具箱中的 按钮，在属性栏的下拉列表框中选择前景到背景，如图 T7.42 所示。

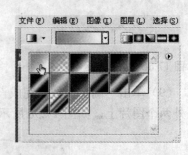

图 T7.40　设置文字属性　　　　图 T7.41　转换文字图层　　　　图 T7.42　设置渐变颜色

（5）按住 Ctrl 键单击图层，将文字以选区的形式载入，然后由下至上在选区中拖动鼠标，产生渐变的效果，按 Ctrl+D 组合键取消选区，如图 T7.43 所示。

图 T7.43　制作渐变效果

（6）单击工具栏中的 **T.**按钮，在文档中单击并输入文字"全国贵宾热线：800-810-8888"，再输入"欢迎登录：www.dashengzhubao.cn"，如图 T7.44 所示。

全国贵宾热线：800-810-8888

欢迎登录：www.dashengzhubao.cn

图 T7.44　输入文字

（7）双击文字图层，在弹出的"图层样式"对话框中选择"斜面和浮雕"选项，各项参数设置如图 T7.45 所示。

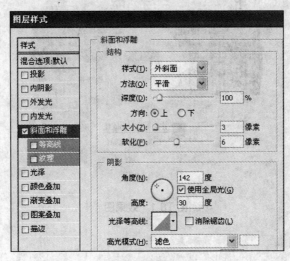

图 T7.45　设置斜面和浮雕样式

实验 7　制作 CD 封面

本实验针对第 8 章中文字的处理制作 CD 封面，CD 封面是在 CD 正面的说明部分，在此部分包括 CD 的名称、内容、出版单位等。

【目的和要求】

（1）掌握文字处理制作 CD 封面效果，如横排文字工具、文字变形。
（2）首先制作 CD 封面的背景图案效果，然后制作背景中的一些图案，接着制作封面的文字内容，最后为文字部分添加发光、投影、斜面和浮雕等效果。

【上机准备】

本实验复习的知识点包括：

● 形状工具
● 文字工具

- 文字变形

【上机操作】

首先要新建一个空白文档，然后通过参考线定制 CD 的大小尺寸，在封面上制作两种不同的颜色填充，制作背景的抽丝效果，添加相关的书名及其他文字，并配以不同的图形使文字效果更突出，效果如图 T8.1 所示。

图 T8.1　效果图

1．创建封面文档

（1）执行"文件"→"新建"命令，弹出"新建"对话框，设置新建文档的高度和宽度，如图 T8.2 所示。

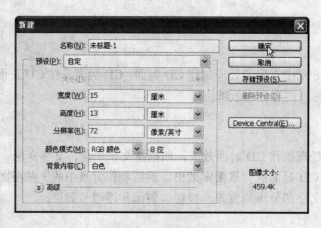

图 T8.2　新建文档

（2）执行"视图"→"标尺"命令，或按 Ctrl+R 组合键，在窗口显示标尺，在标尺中拖出参考线，如图 T8.3 所示。

（3）使用椭圆工具绘制一个正圆路径，要求按照参考线来划定大小，将其转化为选区，如图 T8.4 所示。

图 T8.3　生成参考线

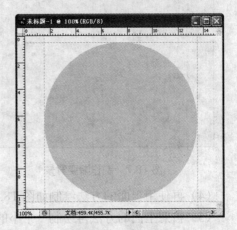

图 T8.4　绘制正圆

（4）再使用椭圆工具绘制一个正圆形状，将此形状图层转换为普通图层，然后选择"图层 1"，将其填充为灰色，如图 T8.5 所示。

（5）复制图层，按 Ctrl+T 组合键，进入自由变换状态，按 Alt+Shift 组合键按圆心缩放选区，再选择"形状 1"图层，按 Delete 键将其删除，最后将"形状 1 副本"图层删除，如图 T8.6 所示。

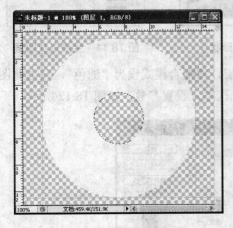

图 T8.5　制作同心圆

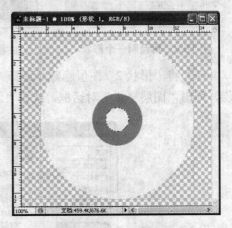

图 T8.6　按圆心缩放选区

2．制作封面抽丝效果

（1）再新建一个文档，将前景色设为 R：242、G：206、B：10，背景色设为 R：239、G：242、B：20，使用渐变工具制作背景渐变的颜色，如图 T8.7 所示。

（2）将前景色设为黑色，单击钢笔工具，在属性栏中单击 按钮，在文档中绘制如图 T8.8 所示的形状路径，在"图层"面板中生成"形状 1"图层。

（3）再使用钢笔工具绘制一个形状，在"图层"面板生成"形状 2"图层，如图 T8.9 所示。

图 T8.7　制作渐变背景

图 T8.8　绘制形状

（4）再使用上面的方法绘制如图 T8.10 所示的形状，生成"形状 3"图层。

（5）按照上面的方法再绘制一个小的形状，生成"形状 4"图层，如图 T8.11 所示。

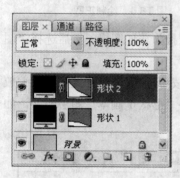

图 T8.9　再绘制一个形状

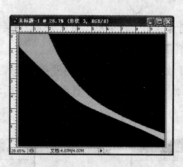

图 T8.10　绘制形状

图 T8.11　生成形状图层

（6）将"形状 2"图层隐藏，选择"形状 1"图层，将混合模式设为"滤色"，双击此图层，弹出"图层样式"对话框，选择"斜面和浮雕"选项，设置参数，如图 T8.12 所示。

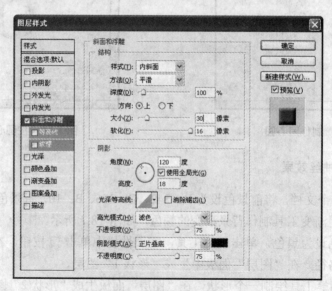

图 T8.12　设置斜面和浮雕样式

（7）选择"渐变叠加"选项，将混合模式设为"叠加"，不透明度设为 50%，角度设为 −50 度，如图 T8.13 所示。

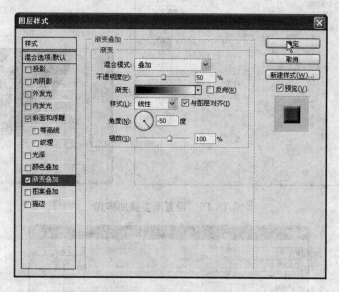

图 T8.13　设置渐变叠加样式

（8）显示"形状 2"图层，将混合模式设为"滤色"，双击此图层，弹出"图层样式"对话框，选择"斜面和浮雕"选项，设置参数，如图 T8.14 所示。

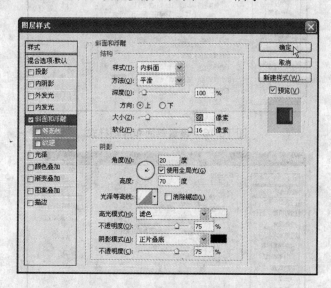

图 T8.14　设置斜面和浮雕样式

（9）再选择"渐变叠加"选项，在对话框的右侧设置"渐变叠加"样式的参数，如图 T8.15 所示。

（10）选择"形状 3"，将混合模式设为"滤色"，双击图层，弹出"图层样式"对话框，设置"斜面和浮雕"选项，设置各参数，如图 T8.16 所示。

（11）选择"渐变叠加"选项，设置混合模式、不透明度以及角度，如图 T8.17 所示。

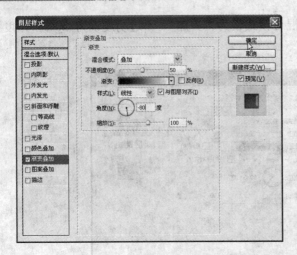

图 T8.15　设置渐变叠加样式

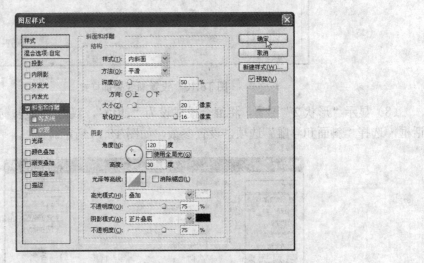

图 T8.16　设置斜面和浮雕样式

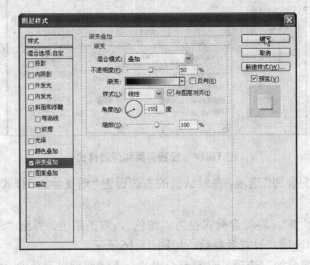

图 T8.17　设置渐变叠加样式

（12）按照上面的方法更改"形状 4"图层的混合模式，并设置其图层样式，参数如图 T8.18 所示。

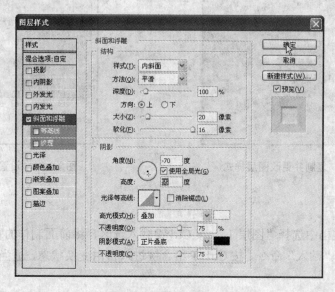

图 T8.18　设置图层样式

（13）复制"形状 1"图层，得到"形状 1 副本"，双击图层，弹出"图层样式"对话框，取消"渐变叠加"选项，再选择"斜面和浮雕"选项，并更改其中的参数设置，如图 T8.19 所示。

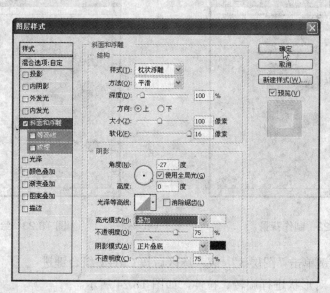

图 T8.19　更改图层样式

（14）按照上面的方法复制其他形状图层，然后对每个副本图层取消"渐变叠加"选项，并更改"斜面和浮雕"选项的参数设置，效果如图 T8.20 所示。

（15）合并所有图层，执行"滤镜"→"模糊"→"高斯模糊"命令，弹出对话框，设置半径为 5 像素，单击"确定"按钮，如图 T8.21 所示。

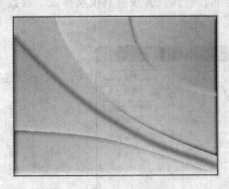

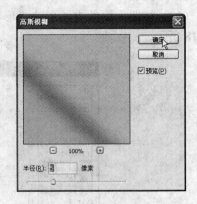

图 T8.20　复制并更改图层样式　　　　　　图 T8.21　设置高斯模糊

3. 封面的背景

（1）在封面文档中选择"图层 1"，按 Ctrl 键载入选区，将前面制作的背景进行复制，然后执行"编辑"→"贴入"命令，按 Ctrl+T 组合键进入自由变换状态，适当缩小背景的尺寸，如图 T8.22 所示。

（2）新建"图层 3"，隐藏"形状 1"图层，单击工具箱中的 ✍（自定形状工具）按钮，在属性栏的"形状"下拉列表中选择所需的形状，将前景色设为白色，拖动鼠标绘制形状，如图 T8.23 所示。

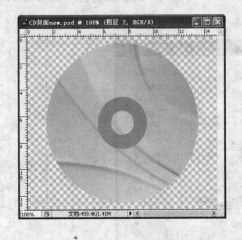

图 T8.22　制作背景　　　　　　　　　　图 T8.23　绘制形状

（3）按住 Ctrl 键单击"图层 3"，载入选区后按 Ctrl+T 组合键进入自由变换状态，对形状进行旋转、拉伸，如图 T8.24 所示。

（4）双击"图层 3"，弹出"图层样式"对话框，选择"投影"选项，设置投影的参数，如图 T8.25 所示。

（5）选择"渐变叠加"选项，各项参数设置如图 T8.26 所示，设置完成后单击"确定"按钮，然后将"图层 3"的混合模式设为"柔光"，效果如图 T8.27 所示。

图 T8.24　变换形状

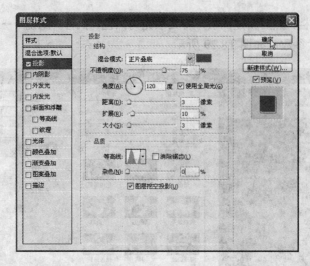

图 T8.25　设置投影样式

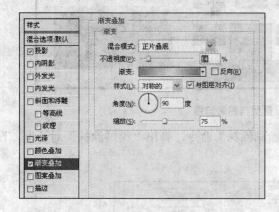

图 T8.26　设置图层样式

图 T8.27　设置图层混合模式

（6）执行"滤镜"→"风格化"→"风"命令，弹出"风"对话框，将方法设为"风"，方向设为"从左"，如图 T8.28 所示。

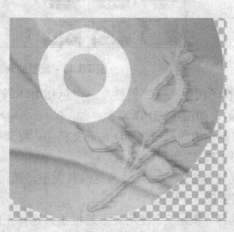

图 T8.28　设置风滤镜

（7）新建一个文档，然后新建图层，将其填充为黑色，执行"滤镜"→"艺术效果"→"塑料包装"命令，设置参数，如图 T8.29 所示。

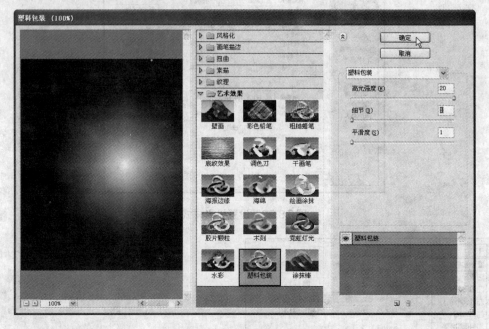

图 T8.29　设置塑料包装滤镜

（8）执行"滤镜"→"艺术效果"→"绘画涂抹"命令，弹出"绘画涂抹"对话框，设置各项参数，如图 T8.30 所示。

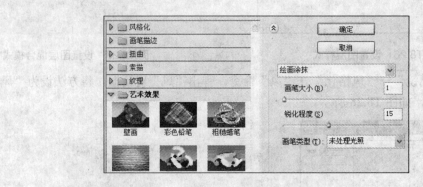

图 T8.30　设置绘画涂抹滤镜

（9）执行"图像"→"调整"→"色相/饱和度"命令，弹出"色相/饱和度"对话框，设置各项参数，如图 T8.31 所示。

（10）将制作的图形拖到 CD 封面文档中，将其移到中心圆的下方，将图层的不透明度设为 60%，如图 T8.32 所示。

（11）复制多个图形，并适当更改其大小，通过"色相/饱和度"命令适当更改其他图形的颜色，如图 T8.33 所示。

（12）选择"图层 2"使用矩形选框工具选择正圆的上半部分，然后执行"色相/饱和度"命令更改其颜色，如图 T8.34 所示。

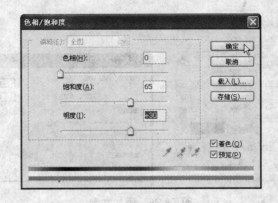

图 T8.31　设置色相/饱和度

图 T8.32　放在封面文档中

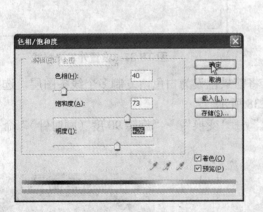

图 T8.33　更改大小及颜色

图 T8.34　更改半圆的颜色

4．制作光盘中的文字

（1）单击工具箱中的 T 按钮，在文档中输入文本内容"Photoshop CS 平面设计经典案例"，将字体设为黑体，字号设为 24 点，单击 ⬆ （创建文字变形）按钮，弹出"变形文字"对话框，设置参数，如图 T8.35 所示。

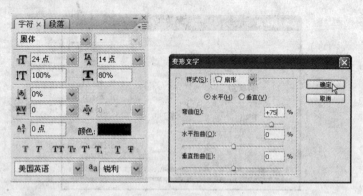

图 T8.35　添加文字

（2）双击文字图层，弹出"图层样式"对话框，选择"投影"选项，在对话框的右侧设置投影的参数，如图 T8.36 所示。

（3）再选择"外发光"选项，在右侧对话框中设置外发光的参数，如图 T8.37 所示。

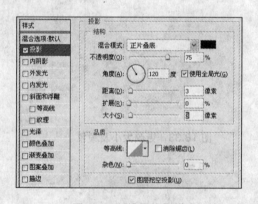

图 T8.36　设置投影样式

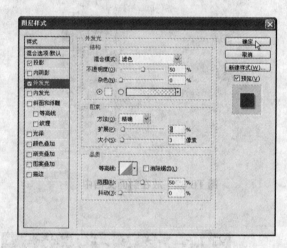

图 T8.37　设置外发光样式

（4）单击工具箱中的直线工具按钮，将前景色设为白色，复制多个线条图层，选中图层后单击 按钮，然后合并图层，如图 T8.38 所示。

（5）复制合并后的图层，执行"编辑"→"变换"→"旋转90度（顺时针）"命令，适当调整其位置，如图 T8.39 所示。

图 T8.38　绘制线条

图 T8.39　复制并旋转线条

（6）单击文字工具，分别输入文字"自"、"学"、"手"、"册"，将字体设为汉仪菱心简体，字号设为 20 点，如图 T8.40 所示。

（7）新建一个图层，使用椭圆选框工具绘制一个正圆选区，执行"编辑"→"描边"命令，弹出"描边"对话框，对选区进行描边，选择正圆并适当缩小，复制多个圆形，移动到所需的位置，如图 T8.41 所示。

图 T8.40　输入文字

图 T8.41　制作正圆

（8）双击正圆所在的图层，弹出"图层样式"对话框，选择"外发光"选项，设置外发光的参数，如图 T8.42 所示。

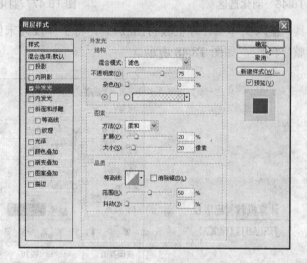

图 T8.42　设置外发光样式

（9）右击设置图层样式的图层，在弹出的快捷菜单中选择"拷贝图层样式"命令，在其他图层右击，选择"粘贴图层样式"命令，效果如图 T8.43 所示。

图 T8.43　复制图层样式

5．制作署名部分

（1）单击工具箱中的圆角矩形工具，在属性栏中将半径设为 15 像素，绘制一个圆角矩形，如图 T8.44 所示。

（2）右击形状图层，在弹出的快捷菜单中选择"栅格化图层"命令，将形状转换为选区，如图 T8.45 所示。

（3）执行"选择"→"修改"→"羽化"命令，弹出"羽化选区"对话框，将"羽化半径"设为 8 像素，单击"确定"按钮，如图 T8.46 所示。

（4）按 Delete 键删除产生羽化效果，如图 T8.47 所示。

图 T8.44　绘制一个圆角矩形

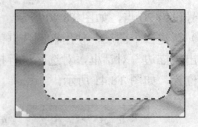

图 T8.45　转换为选区

图 T8.46　羽化选区

图 T8.47　羽化效果

（5）单击文字工具，输入文本"计算机教材出版社"，将字体设为宋体，字号设为 14 点，在"字符"面板中调整字间距，如图 T8.48 所示。

图 T8.48　输入文字

（6）双击文字图层，弹出"图层样式"对话框，选择"斜面和浮雕"选项，设置其参数，如图 T8.49 所示。

（7）复制图层样式，打开计算机的素材图片，使用魔棒工具选取后将其拖到文档中，作为出版社的 LOGO，如图 T8.50 所示。

（8）将前景色设为蓝色，使用矩形工具，在光盘封面的左侧绘制一个矩形，如图 T8.51 所示。

（9）按住 Ctrl 键单击图层 1，载入选区，在"形状 4"图层中执行"选择"→"反向"命令，按 Delete 键删除，如图 T8.52 所示。

（10）使用文字工具在蓝色矩形上输入文本内容，将中文字体设为黑体，英文字体为 Arial，字号设为 10 点，如图 T8.53 所示。

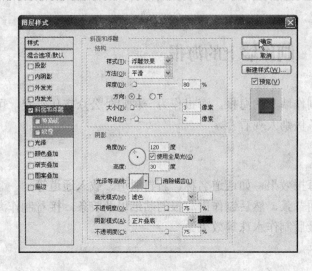

图 T8.49　设置图层样式

图 T8.50　添加出版社 LOGO

图 T8.51　绘制矩形

图 T8.52　删除多余的选区

图 T8.54　绘制形状

图 T8.53　输入书号

（11）单击工具箱中的自定形状按钮，在属性栏中单击"形状"按钮，选择形状，拖动鼠标绘制，如图 T8.54 所示。

（12）输入文本"光盘内容"，将字体设为汉仪中楷简，字号设为 14 点，如图 T8.55 所示。

图 T8.55　输入文本

（13）输入光盘内容的相关文本，将字体设为宋体，字号设为 5 号，字色设为 R：97、G：32、B：246。

实验 8   制作墙上的海报

本实验针对第 9 章中蒙版与通道制作墙上的海报，海报作为一种户外公众宣传媒介，可以将所要表达的信息清楚地显示出来，供别人观看。

【目的和要求】

（1）掌握蒙版与通道制作墙上的海报效果，如通道名称、新建通道、载入通道等。

（2）首先制作具有墙面效果的墙面背景，然后制作出海报的贴纸以及胶条，接着制作海报中的内容，包括海报图片及文字，最后制作水珠等效果。

【上机准备】

本实验复习的知识点包括：

- "通道"面板
- 新建通道
- 载入通道

【上机操作】

首先要新建一个空白文档，然后在墙面素材上制作出海报的边缘以及翘起的边角，在海报的角落制作粘贴的胶条，制作海报中的图片以及图片中的人物，添加莲花部分的水珠滴落效果，并最后在海报底部制作渐变的颜色效果，添加"播放时间"等文字内容，效果如图 T9.1 所示。

图 T9.1　效果图

1. 创建墙面效果

（1）执行"文件"→"新建"命令，弹出"新建"对话框，设置新建文档的高度和宽度，如图 T9.2 所示。

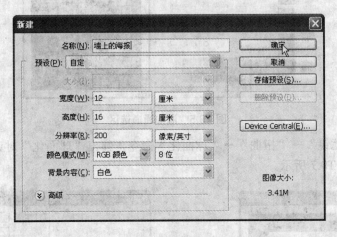

图 T9.2　新建文档

（2）选择渐变工具，在"渐变编辑器"对话框中创建一个渐变颜色，设置渐变类型为线性渐变，在画布的左上方至右下拖动，如图 T9.3 所示。

（3）打开作为墙面的素材图片，使用选择工具将其拖到创建的文件中，生成"图层 1"，将混合模式设为"差值"，如图 T9.4 所示。

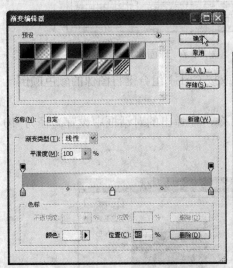
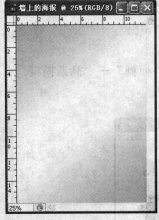
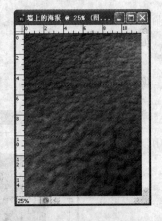

图 T9.3　生成渐变效果　　　　　　　　　　图 T9.4　制作墙面效果

（4）在"通道"面板中单击 按钮，新建一个通道，然后在工具箱中使用矩形选框工具绘制一个矩形选区，如图 T9.5 所示。

（5）执行"编辑"→"填充"命令，弹出"填充"对话框，将使用的颜色设为白色。

（6）执行"选择"→"取消选择"命令，或按 Ctrl+D 组合键取消选择，如图 T9.6 所示。

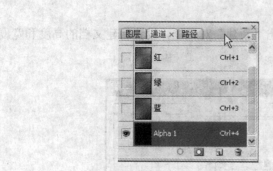
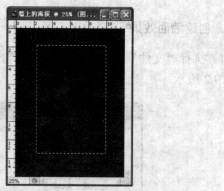

图 T9.5　添加通道选区

（7）执行"滤镜"→"扭曲"→"球面化"命令，弹出"球面化"对话框，将"数量"设为-30%，如图 T9.7 所示。

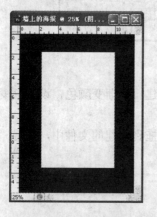
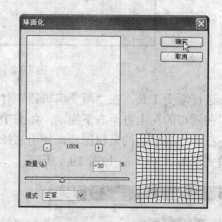

图 T9.6　取消选区　　　　　　　　　　图 T9.7　球面化设置

（8）执行"图像"→"调整"→"反相"命令，或按 Ctrl+I 组合键将图像的颜色颠倒，如图 T9.8 所示。

（9）执行"滤镜"→"模糊"→"高斯模糊"命令，在弹出的对话框中设置半径为 10 像素，如图 T9.9 所示。

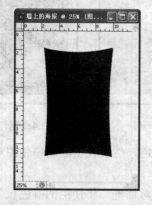
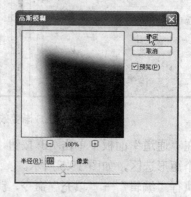

图 T9.8　颠倒颜色　　　　　　　　　　图 T9.9　设置高斯模糊

（10）执行"滤镜"→"像素化"→"彩色半调"命令，在弹出的对话框中设置最大半径为 10 像素，如图 T9.10 所示。

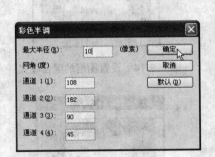

图 T9.10　设置彩色半调滤镜

（11）在"图层"面板中新建一个图层，生成"图层 2"，执行"选择"→"载入选区"命令，弹出"载入选区"对话框，在"通道"下拉列表中选择"Alpha1"，选择"反相"选项，如图 T9.11 所示。

（12）将前景色设为 R：167、G：167、B：167，如图 T9.12 所示。

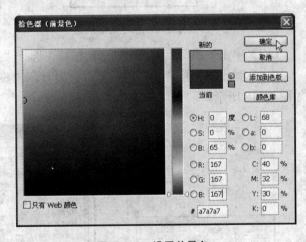

图 T9.11　载入选区　　　　　　　　图 T9.12　设置前景色

（13）执行"编辑"→"填充"命令，弹出"填充"对话框，使用前景色填充选区，如图 T9.13 所示。

（14）取消选区，在"图层"面板中将"图层 2"的混合模式设为"线性减淡"，效果如图 T9.14 所示。

（15）选择工具箱中的矩形选框工具，在画布中绘制一个矩形的选区，如图 T9.15 所示。

（16）新建一个图层，生成"图层 3"，执行"编辑"→"填充"命令，在弹出的对话框中使用白色进行填充，如图 T9.16 所示。

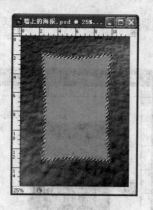

图 T9.13　填充选区

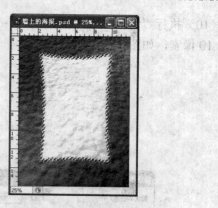

图 T9.14　设置图层的混合模式

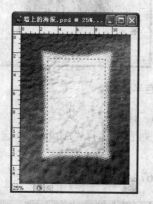

图 T9.15　创建矩形选区

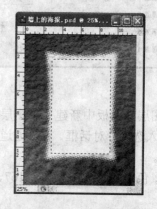

图 T9.16　填充白色

（17）单击"图层"面板中的 *fx.* 按钮，选择"投影"命令，如图 T9.17 所示。

（18）弹出"图层样式"对话框，此时显示"投影"选项，在对话框右侧设置其参数，如图 T9.18 所示。

图 T9.17　选择"投影"命令

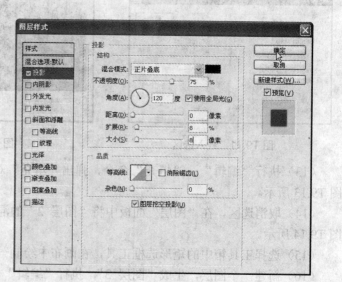

图 T9.18　设置投影样式

2. 制作纸张的折角效果

（1）单击工具箱中的多边形套索工具，在白色图形的右下角绘制一个三角形的选区，如图 T9.19 所示。

（2）新建"图层 4"，设置前景色为白色，背景色为灰色，单击渐变工具，在属性栏中选择"前景到背景"，拖动鼠标产生渐变效果，如图 T9.20 所示。

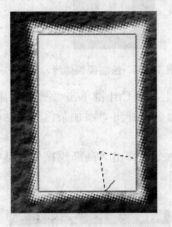 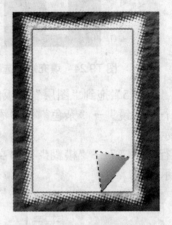

图 T9.19　创建三角形选区　　　　　　　　图 T9.20　渐变填充

（3）再选择从白色到透明的渐变颜色，渐变方式设为线性，在选区的右下方向左上方拖动，如图 T9.21 所示。

（4）选择"图层 3"，使用套索工具选择右下方的三角形选区，按 Delete 键将其删除，如图 T9.22 所示。

（5）在"图层"面板中选择"图层 2"，再选择一个三角形选区，按 Delete 键将其删除，如图 T9.23 所示。

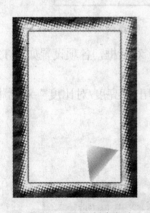  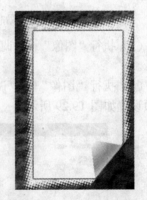

图 T9.21　再次渐变颜色　　　　图 T9.22　删除三角形选区　　　　图 T9.23　删除三角形网点图形

3. 制作透明胶条

（1）在"图层"面板中新建一个图层，生成"图层 5"，使用矩形选框工具绘制一个矩形选区，使用白色对选区进行填充，如图 T9.24 所示。

（2）使用多边形套索工具沿顶端创建不规则的选区，按 Delete 键删除，产生撕裂的不规则边缘，同样在下方也创建这样的边缘，如图 T9.25 所示。

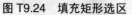

图 T9.24　填充矩形选区

图 T9.25　绘制撕裂边缘

（3）将"图层 5"拖到"图层"面板的 按钮上，按 Ctrl 键单击"图层 5 副本"，将选区载入，执行"滤镜"→"杂色"→"添加杂色"命令，弹出"添加杂色"对话框，设置如图 T9.26 所示。

（4）执行"滤镜"→"模糊"→"高斯模糊"命令，弹出"高斯模糊"对话框，设置如图 T9.27 所示。

图 T9.26　设置添加杂色滤镜

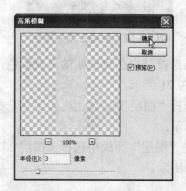

图 T9.27　设置高斯模糊

（5）执行"图像"→"调整"→"色阶"命令，弹出"色阶"对话框，各项设置如图 T9.28 所示。

（6）执行"图像"→"调整"→"亮度/对比度"命令，弹出"亮度/对比度"对话框，各项设置如图 T9.29 所示。

图 T9.28　调整色阶

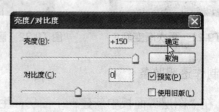

图 T9.29　调整亮度/对比度

（7）执行"选择"→"色彩范围"命令，弹出"色彩范围"对话框，将颜色容差设为 100，如图 T9.30 所示。

（8）将"图层 5 副本"删除，选择"图层 5"作为当前图层，按 Delete 键将其删除，如图 T9.31 所示。

图 T9.30　设置色彩范围

图 T9.31　删除选区

（9）按住 Ctrl 键，单击"图层 5"图层，载入选区，执行"编辑"→"填充"命令，弹出"填充"对话框，在"使用"下拉列表框中选择"50%灰色"，如图 T9.32 所示。

（10）取消选区后按 Ctrl+T 组合键进入自由变换，缩小并旋转到指定的位置，如图 T9.33 所示。

图 T9.32　填充颜色

图 T9.33　放在封面文档中

（11）将"图层 5"的混合模式设为"正片叠底"，再复制"图层 5"，将复制的胶条进行旋转，并将"图层 5 副本"的混合模式设为"线性加深"，如图 T9.34 所示。

（12）再复制胶条图层，变换形状并旋转，将复制的图层混合模式设为"滤色"，将不透明度设为 75%，如图 T9.35 所示。

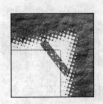

图 T9.34　复制胶条

图 T9.35　再复制胶条

4．制作海报内容

（1）打开需要作为海报内容的图片，选取部分图片添加到当前文档中，生成"图层6"，如图 T9.36 所示。

（2）使用多边形套索工具，选择图片右下角，按 Delete 键将其删除，如图 T9.37 所示。

图 T9.36　添加素材图片

图 T9.37　删除折角部分

（3）单击工具箱中的 （涂抹工具）按钮，在图片的下方边缘处进行涂抹，产生不规则的边缘效果，如图 T9.38 所示。

（4）再选择图片的上半部分，注意不选择荷花，单击工具箱中的渐变工具，将前景色设为黑色，选择由前景色到透明的渐变颜色，在选区中由下至上拖动，产生渐变的效果，如图 T9.39 所示。

图 T9.38　制作不规则边缘效果

图 T9.39　填充渐变颜色

（5）打开人物图片，将其中的人物部分选中并将其拖动到当前文档中，生成"图层7"，如图 T9.40 所示。

（6）选择"图层6"，使用套索工具在图像中选择花朵部分，复制并粘贴选区内的图像，调整人物的位置，如图 T9.41 所示。

（7）单击工具箱中的文字工具，输入文本"莲"，将字体设为汉仪书魂简体，字号设为36 点，复制多个文字图层，并修改为"花"和"记"，其中将"花"字的字号设为30 点，如图 T9.42 所示。

（8）右击文字图层，在弹出的快捷菜单中选择"栅格化文字"命令，将文字图层转换为普通图层，如图 T9.43 所示。

图 T9.40　添加人物图片

图 T9.41　选取花朵部分

图 T9.42　输入文字

图 T9.43　转换文字图层

　　（9）进入快速蒙版，执行"滤镜"→"像素化"→"铜版雕刻"命令，弹出"铜版雕刻"对话框，选择"中长描边"选项，单击"确定"按钮，再执行一次"铜版雕刻"命令，如图 T9.44 所示。

　　（10）退出快速蒙版，执行"选择"→"反向"命令，反选选区，执行"编辑"→"清除"命令，效果如图 T9.45 所示。

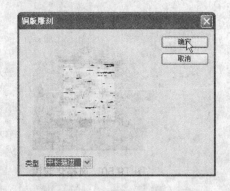

图 T9.44　"铜版雕刻"对话框

图 T9.45　反选选区

　　（11）复制图层，执行"滤镜"→"像素化"→"碎片"命令，执行两次碎片命令，如图

T9.46 所示。

（12）执行"滤镜"→"锐化"→"锐化"命令，锐化 6 次如图 T9.47 所示。

（13）执行"滤镜"→"风格化"→"风"命令，选择"飓风"，如图 T9.48 所示。

图 T9.46　碎片处理

图 T9.47　锐化处理

图 T9.48　设置风格化滤镜

（14）选择"莲"字图层，执行"滤镜"→"风格化"→"风"命令，弹出"风"对话框，设置如图 T9.49 所示。

（15）效果不明显，可以再执行"滤镜"→"风"命令，即可产生更明显的效果，如图 T9.50 所示。

图 T9.49　"风"对话框

图 T9.50　风格化滤镜

（16）选择"花"字图层，执行"滤镜"→"模糊"→"高斯模糊"命令，弹出"高斯模糊"对话框，将半径设为 2.5 像素，如图 T9.51 所示。

（17）选择"记"图层，执行"滤镜"→"像素化"→"点状化"命令，弹出"点状化"对话框，设置如图 T9.52 所示。

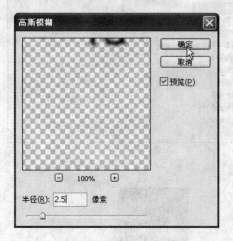

图 T9.51 模糊处理   图 T9.52 设置点状化滤镜

5. 制作水滴效果

（1）选择"图层 6"，单击工具箱中的椭圆选框工具，拖动鼠标绘制一个椭圆选区，按 Ctrl+J 组合键将选区内容复制到新图层中，如图 T9.53 所示。

（2）执行"滤镜"→"扭曲"→"球面化"命令，弹出"球面化"对话框，设置数量为 100%，单击"确定"按钮，如图 T9.54 所示。

（3）执行"滤镜"→"模糊"→"高斯模糊"命令，弹出"高斯模糊"对话框，设置半径为 1.5 像素，如图 T9.55 所示。

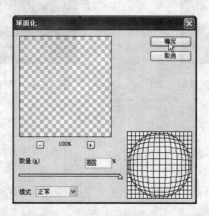

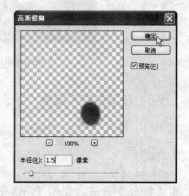

图 T9.53 绘制椭圆选区   图 T9.54 设置球面化滤镜   图 T9.55 设置高斯模糊

（4）双击"图层 9"，弹出"图层样式"对话框，选择"投影"选项，参数设置如图 T9.56 所示。选择"内阴影"选项，设置各项参数，如图 T9.57 所示。

（5）再选择椭圆选框工具，在水珠上方画一小圆框，使用渐变工具，设置渐变颜色为白色到透明，如图 T9.58 所示。

（6）在下面绘制扁椭圆框，羽化填充白色，制作水珠的高光部分，如图 T9.59 所示。

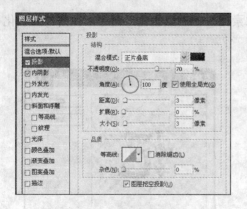

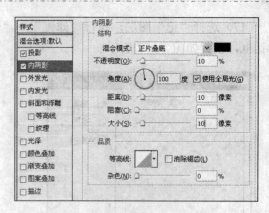

图 T9.56　设置投影样式　　　　　　　图 T9.57　设置内阴影样式

图 T9.58　在水珠上方画小圆框　　　　图 T9.59　制作水珠的高光部分

（7）再选择"图层 6"，单击工具箱中的钢笔工具，绘制一个形状不规则的路径，按 Ctrl+Enter 组合键将其转换为选区，按 Ctrl+J 组合键，将选区内的部分复制到新建的图层中，如图 T9.60 所示。

（8）按照上面的方法制作水珠效果，如图 T9.61 所示。

图 T9.60　绘制不规则选区　　　　　　图 T9.61　制作水珠效果

6．在下方输入海报

（1）单击工具箱中的钢笔工具按钮，在下方绘制一个不规则形状的路径，如图 T9.62 所示。

（2）将路径转换为选区，单击工具箱中的渐变工具按钮，将前景色设为绿色，绿色到透明进行渐变选区，如图 T9.63 所示。

图 T9.62　创建不规则的选区　　　　　图 T9.63　渐变填充

（3）使用多边形套索工具选择填充颜色右侧多余的部分，按 Delete 键将其删除，如图 T9.64 所示。

（4）选择"图层 6"，使用矩形选框工具框选下方的毛边边缘，复制并粘贴到新图层中，如图 T9.65 所示。

图 T9.64　删除多余的部分　　　　　　　图 T9.65　复制到新图层中

（5）双击复制生成的"图层 15"，弹出"图层样式"对话框，选择"斜面和浮雕"选项，设置参数，如图 T9.66 所示。

（6）将"图层 15"移到"图层 6"的下方，并向下移动，效果如图 T9.67 所示。

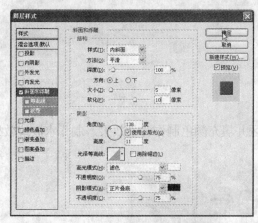

图 T9.66　设置斜面和浮雕样式　　　　　　图 T9.67　移动图层

（7）使用文字工具在下方输入文本内容，将中文字体设为宋体，英文为 Arial，字号设为 5 点，如图 T9.68 所示。

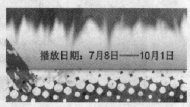

图 T9.68　设置文字

实验 9　房地产宣传广告

本实验针对第 10 章中滤镜制作房地产宣传广告，房地产广告是宣传房产的主要方式，在房地产宣传广告中，要突出房产的特色。

【目的和要求】

（1）用滤镜制作房地产宣传广告，如云彩滤镜、分层云彩、素描滤镜、动感模糊滤镜等。

（2）首先要新建空白文档，然后制作宣传广告的背景，接着制作宣传语，最后通过滤镜修饰图片。

【上机准备】

本实验复习的知识点包括：

- 云彩滤镜
- 分层云彩
- 基底凸现
- 动感模糊
- 高斯模糊

【上机操作】

首先要新建一个空白文档，然后绘制选区并填充颜色制作背景效果，制作水波纹效果，制作图像羽化效果，效果如图 T10.1 所示。

图 T10.1　效果图

1. 新建文档

（1）启动程序，执行"文件"→"新建"命令，或者按 Ctrl+N 组合键，弹出"新建"对话框。

（2）输入文件名称，设置宽度和高度分别为 700 像素和 800 像素，设置分辨率为 72 像素/英寸，单击"确定"按钮，如图 T10.2 所示。

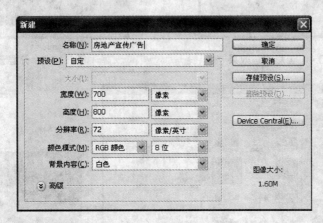

图 T10.2 "新建"对话框

2. 制作背景图像

（1）执行"文件"→"新建"命令，弹出"新建"对话框，设置各项，如图 T10.3 所示。

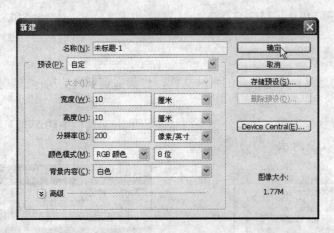

图 T10.3 "新建"对话框

（2）指定默认的前景色和背景色，然后执行"滤镜"→"渲染"→"云彩"命令，如图 T10.4 所示。

（3）执行"滤镜"→"渲染"→"分层云彩"命令，如图 T10.5 所示。

（4）执行"滤镜"→"素描"→"基底凸现"命令，弹出"基底凸现"对话框，设置细节为 3，平滑度为 3，设置光照为"下"，如图 T10.6 所示。

（5）执行"图像"→"调整"→"反相"命令，制作出水流的效果，如图 T10.7 所示。

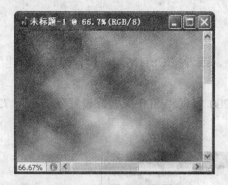

图 T10.4　云彩滤镜效果

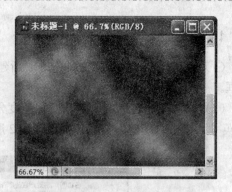

图 T10.5　分层云彩效果

图 T10.6　设置基底凸现

图 T10.7　反相效果

3．设置渐变颜色

（1）选择移动工具，拖动创建的水波文件，将其拖到新建的房地产宣传广告文档中，如图 T10.8 所示。

（2）选择"背景"图层，使其处于当前状态，单击工具栏中的渐变工具，单击属性栏中的编辑栏，如图 T10.9 所示。

图 T10.8　拖动水波文件

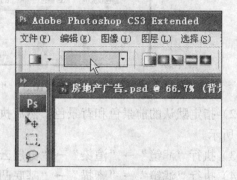

图 T10.9　选择渐变

（3）弹出"渐变编辑器"对话框，在颜色编辑栏中编辑几种渐变颜色的效果，如图 T10.10

所示。

图 T10.10　"渐变编辑器"对话框

　　（4）单击"确定"按钮，制作出渐变颜色，然后在文档中拖动鼠标产生渐变效果，如图 T10.11 所示。

　　（5）选中"图层 1"，在"图层"面板中将不透明度设为 8%，填充设为 60%，如图 T10.12 所示。

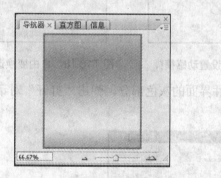

图 T10.11　制作出渐变效果

图 T10.12　设置图层效果

4．制作放射光

　　（1）新建一个图层，单击选择　（矩形选框工具）按钮，首先拖动鼠标绘制一个矩形选区，如图 T10.13 所示。

　　（2）单击属性栏中的　（添加选区）按钮，然后再绘制几个其他矩形选区，如图 T10.14 所示。

　　（3）将前景色设为白色，单击工具栏中的渐变工具，在属性栏中选择前景色到透明的渐变效果，如图 T10.15 所示。

　　（4）在选区中拖动鼠标制作出渐变的效果，如图 T10.16 所示。

　　（5）在"图层"面板中调整图层的混合模式为"滤色"，执行"滤镜"→"模糊"→"动感模糊"命令，弹出"动感模糊"对话框，设置角度为 50 度，距离为 30 像素，如图 T10.17

所示。

图 T10.13　绘制矩形选区

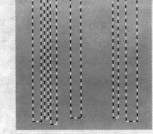

图 T10.14　添加其他选区

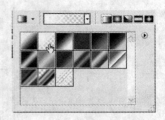

图 T10.15　设置渐变颜色

（6）执行"编辑"→"自由变换"命令，或按 Ctrl+T 组合键，进入自由变换状态，按住 Ctrl 键对选区进行自由变换，如图 T10.18 所示。

图 T10.16　制作渐变效果

图 T10.17　设置动感模糊

图 T10.18　自由变换选区

（7）形状满意后按 Enter 键确定，双击软件界面的灰色部分，弹出"打开"对话框，选择所需的素材并打开，如图 T10.19 所示。

图 T10.19　打开素材图片

（8）选择移动工具将其打开的图片拖动到文档中，在"图层"面板中将不透明度设为 10%，并将此图层移至"图层 2"的下方，如图 T10.20 所示。

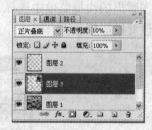

图 T10.20 移动素材文件到"图层"面板中

（9）按住 Ctrl 键单击"图层 3"，载入图像，执行"选择"→"修改"→"羽化"命令，弹出"羽化选区"对话框，设置如图 T10.21 所示。

（10）单击"确定"按钮，然后执行"选择"→"反向"命令，重复按 Delete 键产生羽化效果，如图 T10.22 所示。

（11）执行"图像"→"调整"→"亮度/对比度"命令，弹出"亮度/对比度"对话框，设置亮度为 120，对比度为 44，如图 T10.23 所示。

  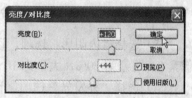

图 T10.21 设置羽化半径　　　图 T10.22 制作羽化效果　　　图 T10.23 调整图像亮度/对比度

5．制作文字

（1）单击工具栏中的 T.按钮，在文档中单击并输入文字"宜欣雅居"，如图 T10.24 所示。

（2）选中输入的文字，将字体设为雅坊美工，字号设为 100 点，字色设为 R：142、G：120、B：0，如图 T10.25 所示。

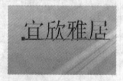

图 T10.24 添加文字

图 T10.25 设置文字属性

（3）选中图层中的文字图层，右击图层，在弹出菜单中选择"栅格化文字"命令，使文字图层转换为普通图层，如图 T10.26 所示。

（4）右击图层，在弹出的快捷菜单中选择"混合选项"命令，弹出"图层样式"对话框，选择"投影"选项，设置投影颜色为 R：113、G：117、B：115，其他设置如图 T10.27 所示。

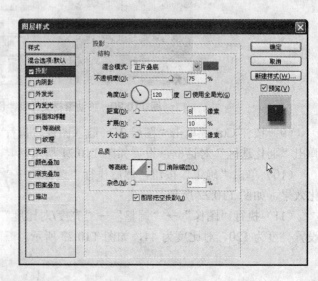

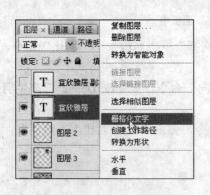

图 T10.26　选择"栅格化文字"命令　　　　　　　图 T10.27　设置图层样式

（5）选择"内阴影"选项，设置内阴影的颜色为 R：119、G：198、B：85，设置距离为像素 8，阻塞为 20%，大小为 10 像素，如图 T10.28 所示。

（6）选择"外发光"选项，设置扩展为 15%，大小为 10 像素，如图 T10.29 所示。

（7）选择"内发光"选项，设置阻塞为 2%，大小为 3 像素，如图 T10.30 所示。

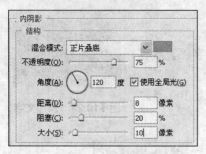　　

图 T10.28　设置内阴影样式　　　图 T10.29　设置外发光样式　　　图 T10.30　设置内发光样式

（8）选择"渐变叠加"选项，单击渐变编辑器，弹出"渐变编辑器"对话框，设置不透明度为 83%，如图 T10.31 所示。所有设置完成后单击"确定"按钮，产生的效果如图 T10.32 所示。

6．制作文字旁的图标

（1）单击工具栏中的 ◊.（钢笔工具）按钮，创建路径，如图 T10.33 所示。

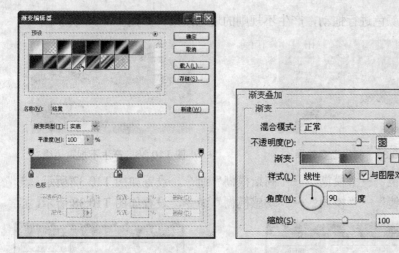

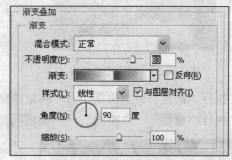

图 T10.31　设置渐变叠加

图 T10.32　产生的文字效果

图 T10.33　创建路径

（2）单击选择工具，然后右击创建的路径，在弹出的快捷菜单中选择"建立选区"命令，弹出"建立选区"对话框，将羽化半径设为 3 像素，单击"确定"按钮，将路径转换为选区，如图 T10.34 所示。

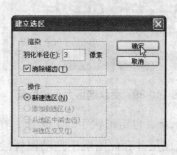

图 T10.34　转换路径为选区

（3）将前景色设为白色，单击渐变工具，在属性栏中选择前景到透明的渐变效果，在选区中拖动产生渐变效果，如图 T10.35 所示。

（4）单击工具栏中的 ✎（画笔工具）按钮，在属性栏中设置画笔大小为 13，不透明度为 50%，对填充的颜色进行拖动，产生不规则的边缘效果，如图 T10.36 所示。

图 T10.35　制作渐变效果

图 T10.36　产生不规则边缘

（5）执行"滤镜"→"模糊"→"高斯模糊"命令，设置如图 T10.37 所示。

（6）执行"滤镜"→"模糊"→"动感模糊"命令，设置如图 T10.38 所示。

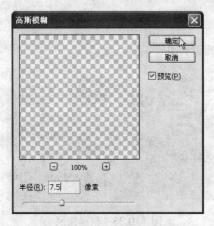

图 T10.37　设置高斯模糊

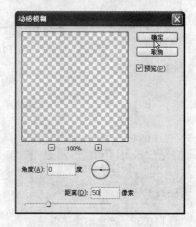

图 T10.38　设置动感模糊

（7）按住 Ctrl 键然后单击图层，载入选区后按 Ctrl+T 组合键进入自由变换，更改选区的大小和位置，然后将其拖到文字图层下，如图 T10.39 所示。

（8）单击文字工具，输入文字"首席绿色宜居家园"，在属性栏中将字体设为汉仪竹书体简，字号设为 48 点，字色为白色，如图 T10.40 所示。

图 T10.39　更改选区大小和位置

图 T10.40　输入文字

（9）单击　（自定形状工具）按钮，在属性栏中单击"形状"下拉按钮，选择所需的形状，新建一个图层并在此图层中拖动鼠标绘制形状，如图 T10.41 所示。

（10）使用文字工具在绘制的图形中输入文字"6"，将字体设为 Elephant，字号设为 72 点，字色为白色，如图 T10.42 所示。

（11）再选择文字输入"首付"以及"万"字，将字体设为汉仪菱心简体，字号设为 60 点，颜色为 R：50、G：23、B：249，如图 T10.43 所示。

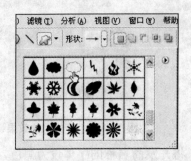 

图 T10.41 绘制形状

图 T10.42 输入文字　　　　　　　　　　图 T10.43 输入文字

（12）输入文字"入住梦想家园"，将字体设为汉仪清韵简体，字号设为 60 点，颜色为 R：242、G：25、B：229，如图 T10.44 所示。

7. 制作下方图形

（1）打开素材图片，单击工具栏中的 ☒.（套索工具）按钮，选取图片中的一部分，将其复制到房地产宣传广告文档中，如图 T10.45 所示。

图 T10.44 输入文字　　　　　　　　　　图 T10.45 添加图片素材

（2）按住 Ctrl 键单击图像所在的图层，执行"选择"→"修改"→"羽化"命令，弹出"羽化选区"对话框，设置"羽化半径"为 8 像素，单击"确定"按钮，如图 T10.46 所示。

（3）执行"选择"→"反向"命令，然后重复按 Delete 键产生羽化效果，如图 T10.47 所示。

（4）按 Ctrl+D 组合键取消选区，然后输入文本"开发商"、"销售热线"，将字体设为隶书，字号设为 24 点，如图 T10.48 所示。

图 T10.46　设置羽化半径　　　　　图 T10.47　产生羽化效果

（5）在后面输入开发商的名称以及电话号码，将开发商名称的字体设为黑色，将电话号码的字体设为汉仪综艺简体，字号设为 36 点，并设为倾斜，如图 T10.49 所示。

图 T10.48　输入开发商及销售热线　　　　图 T10.49　输入内容

（6）使用文字工具输入文本内容，将字体设为华文新魏，字号为 30 点，字色设为 R：60、G：109、B：12，如图 T10.50 所示。

图 T10.50　添加文字

8．制作绿草

（1）单击自定义形状工具按钮，单击"形状"下拉按钮，从中选择绿草形状，如图 T10.51 所示。

（2）将前景色设为 R：11、G：127、B：14，在文档中拖动鼠标绘制草形状，如图 T10.52 所示。

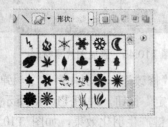

图 T10.51　选择绿草形状　　　　　图 T10.52　绘制绿草形状

（3）按住 Ctrl 键单击"绿草"图层，选中后按 Ctrl+C 组合键复制，再按 Ctrl+V 组合键粘贴，重复操作，并调整绿草的位置，如图 T10.52 所示。